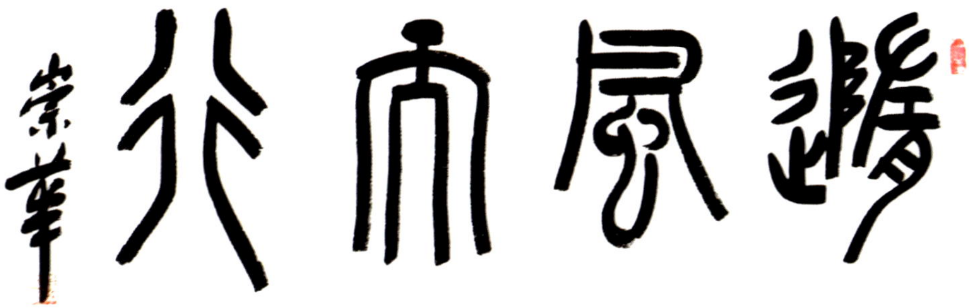

钱炳才　著

民族出版社

序

初识炳才兄，是在28年前一个油菜花开的春末。因了工作之缘，炳才兄陪同我们规划课题组在常熟、张家港、苏州等地调研。

彼时，我们都恰值风华正茂。炳才兄热情洋溢、工作认真，调研计划安排周详而又不失工作之余穿插点儿小情调。几天的朝夕相处，我们渐渐熟识起来。尽管我们的家乡背景一南一北、语言和生活习俗迥异、年龄也相差几岁，却意气相投、相处甚欢。在随后的20多年里，我们因公因私交往甚多，彼此的了解也与日俱增。他才思敏捷、豪迈热情而又心思缜密；对专业问题更是孜孜以求、秉公办事、富有担当，我理解那既是对所从事的规划事业的敬畏，也是出于对家乡深厚的感情和责任心。工作之余，他又是一位热心的、深谙待客之道的主人：虞山尚湖品茶，老城厢兴福寺吃面，周庄雨中漫步……在漫不经心中，让我这个懵懂的外乡客渐渐读懂了江南水乡的风土人情，读懂了言子故里的深厚文化，也读懂了虞山尚湖对于常熟人的根系血脉。这种理解潜移默化地浸润了我们的研究，让规划成果充满了鲜活的地方色彩和浓郁的人文情怀，也为我在江南地区的长期实践奠定了人文基础。

再识炳才兄，我们都已是两鬓染霜之人。他摇身一变成了旅行达人和游记作者，让我再次感叹于他的孜孜以求的精神和积极的生活状态，尤其是对他的文学修养有了全新的认知。

此时，徜徉在山水田园和名镇古巷之间的炳才兄与我已无工作交集，我更多地是从微信朋友圈里知晓他云游四海、逍遥乐道的行踪。偶尔打来电话，一聊就是个把小时，他操着浓重的常熟腔普通话，神采飞扬地跟我分享最近的旅行见闻和收获心得，令我心驰神往。他的旅行一如他一贯的工作风格，每次都提前做出周密的计划，精心挑选最有特色的地区去做深度体验，或邀三两好友，或与家人相伴，一路自驾前往。最打动我的是尽管一路旅途劳顿，他却能坚持笔耕不辍，以镜头和随笔记录沿途风物人情、思想感受，实时发表在朋友圈里。

正因知晓这些过程，当我收到《随风而行》这部新作书稿之时并不感到意外，这就是我所了解的炳才兄，要么不做，要做就要像个样子。而令我重新认知和惊讶的，是作者深厚的文学修养和对文史知识驾轻就熟的运用。他的笔风既有大江一泻千里的不拘小节，又有苏南水乡吴侬软语的温润婉约，让浮躁的心绪得到宁静的抚慰。书中触景生情地引用大量名人词赋、历史典故和美丽传说，让我们更好地理解彼时彼刻作者的心境，也有助于读者更好地了解所到之处的文化底蕴，丰富我们的欣赏视角。

在新作中，作者从少小的乡愁记忆写起，至中年游历回忆、近年旅程记录，直至异域风情体验，让我忽而进入他儿时的乡愁世界，体验别样的一草一木、一街一水、一山一湖；忽而又进入熟识的沙家浜、芦苇荡、方塔、圣家教堂……这些耳熟能详的名字，在他的笔下让我体会到新的寓意，勾起我的往事回忆和共鸣；忽而又带领我们去到欧洲的童话世界，随他一起漫步中世纪古城广场街巷，听他娓娓道来那些充满神秘色彩的古老传说和名人轶事。他的文章看似写景、写物，内里却是温馨的回忆，是浪漫的风情，是建筑的精美，是历史的传说。于我而言，那是他在用文字追寻儿时的记忆、家乡的味道、历史的印记，追随城市的美好、自然的浪漫和人文的情趣。在文章字里行间，可以体会到他对于家乡深深的眷恋，对美好事物不倦的追求，和潇洒性情的由衷释放；更是打上了他半生致力于城市规划工作，理解城市、热爱城市的深刻烙印。

人如其文。正如书名所言，《随风而行》是作者顺从自己内心的决定，一往无前地走入大千世界，去践行“读万卷书，行万里路”的真实写照。祝福炳才兄找到了新的人生目标并做出了傲人的成绩，也要感谢作者的信任，赐我书稿先睹为快并嘱我作序。而我更多地领悟到作者传递的积极人生，获益匪浅。

感谢作者给我们带来山河乡愁、岁月静好的体验。拙笔为序。

张险峰

2024 年立夏于北京

目录

乡愁

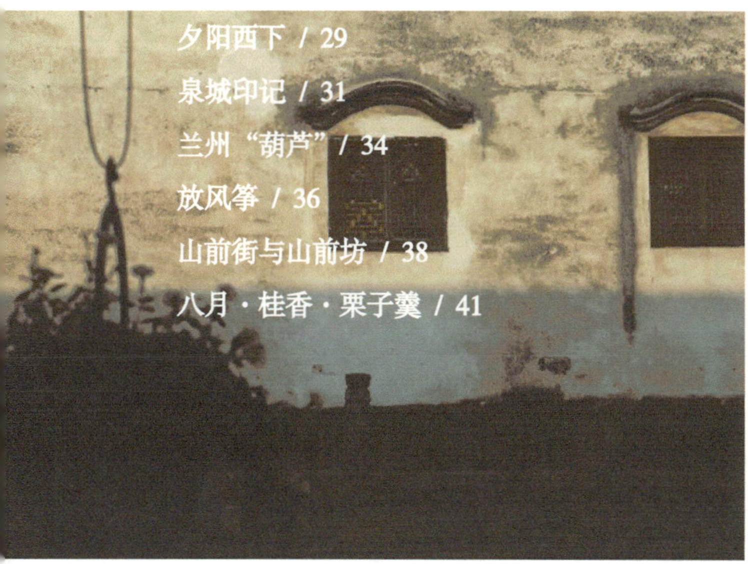

乡愁

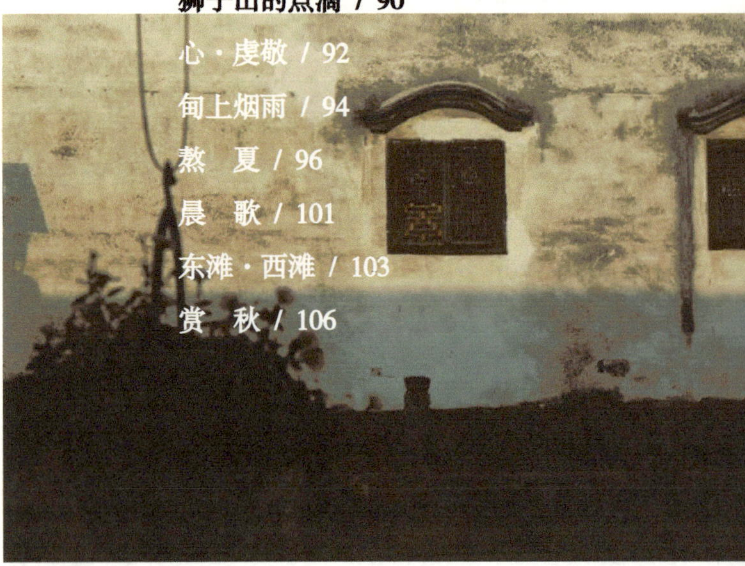

远行

乡
愁

芦苇（三篇）

秋色飘上芦苇枝

秋天，对一个旅人来说，或许是一个忙碌的季节。有人迷恋梧桐一叶而知天下的遥想；有人迷恋满山遍野红透的香山枫叶；有人却迷恋色季拉山上帝打翻的“调色板”……让人尝不透秋的色、秋的味、秋的意韵、秋的姿态。或许有份家乡的情结，我更喜欢秋色飘上芦苇枝的荡荡芦苇丛。

北方也有芦苇滩，南下的寒风，来得烈，来得猛，一下让人感觉萧然，有点儿太过悲怆。

老家离长江近，江滩上有着荡荡的芦苇，一眼望不到边儿。小时候，几个小伙伴一起，常到江边捉迷藏，落潮时芦苇丛露出片片旱滩，芦苇密不透风。一眨眼的工夫，小伙伴已消失在芦苇荡里。

阳光下的芦苇滩总有窜来窜去的小蟛蜞，举着两只小螯，忽闪忽闪地横冲直撞，小伙伴们跺脚驱赶，小蟛蜞忽地窜入洞中，没了踪影。来不及逃跑的被网着，提回家是一顿小小的美餐。

待稍大一点儿年纪，天气还未到萧杀的深秋，芦苇已拔出摇逸的芦花，风中青葱的芦秆儿哗哗作响，伙伴们光着脚，背着鱼篓，沿着弯弯曲曲的“龙沟”，深一脚浅一脚，泥浆没过膝盖，常常不小心被泥浆中的芦叶刮出一道道血印，艰难地走到听得见涛声的芦苇深处，等待着潮水慢慢退去。“龙沟”里的水慢慢地变成一个个小水潭，潭里满是乱跳的虾米，往往不会去理会它们。不知谁在招呼，“快来这里，有螃蟹。”“只要摸芦苇的根部，它们就躲在那里。”各自分散开去。估摸着来潮的时间，一个个背上满是螃蟹的鱼篓，“哈哈哈哈”，“看你像一只‘泥乌龟’”。转了一圈，一个个都是泥巴满身。对望着，飞奔回家。

天气转凉，不由想起飘上秋色的芦苇，想起有点儿闪亮又极细柔的芦花。摇上一条吱吱呀呀的小木船，轻轻地划进沙家浜的芦苇荡，或许冷冷的、绵绵的细雨刚过，空气有点儿润，天却淡淡的蓝。

远远的河汊刚驶过小船，留下一条水波。近处却是非常的宁静，都能听到微风中芦秆儿“窸窸窣窣”的轻轻摇摆。平静的河面，倒映着片片多姿的芦苇，真有点儿不舍打破美的画境。两只野鸭或许已嗅到冬天的气息，匆匆地低头觅食，忽又躲进芦苇丛里；深秋的寒冷，让芦苇或黄或绿，枝丫间却传来小鸟的叽叽喳喳，不知是否在筑过冬的暖巢；芦根旁，一只不知所措的螃蟹探着头，忽地又消失在河水里；几只白鹭唱着歌，从芦苇的枝头划过，留下它们的余音。

拐了一个弯，迎面划来一叶小船，摇橹的大婶穿着蓝布印花的外衣，唱着耳熟能详的《智斗》，听唱腔，配角的“刁德一”“胡传魁”就在游客里，却是有模有样，有板有眼。

沿着水巷，细数着一丝一丝从芦花间漏下的阳光，闪闪地灵动，芦叶的枯黄也有了金色的韵味，倒映在静静的河面，透出秋色的姿意。

望着残荷枯枝，望着芦花摇逸，慢慢地有点儿落寞苍凉；想着眼前的荡荡芦苇秋色，来年又会变成勃发青葱的春色，慢慢地又感觉有点儿释然。

江苏常熟

2016年10月28日

迂直的芦苇

又一次漫步在芦苇荡的小径，看着轻轻摇逸的芦花，听着风穿过芦苇丛的悠悠啸声，忽又童心大发，使劲摇动芦秆儿，惊起一群叽叽喳喳的小鸟。

不知怎么的，静谧的芦苇有一种宁心的幽香，还伴着水乡乡土的气息，偶尔还有秋虫凄凄切切的低吟，倒也自得其趣。

听，忽近忽远地传来野雁声声，不由想起“芦苇晚风起，秋江鳞甲生。残霞忽变色，游雁有馀声”（唐·刘禹锡《晚泊牛渚》），就是这般情调吧。

谁也不曾认为芦苇有什么值得让人惊艳、让人赞美、让人陶醉。因为它太过平常，平常得或许人们从来不曾在意过它的存在。

入冬后的市集上，往往会看到一捆捆冲天的芦苇秆儿，卖家不会叫卖，那芦苇秆儿就是招牌。旁边挂着一串串芦花鞋，鞋帮有高的也有矮的，鞋面毛绒绒的是芦花，给人暖暖的感觉。

要翻修屋面的住家，会买一些芦苇秆儿，趁冬天的农闲时光编织苇席，编好了，掀掉屋面的旧草，换上新席新草，再新桃换旧符，等着过年啦！小孩却喜欢那芦花鞋，买回家缝一填布，穿上蹦蹦跳跳，好似得到什么宝贝一样。寒

冷的天，从灶坑里捡几块火炭，放在“脚炉”内，如果有什么花生、黄豆在里面烤，那是莫大的幸福。

春天的盎然，在江滩、在河边或在小小的池边，只要有一汪水，就能让芦苇茂盛地生长。小孩子总盼着端午节的到来，将那一片片芦苇叶轻轻地掰下，包起早已准备的糯米，煮熟后就是香喷喷的粽子，条件好一点儿的人家，粽子里还加一点儿肉、豆沙什么的，那时多么期盼。

贪玩的小伙伴，常常还躲进芦苇荡里，冷不丁掘一段白白嫩嫩的芦根，咬一口还真有点儿甜甜的滋味。玩得起兴，追逐驱赶着芦根边的蟛蜞，又会踩断不少芦苇，过不久却又是葱郁一片。

当秋风乍起，放学后常常会穿过晒棉花的晒场，躲进晒棉花的芦席下玩起捉迷藏的游戏，不小心一抬屁股，拱掉一席棉花，引来大人一阵责备。

或许离开农村太久，农村有了翻天覆地的变化，许多次回家已难觅芦苇踪影。而近些年，好似慢慢地看到它的存在，自然地生长在本来就是芦苇的家的荡边、滩地、河弯，依旧摇摇曳曳。

江苏常熟

2016 年 12 月 12 日

《沙家浜》· 芦苇塘

听着《沙家浜 · 智斗》，船穿行于芦苇塘，吱呀的橹、船娘的歌声，一闪一闪轻摇的苇花，就在这芦苇塘的河汊，穿越着时空。

沙家浜位于阳澄湖河网地区，以前，河湖交织，水系发达，广大农村区域的交通主要靠船。货运靠船、客运靠船、农作靠船，河运发达的码头，商贸也随之兴起，有了许多古镇。相传，旧时的三大苦力：摇橹、打铁、做豆腐，摇橹在首位，也就不难理解了。

说沙家浜不得不提到京剧《沙家浜》，曾经勾起一代人的记忆。20 世纪 70 年代末，刚上大学，第一堂课，老师请每位同学介绍各自的家乡，轮到我，没有几个同学知道常熟，但我一提沙家浜，一片“噢”，沙家浜就在常熟，一直存在着。

船摇摇晃晃地穿行于满是芦苇丛的河汊，或许这橹声，惊起南飞途中的候鸟，叽叽喳喳一片，不一会儿，又停留于不远的苇丛中，或在不远的水面翔游，或许是候鸟的一场嬉戏。

沙家浜的诱人之处，是苇丛里曲曲弯弯的河汊。一条船，二条船……许多条船载着旅人遁入不同的河道，不一会儿消失得无影无踪。假如你乘着一叶小船，停留于某个河湾，静静地看那些白云飘过，挂着霞光的苇花，苇丛里的小鱼小虾，或许还有躲在苇根的小螃蟹，再听听小鸟的歌唱，就这么，过着惬意时光，享受着幽幽的清静，或许就忘了一起出发的那几条船。

兜转于河汊间，不由想起京剧《沙家浜》里的十八个新四军伤病员，他们机智地转战于芦苇荡，得到阿庆嫂、沙奶奶等群众的掩护，依托那个“春来茶馆”、那条芦荡老街、绵绵的芦苇荡……艰苦卓绝地战斗在那个时代，为了新中国的建立。你听郭建光唱道：“朝霞映在阳澄湖上，芦花放稻谷香，岸柳成行，全凭着劳动人民一双手，画出了锦绣江南鱼米乡，祖国的好山河寸土不让，岂容日寇逞凶狂，战斗负伤离战场，养伤来在沙家浜……”是多么豪迈。

让人勾起回忆的，那木船、那木橹、那穿青花布衫的船娘，已烙上那个时代的印记。

船一晃又一晃，穿行于芦花摇曳的窄窄水道，摘一枝苇花，编一顶草帽，有人说还能编一双芦花鞋，是呀，小时候有一双芦花鞋，就能暖暖地过上一冬。

驶出弯弯的水道，豁然开朗。宽阔的荡面波光粼粼，远远地看到那个老码头，那些落叶纷纷的老柳树，那个老城门，那条老街，似乎看到《沙家浜》里的场景。

忽然间，一阵欢声笑语，一回望，几条木舟驶出水道，不知是谁在高歌，那歌声久久地回响在苇花飘飘的芦苇塘。

江苏常熟

2021 年 11 月 30 日

听　雪

腊八刚过，江南的严寒如期而至，冷冷的北风送来萧瑟的寒冷，扫尽仅存的残叶，剩下虬劲的枝丫，顶着溯风，秀着它的傲骨。

午后，天色阴云漫舞，风一阵急吹，而雪似乎羞羞答答不肯露脸。半夜时分，窗外传来窸窸窣窣的声音，路灯下已荡雪飞花，院内石榴树的枝丫已“躲”上朵朵雪花。

就去赶赶家乡的雪景。推开窗户，院内小池边、石榴树上、桂花枝上，堆着、挂着、躲着洁白的雪花，那么纯洁，那么自在又那么随意洒脱，让人不忍心打扰，唯独池里的锦鲤微微地探出水面，莫非也想睹睹这银色世界？

暮色里的西城早已有赶雪的人，穿着红衣的老者一边感叹“好雪、好景”，一边在寻找记录的角度，一边又自言自语：“我喜欢洁白、喜欢纯净，没有扰动的景致，最能体现雪的蕴意，此刻，闭上眼睛听雪，真是心境相印，妙啊！”真是！这就是我赶雪的理由。

抬头而望，城墙似游龙蜿蜒而去，消失在茫茫的暮色里，纷雪落在脸上，轻轻拂去，不由想起“半夜倚乔松，不觉满衣雪”（唐·孟郊《苦寒吟》）。或许是听雪思境的痴情而致。

水湾里，似乎一切都已凝固，城楼、古街、雾色里的虞山，影影绰绰地倒映在弯弯的水面，纷纷的雪如薄薄的帘，眼前的一切来得那么迷离。挂雪的树丫，如变幻的画框，让城墙来一个剪影。虞山福地门头上的灯笼，也羞涩地躲在白雪下，探出了半个脸庞。偶尔有叽叽喳喳的小鸟，在雪上打个滚，扑扑翅膀钻入树林。

没有在大雪纷飞的季节去过芦苇荡，想起“芦花如雪”，

就有一个想法，去沙家浜芦苇荡走走，或许别有一番意境。

“无心插柳柳成荫”，而芦苇不论天南地北，水乡泽国里都能虬劲生长。

踏着厚厚的积雪，“吱、吱”直响，留下长长的一串脚印；积雪压弯了丛丛芦苇，少许的芦苇倔犟地挺立在煜煜的阳光里；摇橹的木船静静地靠在水湾，雪在篷顶连成一片，几个船娘在码头上扫着积雪，等待着客人的到来；穿过水岸边、芦丛里的小径，驻足在曲径上的雪亭，望着顶着白雪的一池枯荷，联想着“竹坞无尘水槛清，相思迢递隔重城。秋阴不散霜飞晚，留得枯荷听雨声”（唐·李商隐《宿骆氏亭寄怀崔雍崔衮》）。此时，倚栏看雪海，听雪里的寂静，是否想着，温一壶老酒，做几个小菜，邀一知己，一醉方休，朦胧间一片脱俗超然。

芦荡老街的码头上空无一人，柳丝轻轻摇摆，拂着偶飘的雪花，似乎在絮絮耳语；胡司令、刁德一、阿庆嫂凝固在曾经的瞬间，那段“智斗”也变成传颂的一段故事；穿过城洞，老街没有昔日乡土烟火，银白色的天地间，只有挂满历史的粉墙、木窗，撑起街巷的空间，只有那间老作坊里，飘出淡淡的桂花糖的香气。慢慢地穿过芦苇荡的小径，跨过曲曲弯弯的小桥，看着几只游鸭挤靠在芦苇丛里，莫非它们也想守着这份静幽，静静地听雪？

瑞雪兆丰年，此时的虞山早已银装素裹，破龙涧的兴福禅寺披上神秘的色彩，洁白而又神圣。

从寺路街尾远眺，银色世界里，黛色的屋顶、虬劲的枝丫、涧上的小桥，披上厚厚的白雪，尽显幽境禅意。

大雪纷飞，飘飘洒洒。从

灯笼下跨入寺门，洁白的地、银色的顶、银装的树与飘满香火的殿堂、通幽的拱门、金色的寺墙，还有“躲”在白雪下的灯笼浑然一体，偶见一二沙弥穿过那侧廓屋。

从侧院回转，曲桥似白练伸向那座湖石假山，厚厚的白雪轻轻地勾勒出山的轮廓。内亭里透出温暖的灯光，传来轻柔的颂经声，透过窗户，不知是佛徒还是沙弥，手转佛珠，闭着眼睛，是否在体悟听雪间的超然？

透过廊间的漏窗，那方刻有常建诗的石碑静静耸立在洁白的世界里，墙边的雪梅，白雪下傲然怒放。我驻足吟咏：“清晨入古寺，初日照高林。曲径通幽处，禅房花木深。山光悦鸟性，潭影空人心。万籁此都寂，但余钟磬音。”（唐·常建《题破山寺后禅院》）回味着这份静、这份幽，幽香间，听雪落竹林的余音，好美！

江苏常熟

2017 年 1 月 27 日

轻撩湖水夕阳醉

想要在这个翠绿的季节，去太湖边，找一个静幽、能勾起回忆的地方，有点儿踌躇，朋友说去余山岛吧。

从东山是坐机帆船去的余山岛，小小的水泥船内舱搁着两条木板，权作凳子，上面是一条油布，舱内很闷，船尾是一台轰鸣的柴油机，仅能坐上七八个人。伴着“啪、啪”的鸣响，船夫轻轻点篙，驶向湖心。

湖面有一层轻雾，飘来荡去，小岛似乎在轻纱间偶露尊容，静静地轻卧于辽阔的湖面，水墨间泼着太多的诗意。轰鸣声惊扰了觅食的白色飞鸟，掠过小船，又调皮地轻点水面，姿态是那么轻盈。窜条鱼似乎也受到惊扰，四散而逃。

坐机帆船勾起儿时的记忆，那时的农村还是农耕年代，江南水乡陆路并不发达，稍远点儿的收割，都是靠船来运输，大多是摇橹船，稍好点儿的就是装上柴油机的机帆船。那时，挺喜欢闻到柴油气味，似乎有点儿香。偶尔，随大人一起出工，光着脚坐在船沿，脚伸到水里轻撩，或有同伴撩水互击，是儿时的游戏。

篙轻轻一点，到了余山岛的浅滩，同伴摇摇晃晃地上了岸。虽是春夏之际，当午的阳光已有点儿火辣。穿过芦苇浅滩，沿着碎石小径，看见路旁的树林里掩映着几户人家，斑驳的老墙上爬满老藤，白色的、粉色的小花从柴门旁挂下，院内伸出虬劲楝树的一枝，紫色的小花甚是妖娆。

坐在席家老屋前的树荫里，清风徐徐，夹杂着花草的清香，是茶香、橘花香、枇杷的清香还是楝树花香？感觉好久没有闻到如此沁人心脾的清新。

听着湖边传来的涛声，几声狗吠从村子里传出，沿着小径，游走在树林间的零星老宅。老宅大都是平房，不少似乎已好久没有人居住，院门落锁、院墙斑驳，有的窗户也已经洞开，杂草丛生，唯独树上的花充满生机。

从村里的千年株树旁走过，粗壮的树干已经空心，空洞里不知是何年又发了新枝，倔强地钻过老树，托起一片天空。大概只有这棵老树见证了人间的过往，缠住了村子的变迁。

橘子林间有一股淡淡的清香，看，挂满了白色小花的枝头，不小心撩乱了同伴的秀发。她拢了拢秀发，露出喜悦的微笑，莫非她已喜欢上此间的泥土芬芳？

采过春茶的茶园，已修过枝条，在等待秋的到来。而枇杷林里，一位阿婆扶着梯子，阿公在网着枇杷的青果，不知在谈着什么趣事，传来欢快的笑声。

游走在林间，一股清香萦绕在鼻间，让人甚感惬意。噢！原来已走进杨梅林。坐在林间小憩，微风一吹，翠绿的叶子在阳光里轻飘，小小的青果挂满枝头，想着不久后，青果就会变成紫色的硕果，是多么诱人。看，树根旁，一条蜥蜴晃动脑袋，盯着我们，一激灵，窜入嫩嫩的草丛。

走过幽静的林子、村子，偶尔能碰到茶田、林间劳作的老人，他们的脸上满是岁月的年轮，诉说着甜酸苦辣的过往。

夕阳慢慢地西下，湖面彩绸轻飘。余山岛上间或传来蛙鸣、狗吠，我轻轻地撩起清凉的湖水，望着夕阳飞霞、孤帆残影，我醉了。

江苏太湖

2017年5月6日

松

不论你去北方走走，还是去南方转转，你会见到山里的松、平原上的松，或许还能见到庭院里的松、盆景中栽种的松。或许不太在意，但当岁月慢慢地溜走，又顿悟到松的傲骨。

那年正值年少，一次又一次爬上泰山，陡坡上的迎客松，树冠状如披伞，一枝轻垂似手礼，恭迎南来北往过客，松枝干脆利落，蕴意有趣；而不远的“五大夫松”，则虬劲苍郁，耸立挺拔，驻足听，松涛溪声，回味秦始皇的“封禅”逸事。或许就在轻雾飘摇的一瞬时，扶着挺直的树干，望穿茂密的树丫，遥见一片蓝天。

登泰山，已忘记有多少次，而后石坞只去过一次，印象最深的还是那松。曾记得有一石刻“松籁云壑”（李元鼎），这景就是这意。那天雨雾尤浓，浓得有点儿迷离，轻雾在松间飘来荡去，山石间的松那么“净洁”，缕缕水线从松枝上飘下，有点儿凉飕飕。怪石上的挂松，着实让我惊诧，它们是那么虬劲，好想靠近去看看，那松是如何“劈”开那块巨石，顽强生长，葱郁苍劲。

都说“黄山之美始于松”，山峦上、陡崖边、沟壑里的松就是黄山的魂。有一次去黄山，一阵细雨又一阵大雨倾盆，拾级而行，或许是雨天，云涌了，泉响了，景变了，那一株株若隐若现

的松，仪态万千，让人遐思翩翩。它们或苍海凌波，或擎天挺拔，或翠枝舒缓，让山活了、崖灵了、景秀了。

听历代的咏松，“修条拂层汉，密叶障天浔。凌风知劲节，负雪见贞心”（南北朝·范云《咏寒松诗》）。再听“自小刺头深草里，而今渐觉出蓬蒿。时人不识凌云木，直待凌云始道高”（唐·杜荀鹤《小松》）。……那松的苍劲、顽强，就是它的禀性。

又一次去黄山，是过太平湖坐索道先去的西海。那是一个雷雨后的午后，一朵朵白云游走在山谷里、缠绕着山峰上、披挂在松树旁，在透透的阳光里，是一幅灵动的水墨山水。

漫步在悬崖上的栈道，忽上忽下，曲径回转。步移景变，没有太多在意陡峭山峦上的“飞来石”“倒挂靴”……而峭壁悬崖上的挂松姿态，让我再次领悟黄山的灵魂。它点染了山、石、谷，奇得让我惊叹，美得让我陶醉，劲得让我叹服。

就在一个拐弯处，抬头见一株小松从陡岩的细缝中倔强地伸展，绿葱有力，得天地之灵气，或许若干年后又是一棵劲松。

前不久的酷暑辣日，在三清山的峰峦间游转，途中遇“巨蟒出山”“神龙戏松”“送子观音”……景是那么神似，美得那么简单，而让我惊奇的还是那些“挂”松，它的“劲”的神韵，那种内在的力量。

不论去哪里，遇见什么松，最让我折服的是陡崖上、巨岩上的松，它们有傲人的风骨。

江西三清山

2017年8月13日

一江春水　一蓑烟雨

乍暖还寒，春寒料峭。阴历二月的江南总是风雨飘摇，一会儿春阳一会儿春风似剪，“龙抬头”的日子过后，油菜花遍地，刚尝鲜的苋菜又至。

念想着春茶龙井的清洌幽香，朋友约周末去富春江踏青，欣然应邀。望着窗外急风细雨，期待出行时有一抹暖阳。要去富春江，翻阅起记忆里的严子陵钓台的那个严光，莫名想起“一竿风月，一蓑烟雨，家在钓台西住。卖鱼生怕近城门，况肯到红尘深处？潮生理棹，潮平系缆，潮落浩歌归去。时人错把比严光，我自是无名渔夫”（宋·陆游《鹊桥仙》）。是的，我一介无名渔夫，独钓寒江春水。

虽无晴空下的骄阳，却是暖日。沿富春江边蜿蜒的公路，观着远山近水、轻摇的点点春花，一路至游船码头。

宽阔的江面微波粼粼，快船划过的波浪似条条银链，也似乐章上的音符，奏起春江流水的悠悠乐章。山上、岸边飘来阵阵清香，那是春的气息、泥土的芬芳，远远地看到山崖上的东台、西台，噢，那就是严光的钓台。

快船在峡江间飞驶，山峦层层叠叠、朦朦胧胧，山坡上，散落着粉墙黛瓦的山居人家若隐若现，不知是何时迁到此地，也不知是否是那位隐士的后代，守着如此的桃源山水间。

轻浪拍击着“严子陵钓台天下第一观”的硕大照壁，长长细细的柳丝摇摆着拂过它的额头，送来阵阵清香。透过挺拔的竹林，曲廊里镌刻的诗文，慢慢地默诵，似乎回到了过去。看醉卧石上是否有李白的身影，空气中是否夹杂着五加皮酒的酒香；看竹林里、古藤边是唐寅在作诗，还是李清照在作词；看曲径间、溪水边，是否是严光曾经停留的地方……不得而知，或许只有那虬劲的老藤见证了那些过往。

登上东台极目远眺，豁然开朗，峡江蜿蜒穿行在群山之间，天青色的山峦水墨般泼洒，青嫩的枝丫点墨于山水间。不知陡崖上的棋盘谁在此博弈，也不知严光是否在此垂钓，或许痴迷于迷离山水，洒脱放下，忘了收竿，化作崖边耸立的一枝高高石柱。

又来到西台，传说谢翱过七里滩到此，听到文天祥就义，恸哭惊天动地，竹石俱焚，多么动人场景，英雄惜英豪。

春风依旧乍寒，阴云慢慢地絮绕于山峦。竹林里，曲折的石级上传来匆匆的脚步声，是赶路还是寻找，抑或是去东台西台等待那一江春雨？

风从江面吹来，波浪桥畔，一个披着蓑衣戴着斗笠的渔翁，持竿独钓，是否在体验严光的心境？

没有一蓑烟雨，却盈满一江春水。

浙江富春江

2018年3月24日

失落的乡愁

乡愁是一种情，乡愁是一个结，乡愁是一份恨，是一份剪不断理还乱的思绪。离开儿时的乡村已久，有些事已变得有些模糊，残存的记忆越发珍贵。那天，坐在塘边茶座小呷，听昔日玩伴、兄妹扬与梅动情的旧宅记忆，啊！是一份诉不完的乡愁。

老宅村在“城里”的西北角，旧时比较偏僻。扬与梅的外婆家在大河，从外婆家到老宅，要绕过曲曲弯弯的乡间小路，那时节田野里满满的麦香，一路打闹一路奔跑，不时会钻过金色的油菜地，粘上一身金色的花粉，有时在田陇边，寻找紫色小花边上的蚕豆“耳朵”，一阵嬉闹。

扬与梅的老家在村东头，宅东是一条河，不大的四合院里装满天真的童年。

或许老宅的话题勾起了太多的回忆，扬认真地画起草图。老宅坐北向南，“墙门”的东侧是杂货铺，不大的天井方砖铺地，西厢是父辈老亲，正房是扬与梅一家的住房。

正房的大门是窄窄高高的木门，细腻的雕花及镂空的木格，一排有好多门，童年玩捉迷藏左门右门穿梭，吱吱嘎嘎的门柱声，猜不透藏在门里还是门外。梁柱构架的房屋，柱与梁好粗好长，石鼓墩托起硕大的木架，正梁上有铜扣件，有一年，燕子筑起了它们的鸟巢，大燕忙忙碌碌地叼着虫子飞进飞出，小燕叽叽喳喳探着黑黑的小脑袋，扬与梅躲在门后，不敢有一点儿声响。

东窗旁是父亲的小床，一侧是装满书的书架，扬与梅有时淘气，拿着书不知放在何处，惹得父亲一阵追问。陪弄里通厨房，放学总会窜到那里，看看“饭篮”里有没有什么东西，哪怕锅里的“锅巴”也行。厨房边是柴房，总是堆着一些干的稻草与捡来的树枝，后来东侧的一部分被改造成父亲的书房，也成了儿时做作业的地方。

扬与梅不停地争论着这是什么那是什么，梅说：最怕下雨天过天井，地上滑滑的就怕摔跤。还记得有一天去杂货铺，有一个穿海魂衫的人，拉着他的衣角，叫“爸爸”，因为那段时间父亲常穿海魂衫。那人转过来，却不是父亲。

扬说，他喜欢南来北往的人在杂货铺海聊，好像在听故事，也喜欢挤在那里热热闹闹，有时玩的时间长了，作业也忘做啦！现在想想那杂货铺里的味道真的很有特点，火油味、黄酒味、咸菜味，还伴有杂货的味道。

梅耐不住插话，她常到东边的院子闲逛，看看桃花、梨花，还有蚕豆花、茄子花，当结了果，就会经常去转转。“你就是想偷吃。”扬插话。“估计你也想吃的。”一阵大笑。

“墙边还有潮来花、鸡冠花，还有几棵朝天椒，”扬继续说，“我听到你声音，经常趴在窗户上，看你在做什么事。”“那窗户是一格一格的，中间镶着磨过的贝壳，现在不论到哪里，再也没见过。”

“假如那老房在，我肯定按原样修好，想想有点儿太可惜啦！”扬脸上似乎有点儿惋惜的神态。

曾经偏僻的老宅村，路宽了、房高了、树少了，再也没有儿时的那些感觉，顿时心里泛起失落的乡愁。

江苏常熟

2018 年 3 月 30 日

拾得一颗菩提心

“忽闻海上有仙山，山在虚无缥缈间。”当踏上这座小岛，莫名感到不一般的静谧，似乎听到诵经的回响，絮绕在轻浪搏击的小岛葱绿山水之间。

佛顶山上，漫坡的红山茶开满，急风从海面吹起，夹着初春的寒意，拂动红花、绿枝。

旭日东升，晨起的人们漫步百步沙，迎着海浪，侧耳听着梵音洞传来的佛音；朝霞洒在多宝塔，佛像披上金光；透过定香亭漏窗，那塔那寺倒映在放生池，还有那虬劲葱绿的古树掩荫着古寺、古院；佛香从院内寺里袅袅飘起，晨钟传遍山坳山峦。

拾级而行，虬劲硕大的古树伸展枝丫，似它博大的胸怀；树丫间，漏阳洒满一路的光阴，似世事点点滴滴；道路边、树丛间，不知名的小花轻轻摆动，似人间爱满天下。满山满坡的葱绿，透着清新的空气，是自然的恩馈，让人释然的开怀，什么都倍加珍惜。

洁净的步道上，传来轻快的脚步声，他们是否感受了佛的慈悲；树荫下的长椅上，他们在吟诵着心经、大悲咒、楞严经……梵音悠然，祥容满面。

来到这么清新的一叶小岛，静静地置身于此间，拾得一颗菩提心。

浙江普陀

2018 年 4 月 7 日

湖山之间话烟雨

停留在姜尚的雕塑前，看着那根细细的竹竿在想，谁在愿者上钩？细雨夹着微风，吹尽了昨日的闷热，洒下的雨丝挂在姜尚的草帽上，慢慢地淌下，瞧他的眼神，那么执着，或许他还在等什么？或许是想告诉人们什么？

姜尚什么时候到过虞山畔的尚湖，不得而知；是否在此钓过鱼，也不得而知。或许是从东海海滨隐居地到渭水之滨的潘溪途中，偶驻湖边，留下一段佳话，故虞山之麓又名“尚湖”。姜尚途经此地，是否仍是牧野之人？是否还在卖肉售酒谋生，余暇研读天文地理、军事谋略、安邦之道？

望着雨霏中若隐若现的虞山，想着姜尚的事里事外，或许就这么一段传说，平添山湖间些许灵气。

小城的人珍爱这山这水，不仅仅因水乡江南少有的山峦，更看重这方水土曾养育言子、仲雍、翁同龢等名人雅士。沿着湖中曲径，拐入拂水山庄，抬头望，“裁红晕碧泪漫漫，南国春来正薄寒。此去柳花如梦里，向来烟月是愁端。画堂消息何人晓，翠帐容颜独自看。珍重君家兰桂室，东风取次一凭阑”。这不是明代柳如是的《春日我闻室作呈牧翁》吗？

不去纠结柳如是的爱恨情仇，去读读《戊寅草》《东山酬唱集》……她的才气透着傲气，或许注定了坎坷人生的命运。若有空去老城的半野堂、绛云楼，不知能否找到她那时读书论诗的意境，可惜待钱谦益死后，一场纷争，柳如是缕帛结项自尽，早早归去。

望着湖上划过的龙舟，鼓点急扬，来回穿梭，期待着端午那场传统的赛事。罢了，就不便去评说柳、钱夹杂着的那些事了。

小楼里传出吴侬软语，弦乐悠然，几位戏迷摇头晃脑，和着那清脆的旋律，或许已入戏里。

牡丹已谢，不知名的小花上挂满雨霏，和着风轻轻摆动。透过堤上的柳丝，雨烟勾勒起水墨的虞山轮廓，忽让我想起山麓的“瓶隐庐”，也想起两代帝师翁同龢。

永不叙用的翁同龢归隐在虞山西麓的瓶隐庐，是否总忆起他辉煌的一生？常熟长成，高中状元，授修撰、陕西学政、右中允、军机大臣……风风光光踌躇满志，授读同治、光绪两帝，勤于政事，因议行新政，革职归乡。很难了解翁同龢归隐后的心情，是郁闷，是解脱，还是放下？不妨看看他的书法，透着傲气的风骨，不妨去看看那段历史，也不妨听一回《杨乃武与小白菜》，就知道他的答案……

顶着雾一般的细雨，流转在尚湖的这堤那岸，望着淡墨色的虞山，想着言子、仲雍的那些事迹，驻留在漫漫岁月的长河里，融进了这方水土。

岁月似指缝里的流沙，慢慢地流逝，也似飘荡过的烟雨，不曾停留，善待人生的每一瞬间，豁然明白阴晴圆缺是平常。

江苏常熟

2018 年 5 月 23 日

又到秋色阑珊时

一叶知秋，虞山层林尽染，轻雾里，烂漫的色彩越发迷离，雾里，落叶纷纷飘荡起来。藏在层林里的梵刹，传来悠悠的钟声，瓦檐上星星点点的古银杏叶，金色已遍，多了佛陀的神秘。

从黄公望纪念馆出来，还在念叨《富春山居图》的传神，拐个弯，穿过山林，驻足在小云栖寺。山门不大，沿窄窄的侧道向上，抬头而望，不失超脱桃源的意境，漏阳下，树叶的斑斓，与黄墙、黛瓦、小云栖寺的金匾，还有围墙内虬劲挺拔的银杏，平添些许幽深的气氛。

轻步漫进错落的殿堂、楼阁，有致的布局，玲珑间不失庄重。金色的银杏叶不知何时铺满院角，风一吹，耀着金光，轻轻地，有了灵动。枝枝丫丫上挂着的金叶，轻轻摆动，似乎与之有了时空对话。

几个闲客想感受落红纷呈的意味，坐在院角，饮茶轻语，似乎看着杯里茶叶飘荡，又瞧落叶纷纷，体会了空灵之美。

绕过那株小石洞旁的千年古藤，听着滴水咚咚，几个太极传人踩点飞拳，掠起片片落叶。

闻着一股股泥土的芬芳，山坳里，层林间，飘起淡淡的细雾，让藏在茶园里的山居人家，忽隐忽现。透过垅间，瞧山居人家那袅袅升起的炊烟，没有喧嚣的烦杂，酷似桃源乡居。

田陇间的茶园旁，一村妇捡着野菜，绿油油的，慕煞路人。两条家狗懒洋洋地晒着太阳，似乎听惯了老石洞里泉水的叮咚，也不理会池旁轻依的茶客。

金色的银杏叶轻飘，落在雾气升起的茶垅，此时的茶树不再有嫩嫩的幼芽，却开满白瓣黄蕊的小花，细雾间，淡淡的清香充逸，那是家乡的味道。

一路穿过山湾，不曾留意过翁咸封祠堂，也不曾留意过参天银杏，此刻此地，一片金色铺满落寂的园落，不禁让人驻足，联想起常熟城里的翁同龢，不知他是否曾经也吟诗在这片山林，多少次穿过那扇院门。

那纷纷的落叶，揉着淡淡的忧愁，忽又想起："碧云天，黄叶地，秋色连波，波上寒烟翠。山映斜阳天接水，芳草无情，更在斜阳外。黯乡魂，追旅思，夜夜除非，好梦留人睡。明月楼高休独倚，酒入愁肠，化作相思泪。"（宋·范仲淹《苏幕遮》）

路过曲径里的一个个山居人家，淡淡的茶香飘出，不知从何时起，三三两两的茶客躲进这家那户，看季节轮回里的热烈。游转其间，幽静的曲巷里，漏阳耀斑。诱人的烟火香味，你是否想找一方小桌，倒一杯清茶，回味文人墨客的那些诗词？肯定还能闻到时空里淡淡的墨香。

穿过那片池塘，柔波里倒映着那份斑斓，淡淡的轻雾环绕在龙殿的千年古银杏。环眺山林与山居人家，仿佛遁入了世外桃源。

继续沿山麓而行，不再赶秋的景色，缘由"何处江南无此景，只愁没个闲人领"。

江苏常熟

2018 年 11 月 25 日

乡 茶

虞山的茶与西湖龙井、碧螺春、毛峰、祁门红等相比，并不有名，但藏在虞山山坳里的茶馆，在江南水乡，别有一种风情。

读过或看过老舍的《茶馆》吗？“闻其声知其人”，“三言两语就勾出一个人物形象的轮廓来”的场景人物，多么有趣地反映光怪陆离社会里的芸芸众生，是那个社会背景下的浓缩。

虞山的茶社淡出了都市，隐进了乡野，一片绿荫，一池水塘，一片竹林，散落村舍，搭几间毛棚，融进那片自然，悠然间邀几位闲朋，品一杯茶丝翻滚的绿茶。

虞山人喝茶没有茶道那么繁复，什么烫杯温壶、马龙入宫、春风拂面、玉液回壶……讲究的是透明的杯、茶的飘逸、茶香回味，淡雅里，简直明了。

虞山人不知何故，较多酷爱虞山的茶叶，明前碧螺春、白茶是老茶客的钟爱。品碧螺春，看茶叶似青螺入水，轻旋下沉，叶芽伸展，茸毛轻舒，嫩绿透亮，姿态动人。汤色碧绿清澈，清香扑鼻，轻轻抿上一口，清新爽人，回味甜津津的。而品白茶似乎有异曲同工之妙，澄清碧绿，一旗一枪，交错相映，上下沉浮。或许品茶间能参悟人生之奥妙。

岁月轮回，慢慢地有些人生阅历。喧嚣的市俗里，渐渐地懂得乡茶的醇味。

老式茶馆置于闹市。那个年代信息闭塞，茶馆里充斥市侩之气，街坊八卦，远近耳闻，评弹吴语，鱼龙混杂，也是一道风景。

现今的虞山茶馆多了些许幽静超然的味道，在江南水乡间难得如此规模，或许融着虞山人骨子里的实朴。来自十里八乡的平常茶客，邀几位老友新朋，去山坡、山坳、湖边的茶馆，大多还是家长里短，喝着茶，吃点儿瓜子零食，再来一碗蕈油面，轻谈间透着知足的味道；举家的茶客，逗着小孩、携着老人，三两静静喝茶，任孩童穿越乡野，享天伦之乐；些许远方的客人，虞山人陪着偶坐茶馆，言语间不亦乐乎；懂茶之人，大多偏坐一隅，望着青山翠绿，茶园芬芳，捧一本书，坚守那一抹情结……此间已无评弹轻唱，偶尔游转于那馆、这馆，看里面人的举手投足、神态表情，百般情怀一览无余，勾勒出平常间的人生百态，或许茶馆释放着千般愁结，沟通着淡淡的乡土情怀。

虞山的茶就那么简单，散落的茶馆，让许久远走的游子有一种归家的感觉，了却了那份乡愁。

江苏常熟

2019 年 7 月 17 日

春光里

家乡的山水，看久了，有点儿漠视。多日的春光里，游走在池边、湖边、垅间，一股淡淡的清香，盈满袖间，拂一拂，散满指尖，闻一闻，那一缕缕沁入心肺的清香，悄然回荡。走着去看一看，池边、河边、垅间的烂漫，怎么不经意间，春风已送来那么曼妙的景色。

山麓的公园，一池碧水，山的影、城的影、花的影，被曼舞的柳丝拂满一池。活泼的孩童拉着大人的手，牵着细细的长线，一拉一放，又快速地奔跑，一边喊，“看，高空中的风筝起舞啦!”长长的蜈蚣、多彩的蝴蝶、灵动的翔鱼……飘啊飘，一个个小孩满头大汗，手舞足蹈。还有的小孩手拿玩具，吹着气泡，阳光里透着五彩，一串又一串，追逐着，小手拍着，又吹出一串，惹得同伴争相嬉闹。草地上，躺满玩累的人，看看有的小童，竟然吃着雪糕，哈哈，露出春天般的笑脸。

春梅开了，粉的、红的、嫩绿的交相辉映，那一抹彩，撩起爱美人的心思，她们换上花色裙，扎上蝴蝶结，带上彩色飘带，随着春光穿梭于多彩的林间。红叶李花开了，满树花蕾簇拥，迎着霞飞、披着夕阳，那一瞬，让人停留，

盈满人们的笑声。樱花开了，一排一溜花海如潮。瞧，护城河的倒影醉人；猜，古桥与花海谁是主角；看，粉墙黛瓦与花海又一次相遇；噢，方塔的古刹又见证一次轮回。他与她是否又在赶这抹春光，是否又会在此相遇？“老头，你看那一枝垂下的花枝，我站上去，来个倩影。”阿姨想站到护栏边，身子晃了晃，一把被老伴抓住。“别做危险动作，不要掉进河里，搅乱一池春光，哈哈。”“乌鸦嘴，不拍了。”“好好好，你站好，拍拍拍。”……

玉兰花开了，白的纯洁、粉的妖娆、绿的清嫩，就在这春光里，装扮着人间的期待。柳丝也悄悄地挂上嫩绿，随风轻轻地摆动，是否等待着燕的归来？听，是谁在吟“拂花红露溅春衣，柳外春禽睡未知。天借晴光与桃李，更将剩彩弄游丝”（宋·杨万里《春晓三首》）。恰是此间的风情。

走在山城，碰到的都是花海，红叶李、樱花、紫荆……盛开于马路边，悄然伸展着，似花的绸带；盛开于河边、湾里，撑起一片花海，迎风波浪；而盛开在田野里的油菜花，散发着清香，沿着垅、沿着河，环绕着村庄，引得蜜蜂飞舞着、跳跃着，嗡嗡地唱着歌，花间忙碌着。

春天时常伴随着细雨，淅淅沥沥，夹杂着一股寒风，或许就是漫天的细雨拂醒大地，悄然间，万物苏醒，迎来勃勃的花的季节。

江苏常熟

2020 年 3 月 21 日

夕阳西下

一簇簇、一丛丛楝树花开，风一吹，点点缤纷，四月天的热烈，随着楝树花开，悄悄地已听到夏的脚步。

孝义桥听惯了琴川河水的乐章，慢慢地布满岁月的流痕，桥头的楝树从石墙里虬劲生长，一年一轮回。光影里，荫着枕河人家的窗户，让住家多了些许岁月的情趣，盈满花季里春末的情怀。一扇窗户打开，调皮的男孩伸出竹竿，勾住一簇花，花上还挂着去年的果实，嚷嚷着："爷爷，你说的是不是这个果实能卖钱，今年待结果后，要不要采点儿去卖？""当心点儿，别爬那么高，现在没人收了。你不要摘花玩，树上可能有扁毒，每年看看楝花就好了。"

通江路上走来几位姑娘，穿着花裙，手里还拿着藤篮，有一位拿着一把扇子，停留在孝义桥边，顺着光影，寻找着角度，定格下美的瞬间。

静静地看，那粉墙黛瓦、小桥流水人家、缤纷的楝花、婉约的女孩与春的光艳，构成岁月里的一片云烟，那么多姿多彩。

闻着巷弄间飘逸的花香，穿过老城。忽闻有人指指点点："琴湖由村姑变成城里的小姑娘啦。"

一汪碧水波光粼粼，湖堤新绿轻摆，几只野鸭扇动着翅膀，溅起点点水花，凑着热闹。南面的新园、东侧的新景、湖里的串堤，与北侧、西侧的功能建筑，完善着城市布局。看轻步的行人，洋溢着春天的欢欣。

看，夕阳映上"小蛮腰"的秀丽与虞山的暮色、城市的轮廓，构成山、水、城的画卷，是城市脉络的延伸。

昆承湖畔，清风轻拂，杨柳轻摆，一叶轻舟划过泛满金波的湖面，留下长长的尾曳，似画龙点睛，灵动着昆承湖一

泓碧水。你知道吗？昆湖、承湖、隐湖、八字湖都曾是昆承湖的别名。毛晋的藏书楼汲古阁，位于昆承湖南。古时，河水漫滩，昆承湖与尚湖可连成一湖，名八字湖。曾有人吟：芙蓉落双镜，天影浮重璧。

曾几何时，湖畔布满星星点点的工厂，让湖水不再清澈。如今，水清了、鱼跃了、湖秀了，慢慢地绕湖轻骑，欣喜于村秀、景幽、林美。回头望，霞光飞上湖桥，城水相依，何等景致。

尚湖旁，池杉苍翠，林鸟飞舞，"叽叽喳喳"地鸣叫，奏着春天的歌。一叶小舟驶过林间，悠悠地踩着夕阳霞光，一会儿停，听着歌，一会儿行，听着曲。

虞山已披着暮色，远城已有点点灯火，落日的余晖，还挂在天穹。

古城已一片寂然，琴川河依旧流淌，虽没有"七琴流水皆通海"的旧景，山入城、湖相依、脉络永驻。极目远眺，新城已是阑珊。

夕阳已西下，有人吟道："一曲新词酒一杯。去年天气旧亭台。夕阳西下几时回？无可奈何花落去，似曾相识燕归来。小园香径独徘徊。"（北宋·晏殊《浣溪沙》）哈哈，假如你离乡已久，不要踌躇，回到故里，"旧亭台"还有你的牵挂。

江苏常熟

2020年5月7日

泉城印记

“济南的秋天是诗境的。设若你的幻想中有个中古的老城，有睡着了的大城楼，有狭窄的古石路，有宽厚的石城墙，环城流着一道清溪，倒映着山影，岸上蹲着红袍绿裤的小妞儿。你的幻想中要是这么个境界，那便是个济南。设若你幻想不出——许多人是不会幻想的——请到济南来看看吧。”（老舍《济南的秋天》）我就是老舍先生说的不会幻想的人。

40 年前，路过济南去青岛，出车站稍转，回望火车站，蓝天下，高大钟楼覆上罗马式的圆顶、四个圆形大时钟、螺旋长窗、门楣上方的拱形大窗……典型的日耳曼式车站建筑，与广场空间、比例协调，感觉济南有着深厚的故事，有机会一定再去济南，寻找那些故事。

再去济南是 90 年代，小女上小学，语文课本里有篇关于趵突泉的文章，回家缠着要我讲趵突泉到底什么样子，没有身临其境，没法描述，我答应她去次济南，趁秋天的季节，心里想着，济南是否有满满的诗境。

那年的国庆，北上济南，刚到站，小女蹦蹦跳跳地走出站台，老班长早早地已在站台等候：“好久不见，非常想念兄弟。”“添麻烦，想找找济南趵突泉的诗意。”看着窗明几净的火车站，若有所失。“火车站是否移位了？”“噢，你说的老火车站，拆了。”感觉十分惆怅。

“小朋友，你要看趵突泉，这里就是。”驻足于趵突泉的大门前，三个金色大字熠熠生辉。“你还记得课文里怎么描述？”“在西门外的桥上，便看见一溪活水，清浅，鲜洁，由南向北流着。岸边的垂柳倒映在水面，上下都是绿的，幽静极了。这水就是从趵突泉流出来的。假如没有趵突泉，济南会失去一半的妩媚……”小女背诵着，眨眨眼：“怎么没有泉水？”“噢，在园内。”清澈的泉水，秋叶的斑斓，摇曳的菊花，还有金色屋顶的观澜亭、典雅的泺源堂，清新里盈满妩媚，那份秋艳恰似红袄绿裤的北方小妞儿。

走过观澜桥，“看，那咕咚咕咚冒泡的是趵突泉吗？”“是的。”小女沿着护栏，一阵小跑，挤过人群，那份喜悦难以言表。“那些泡泡，晶晶莹莹，像一串串珍珠，谁在吹气泡？”“不是人吹的，是地下水承受压力，通过缝隙冒出水池底面，形成的气泡。”“一、二、三，是三股涌泉，特别特别清澈。”小女手舞足蹈，好像看到什么宝贝。

停留在漱玉泉，静静的一池清波，池底泛着串串气泡，“看，这是漱玉泉，那间屋是词人李清照的纪念堂，来之前教你的《如梦令》，还记得吗？”小女侧着头想了想，轻声背诵：“常记溪亭日暮，沉醉不知归路。兴尽晚回舟，误入藕花深处。争渡，争渡，惊起一滩鸥鹭。是不是这首？”“是的，李清照是济南人，写的就是济南的景。”“怪不得，这里这么风景如画。”一边观景一边聊，只见抱柱对联：大明湖畔趵突泉边故居在垂杨深处，漱玉集中金石录里文采有后主遗风。好联，如李清照其人。

沿着环城的清溪，不知那个城楼是否“睡着”，而宽厚的石头城墙布满岁月的斑驳，不知是风还是顽皮的鸟，把小草的种子塞进墙缝的空隙，顽强的生

命就在此间茁壮，微风里轻轻地点着“头”，打着招呼。

溪边的柳丝慢慢地轻舞，金色的落叶悠悠荡荡，撒向潺潺的流溪，不知逝去何方。那条窄巷里跑出几个花蝴蝶般的孩童，穿过那座石桥，停在那方池边叽叽喳喳。“那边是什么？”小女轻问。黑虎泉，声音很大，泉声似虎啸，因此得名。

随意游走，听着石板路上“嘀嗒、嘀嗒”的脚步声，似一曲节奏明快的乐章，侧耳俯听，有点儿陶醉。

这泉那泉，小女有问不完的问题，一个个都有着传说、故事，济南俗称泉城，泉就是城市的灵魂，泉也凝结着人们的情结与情感。当晚风轻拂，坐一条小舟荡漾于大明湖上，层叠的晚霞飘舞天空，城市与楼阁披上斑斓的色彩，迷离与安宁相伴。

看着金晃晃的微波，摇着片片残荷，不知是风摇还是鱼动，醉心于湖光山色之间。可知否，“湖光浩渺，山色遥连，夏挹荷浪，春色扬烟，荡舟其中，如游香国，箫鼓助其远韵，固江北之独胜也”（《历城县志・山水考四》）。

济南是南方吗？不是。却有着似南方的园林，虽没有南方园林的小巧，但透着大气、儒雅。怪不得人们称颂济南：四面荷花三面柳，一城山色半城湖。

我不想再走，对于一个没有幻想的人而言，来过济南，足矣。

山东济南

2020年9月19日

兰州“葫芦”

我记住兰州，不是黄河，不是兰州牛肉面，而是一枚小小的葫芦。

20多年前，从敦煌坐火车到兰州，还没有洗去鸣沙山上的尘土，清醒清醒迷迷糊糊的双眼，丢掉行装，就到黄河旁的步道转悠。

兰州还没有完全醒来。瞧，对岸的白塔山轻雾缭绕；闪着轻波、穿城而过的弯弯黄河，缓缓东逝。驻足中山铁桥，空气里，弥漫着阵阵的泥土芬芳，那是黄河的味道。

随着晨练的人，迎着初升的太阳，慢慢地撩开了兰州的面纱。驻足于黄河母亲的雕塑，遥想着黄河流域悠悠的中华文明，多么波澜壮阔。

“爷爷，你的葫芦。”一阵银铃般的声音传来。看过去，一个木棚小店，一个小女孩仰着头，手里提着一个个小小的葫芦，慢慢地递给一位老者。“铃铃，你知道怎么挂吗?”“知道，传说故事的挂南面，风土人情的挂北边，还有的摆放玻璃柜子里。”“你怎么知道的?”“爷爷说，葫芦上有故事。”“哈、哈、哈!”老者一阵大笑。

仔细打量爷俩。铃铃是一个六七岁的小姑娘，梳着两条小辫，红花的小袄，脚穿绣花布鞋。红苹果似的脸，两只灵气的大眼，惹人喜爱。老者容光奕奕，瘦瘦的身材，穿着汉装，老式布鞋，脸容和善。一只只葫芦经爷孙俩整齐地挂满小屋。玻璃柜上有一块红布，放着几把刻刀，我好奇地慢慢走近。

“叔叔，是不是买葫芦?”铃铃冲我笑笑。“小朋友，是你画的画吗?”“不是，是我爷爷，他还给我讲故事呢。”铃铃用小手托着下巴，想了想说：“八仙过海、葫芦娃，好多好多。”“同志，过来玩的吧?”“是的，你的葫芦画，很细腻，很传神。”老者摘下一个葫芦，用布擦了一擦：“葫芦，民间寓意福禄。借吉祥的寓意，上面再绘上画，就生动传神啦。”老者摆弄着。“能否让我看看？”“可以，可以。”我仔细地一个个把玩着，小的葫芦似小小的橘子，稍大一点儿的有拳头大小，慢慢地转动，形成一幅幅完整的画，刻法细腻。

老者又从柜台里拿出一只小葫芦：“你看，这幅是八仙过海的人物。”人物姿态各异，海浪似翻滚，似乎定格于一个瞬间。“你看，这是葫芦娃。还有福星……”老者一边讲一边递过来。“爷爷，我也要看。”铃铃拉着老者的衣角，踮着脚尖，看着葫芦。

一个个故事凝结在小小的葫芦上，听得有点儿入迷，再看铃铃一脸认真的姿势，又偷偷地拿着一个把玩，转来转去地仔细看着。“爷爷，这是什么故事？”“你等等，一会儿讲给你听，再教你画一会儿。”

“看样子，你喜欢这葫芦雕，你听说过兰州坊间‘吉祥葫芦牛肉面，羊皮筏子赛军舰’这句话吗？”“没有，但这葫芦雕真的惹人爱。”

我买了一个刚才“八仙过海”的葫芦雕，再仔细打量爷孙二人，记住了二人微笑道别的模样。

甘肃兰州

2020 年 9 月 25 日

放风筝

风，盈满春的气息，轻轻地拂过红红的灯笼，串起节的欢快；轻轻地拂过岸上的柳丝，摆起春姑娘的风姿；轻轻地拂过街巷的春梅，吹开含羞的花蕾。就是那么温存的春风，唤醒大地，唤起赶春的人们。

穿过粉墙黛瓦的古城，窄巷里、小弄里，盈着春的味道，街角的迎春花挂满微笑的朵朵黄花，不论谁走过，都摆着头、摇着姿；漏窗里的梅枝，绽放的花蕾，引得蜜蜂跳起舞蹈，晃着脑袋，眨着眼睛，悠然自在；院门里的孩童，也换上斑斓的春装，嬉闹着，玩转于院里弄内。

闻着春的气息，慢慢地游转里巷。“吱呀”一声，跳出春一般的小姑娘，传来银铃似的声音：“爸，快点儿，拿好风筝。”“放风筝啦！”庭院门内走出一青年，手拿蝴蝶风筝，身穿运动服，满脸笑容。“还记得郑板桥的诗吗？纸花如雪满天飞，娇女秋千打四围。五色罗裙风摆动，好将蝴蝶斗春归。”“是郑板桥的《怀潍县》，”小姑娘晃动着蝴蝶结。“是的。放风筝是一种心情，一种怡然的感觉。”

“半入城”的山麓，山腰的城墙上轻逸着红红的灯笼，岁月的城楼，阳光下，散发着历史的蕴味。满山的苍翠，已弥漫着青葱的气息，间或的梅花已勃发多彩的风姿。那湖边的柳树，轻舞着婀娜的身姿，挂满待放的苞蕾。不知谁在吟：碧玉妆成一树高，万条垂下绿丝绦。不知细叶谁裁出，二月春风似剪刀。（唐·贺知章《咏柳》）

此刻，春风暖阳，碧空白云。天空中，飞满异彩风筝。小女孩钻入人群，望着一只只轻盈的风筝，拍着手，仰着脸，高喊着：“爸，快过来，你拉线，我拿着风筝。”小女孩轻轻地抬高风筝，一松手，线还未拉紧，摇摇晃晃地掉了下来。小女孩跺跺脚：“爸，你认真一点儿，我一松手，你要赶快跑。”一脸认真。“一、二、三，开始。”青年拉着线，一紧一松，风筝一跳一跳慢慢地爬升，小女孩蹦着，手舞足蹈地喊着：“快飞、快飞，再高点儿！”风筝似乎听到鼓励，越攀越高，渐渐地荡漾在蓝天上，轻轻地展翅，那么灵动。“爸，让我牵一会儿。爸，怎么有那么沉、那么大的力？”“你知道吗？风筝如你，爸妈拉着线，不论你怎么成长，时刻总会牵挂你。”“知道，就像风筝的线，总是牵着。”随着飞舞的风筝，那一对父女慢慢地消失于人群间。

漫步于山麓的湖边，穿过摩肩接踵的人流，注视着山的倒影，亭的剪影，风筝的掠影，那么灵动地停留于湖面，那么有趣，那么活色生香，盈满生活烟火。

江苏常熟

2021 年 2 月 20 日

山前街与山前坊

坐轮船，停靠宝岩，小码头周边是熙攘的人群，卖着时令的土产，各类蔬菜、水果，记忆最深的是竹篮里放在稻草上的杨梅、夏天高高的芦穄。

春游是儿时记忆里最奢侈的事。听老师说要去城里春游，那个兴奋劲儿没法用言语去形容，临近的日子里，满脑子想着带什么吃、穿什么衣，走起路来，也感觉那么惬意，一回家就嚷嚷，生怕没有人知道。

次日就要坐轮船，一夜翻来覆去地睡不着，刚睡一会儿，就跳起来。“起床了，来不及了！”

真到早上，闻到香味，揉着惺忪的眼睛，一骨碌爬起，嘴里还埋怨道：“怎么不叫我？”“还早，帮你准备点儿干粮，摊一个面饼，煮几个鸡蛋。”

天边还挂着启明星，淡淡的雾气弥漫，跟着父亲一路小跑，不时还催着父亲：“快点儿，快点儿，否则要赶不上的。”“还早，放心，你看路上还没有人呢。”

灰暗的街灯里，偶尔有人往码头而去，油条店已早早开门，飘出浓浓的香味，父亲掏出二元钱递给我：“省点儿用，注意安全。”

码头上，叽叽喳喳已挤满早到的同学，“你带了什么？”“我带了油饼。”“我带着鸡蛋。”“我带着面饼。”……还有人拿出来闻闻，“我还带着花生、奶油糖。”老师默默地点着人数，招呼着排队。

一轮飞霞跃上东方的天穹，惊醒了树上的鸟儿，低低地掠过水面。一声低沉的汽笛声，回荡街尾。轮船亮起了灯，透过窗户，一排排木头座椅，性急的几个已进入船舱，隔着玻璃摇着小手，笑容堆满脸颊，眼睛眯成一条缝。

随着一声汽笛鸣响，轮船拖

着溅满霞光的浪花，向前驶去，看着什么都很新奇，特别是两侧翻起浪涛扑击着河岸的姿态。

码头上熙熙攘攘，裹着头巾穿着印花衫的妇女，提着竹篮，里面铺着稻草，装着紫色的杨梅、早熟的桃子，叫卖着。山坡上，还有挂满鲜果的杨梅树，地上掉了不少，走在前面穿花衬衫的女孩想绕过树，刚好掉下一颗杨梅，落在脸上，她慌乱一抓，涂花了脸，引起大伙一阵大笑，她装着很生气："你们还笑。"

穿过宝岩村落的街巷，远处是雾色茫茫的尚湖，听老师说，姜尚曾到此钓鱼。

山前河里传来阵阵汽笛声，还有不多的帆船驶过，不知去往何处？听说往前不远就到城里，再向前一直能到上海，那是一个有梦的地方。

沿着山前街，听着汽笛，听着鸟鸣，听着草丛里蟋蟀叫声，调皮的男孩慢慢地蹲下，做着扑的姿势。怎么蟋蟀不叫了？一声叹气。拍拍手又跟上队伍。

路边的树丛里不时有坟墓出现，老师在讲钱谦益、柳如是，还有王石谷、翁同龢，不曾听说，估计是城里的名人，牵涉着城里的历史。

山前街很长，听老师说，一直到西城楼、水码头。不知是不是天气闷热，路过的村落里有不少人在荫凉处摇着蒲扇乘凉，宅间田陇里偶有零星的劳作的村民。这条长长的石板路上，充斥着好奇，透过一扇扇"达板"，盈满活色生香的生活。

一条好大的石拱桥跨过河，老师说这是三条桥，前面还有二条桥，到头条桥就到城里了，好兴奋、好激动，脚步轻快。街上已有不少店铺，"怎么有那么多店，比乡下的街上还要多。""是啊，不远就是城里啦。"

山前街就似曾经的梦絮绕着，像一个印记刻在时空的年轮上。又随着时空轮转，慢慢地淡出人们的视野，西门外逐渐地冷落，水泥厂、石灰厂、草袋厂等充斥着，似乎一个没落的旮旯，失去了青山绿

水的往日情怀。

随着整个社会对生态的重视，关、停、并、转、移，那一抹工业化的痕迹逐渐荡平，山前曾经的那份秀色，慢慢地让人记起，湖甸烟雨、吾谷枫林，谁不想起触摸那种意境。

偶遇昔日老友，“好久没有去山前了，是否有兴趣，去看看山前坊？”“是不是去走走山前街？”是，也不是。山前坊是利用昔日的旧厂房改造的街区，掺入传统元素，整理与修整，恢复山前街的历史建筑，只能说是山前街的时空延伸。

走过头条桥，盈满曾经的味道，还是窄窄的街，错落的房子。而水埠头上已没有昔日洗衣、洗菜、担水的妇人，物是人非，一片寂静。山前河里，曾经穿梭的舟楫，遁入时空，定格于昔日的那个时刻。

绕过车行的水泥桥，继续前行，那些临街店铺也消失于轮回之间。拐一弯，巷间拓展，院落曲径，绣衣店、酒店、小吃店、面包店毗邻，支一把大伞、几张椅子、点缀的花盆，三三两两的旅人、熟客，莫非感受闲情趣事，历史与现代的时空融合，这就是山前坊的今生。

走上那个露台，点一杯清茶，听着屋里传出悠悠的歌，“你有故事、我有酒”，红霞已跃上尚湖的天穹，再向前远眺，二条桥、三条桥……沿山前街，一直向西，还能到宝岩的那个码头。

江苏常熟

2021 年 8 月 13 日

八月·桂香·栗子羹

友人裹着厚厚的秋衣，送我一袋虞山的栗子，一边说，可惜了，桂花还没有开，今年吃不到每年念叨的桂花栗子啦。是呀，每年桂花飘香，栗子成熟，虞山上的栗子沾满桂花淡淡的香味，来一碗桂花栗子羹，满嘴都是家乡的味道。

一晃，就到八月中秋，天还是那样凉，庭院里的那株桂花还是那么静悄悄，没有一点儿声息。走到虞山边，城楼上挂着摇曳的红红灯笼，欣喜的孩童拉着大人的手，叫着、嚷着、跳着，去爬城楼，说是要看圆圆的，那一轮明月。

城墙边，那几株桂花，也是那么沉着，拉一枝条，一颗小花苞都没有，往年，远远就能闻到花的淡香，桂香一直飘到水码头边、城墙边。往年，有几个老阿婆提着用桂花枝扎的花束，引得赶节的人买上一两束，兜兜转转，古城里巷间，盈满香的浪漫。

今年，没有桂花盛开的婉约，就像一场隆重的盛宴，期盼着，却没能如期。登上城楼，圆圆的那个月亮，已跃上地平线，看，那个月宫、那棵桂树栩栩如生。城楼角上有位老者，指点着那个月亮，侧耳听，讲着嫦娥、桂树的传说。《虞喜安天论》有记载："俗传月中仙人桂树，今视其（月）初生，见仙人之足，渐已成形，桂树后生焉。"《淮南子·览冥训》载："羿请不死之药于西王母，恒娥窃以奔月。（托身于月，是为蟾蜍，而为月精。）怅然有丧，无以继之。"哈哈，引经据典、摇头晃脑地解释着，不少人驻足。

转过城楼，月光勾勒出方塔、古城的轮廓，在那迷离的月色里，弥漫着古城厚重的历史。看着三三两两兴

高采烈爬山的人，不知是否在意桂花还是静悄悄地躲在树丫间，没有声息。只听刚才的老者叹息了一声：“可惜、可惜，桂花迟到了，吴刚是否还有桂花酒呢？”不知哪位小童问：“吴刚是谁？”老者道：“毛主席有首诗：‘我失骄杨君失柳，杨柳轻飏直上重霄九。问讯吴刚何所有，吴刚捧出桂花酒。寂寞嫦娥舒广袖，万里长空且为忠魂舞。忽报人间曾伏虎，泪飞顿作倾盆雨。’回去好好地跟你补补课。”

月色朗朗，圆月挂上苍穹，拂过絮絮流云，夜色的光影间，融着城市灯火，逾发阑珊。城墙垛的那个转角，几位摄者默默地对着圆月，寻找着心里理想的构图，什么月上城楼、什么红灯笼配角兽……只听一位低声说：“去年的一幅构图，月上桂枝（拂上灯光的桂花）有点儿意思，感觉缺点儿什么，想再品味一下，可惜了，桂花还没有开。”

八月的桂花让人惦记，迟到的花开，缺少了应时的浪漫。曾记得宋人李淑真咏桂：“弹压西风擅众芳，十分秋色为君忙。一枝淡贮书窗下，人与花心各自香。月待圆时花正好，花将残后月还亏。须知天上人间物，何禀清秋在一时。”月圆、桂花相映成趣是何等雅事。

“卖桂花栗子羹啦！”“卖桂花栗子啦！”城墙下传来一阵吆喝，有点儿纳闷，桂花还没有开，怎么有桂花栗子、桂花栗子羹？几个小童跳着、嚷着：“买桂花栗子羹。”一边吃着一边叫，“真香、真香！”一位长者品尝着：“去年的糖桂花加新鲜的栗子，味道差了点儿，但，还是带着点儿乡愁。”

又是几日，天微微亮，一阵“啪、啪、啪”的声响，推开窗，涌进一股淡淡的香味，只见，霞色拂上桂树，几只小鸟桂枝间跳跃，那一朵朵金色的小花挂满枝条，还是那么妖娆，那么隆重。

江苏常熟

2021 年 10 月 30 日

晚秋——谁说不是一首歌

“碧云天，黄叶地，秋色连波，波上寒烟翠。山映斜阳天接水，芳草无情，更在斜阳外……”你是否还记得，那一年遥望窗外的秋色，轻轻地吟着这首范仲淹的《苏幕遮·碧云天》，是喜是思，愁上心头。

又是一个秋，家乡的山水间，山林悄然斑斓，是秋的萧然，是秋的热烈，是秋的挽歌，看到斜阳里的湖光山色，不禁有了遐想。

兜转于山水间，乡野里，一束光、一束苇花、一片彩叶、一片波影、一只飞翔的候鸟，锁着一片景致，不由稍作停留，欣赏着婉约的风光。

斜阳里的尚湖，一片静幽，波光粼粼，一只野鸭悠然地荡漾，划出“人”字形的尾曳；一只只白鹭轻盈地飞舞于那片杉林，留下金铃般的歌唱。湖边的一池残荷，历经风霜，勾勒出虬劲的细条，秀着热烈后的风骨。就在这银镜般的湖面，是谁留下淡淡的水墨，是否是吴冠中的点墨，仿佛利用水袖奏出舞蹈的节奏，余韵悠悠。呵，一只调皮的水鸟，一个激灵，水波粼粼，换了一片意境。

此刻的池杉林，洒满漏阳，一泓池水，倒映着挺拔的杉林。慢慢地沿着栈道，穿梭于光影里，看变幻的景致。透过杉林，弯弯的水道映着秀林，红红的叶、轻摇的果、挺拔的干，看，还有悠悠然的几只水鸭。几只水鸭一会儿慢游，一会儿潜入水底，又从不远的杉木旁，露出调皮的脑袋，骨碌碌的小眼睛警惕地环视四周。几只白鹭似乎被景致吸引，沿着弯弯的水道，一遍遍飞翔，掠过的姿态是那么轻盈，清脆的鸣叫恰似一曲高山流水，那么动听优雅。

忽然，一只归舟驶出水道，惊飞了林间的宿鸟，宿

鸟迎着斜阳，掠过树梢，奏起一曲高歌。

漫步于曲径小道，拱桥、廊桥、吊桥连接着弯弯水网，让我不停地驻足，远山暮暮，近水悠悠，那山、那城、那林、那岛、那亭、那个拂水山庄，盈满历史的风雨，装点着一方厚厚的人文脉络。

此刻，不经意间，几只鸟、几片叶、几个漏窗，定格的都是一幅美景。鸟飞的姿态、叶的晶莹、漏窗里的斜阳，还有摇曳的苇花，这就是尚湖的晚秋。

走过姜尚的雕塑，余晖里，那根长长的、没有钓钩的鱼竿，拂着飞霞。他不是在等愿者上钩，而是静静地守望着，这祥和的晚秋。

听着鸟儿的鸣唱，看着迷离尚湖的晚秋，似一曲优美的交响乐，让人迷醉在落日余晖里。

江苏常熟

2021 年 11 月 26 日

寻找失落的记忆

坊间传闻，石板街整修啦。

旧时，有“金唐市、银恬庄”之说，唐市还算有点儿名气，靠的是河运码头。运输方式的变迁，让昔日的唐市，慢慢地淡出人们的视野。

曾几何时，这里出去的人又回来，一拨又一拨，难以找到儿时残存的记忆，摇摇头又走了，是时代更迭的洪流，不经意间冲刷着，磨去了岁月的印记，失落了魂牵梦萦的乡愁。

这一条普普通通的石板街，却是唐市乡愁的摇篮，一则整修消息就变成坊间的喜讯。

从东北街钻入曲里拐弯的小巷，穿过弄隙，看尽粉墙黛瓦的年轮，木柱与小青瓦、水刷石檐口与木门窗、铝合金窗与真石漆的房屋，不变的只有那个院门、窄窄的巷。嘿、嘿，挑了扁担，还要知道怎么拐弯。

左转右拐，一看窄巷的尽头是一条锃亮的石板街。驻足在街的转角，向南往北而望，条条石板锃亮，耀着光，岁月磨掉了石板的棱角，渗满绵绵的烟火。这就是繁荣街。

繁荣街，窄街、粉墙、木楼，典型的江南小街。要说繁荣街，一定要说到明末清初的杨彝（1583—1661）与凤基园。其诗《凤基秋月》曰：“月出中秋好，轩居适对之。水光长似接，壁影迭为岐。但以三宵约，殊难两地移。湖山分胜事，把酒问何其。”走进杨彝纪念馆，穿越时空，明末清初的那段岁月，杨彝、钱谦益、顾梦麟、顾炎武等人就在语濂泾旁，读书、结社、交友，抒发豪情的家国情怀。这些定格在那段时空、听着石板街渐渐远去的脚步声，“嘀嗒、嘀嗒、嘀嗒”，这就是那段记忆里的片断。当你透过那些斑驳，就会看见石板街满满的人间烟火。

“小时候，‘车’铁环、打弹子就在这条街，捉迷藏就在小巷里，一帮玩伴可热闹了。”

“那个爊鸡店是小唐家开的店，一放学，就躲在前面的转角，小唐经常回家偷一点儿鸡脚之类，可香啦！”

“你看那个木桶店，敲敲打打的是木匠，是手艺工，看高提手的是木桶，提水用的；矮的圆桶是脚桶；大的那个是菱桶，下麦钓、采菱角用的……还有那个是马桶。现在都用塑料的，就断片了。”

“沿着尤泾河，旧时叫语濂泾，家家都有水埠头，洗菜、洗衣服，船来了看看热闹，夏天游泳，看看现在冷清得很。”

“过河还有个飘香园，明朝是柏家的，里面有个语濂亭，小时候，放学经常去那里玩。”

“最热闹的婚嫁，石板街挤满看热闹的人，那场面，刻在记忆里。”

“还有过年时的禅寺，听钟声，上头香，跟在大人屁股后面，可有意思了。”

“看看河上的几座石拱桥，这条石板街，承载着过往岁月的故事。如果没有了，就彻底断片……”

…………

一个老者带着一个小姑娘，一边说一边走。

街市上，零星的人来来往往，听着老者的声音，是在寻找那份乡愁。

循声而行，忽见“达门”旁，一位阿婆坐在藤椅里，听着评弹，晃着腿，悠悠然。

江苏常熟

2021 年 12 月 15 日

说说红豆山庄

红豆山庄原名碧梧山庄，始建于宋末元初，距今已700多年。因明代山东副使顾玉柱的次子顾耿光从海南移来红豆树，改名红豆山庄。

要说红豆山庄怎么会有点儿名气，或许与钱谦益、柳如是的一段姻缘，还有那首王维的“红豆生南国，春来发几枝。愿君多采撷，此物最相思”有关，也颇有点儿意思。

先说说红豆山庄的钱谦益和柳如是的一段姻缘轶事。

300多年前钱谦益返回常熟，住在城西北的“半野堂”。某日，有人来访，此人竟是金陵“秦淮八艳”之一的柳如是。那年，是崇祯十一年。又惊又喜的钱谦益迎进柳如是，又建小楼“我闻室”（出自《金刚经》的“如是我闻”），供柳如是居住。此后，建藏书楼“绛云楼”，谈文论诗，惺惺相惜。偶尔又去城西的“拂水山庄”，有许多轶事趣闻。

论文学，钱谦益、柳如是确是才子佳人，如有兴趣，不妨翻翻钱谦益的《牧斋诗抄》《投笔集》《金刚心经注疏》等，柳如是的《湖上草》《戊寅草》《尺牍》等，可以见微知著。

扯得有点儿远，说回红豆山庄。明代红豆山庄主人顾玉柱，外孙就是钱谦益。钱谦益与柳如是结婚后曾移居红豆山庄，山庄里的红豆树，每年开花时节，红豆花色白如珠，微香浓郁，俩人又邀文坛诗友共赏，一时闻名遐迩。让人记住了钱、柳，有点儿淡忘了顾家的碧梧山庄。

“半野堂”“绛云楼”“拂水山庄”“红豆山庄”……随着岁月流淌，消失殆尽，仅留着那些轶事传说。或许就那么有趣，红豆山庄的那株红豆树，依旧生生不息，围着它，依旧念叨，钱、柳的姻缘。

就在这个冬日，太阳稍微西垂，北风凛冽。穿过仿古建筑的大门，沿着步道而行。此刻，园内行人稀少，略显冷清。看，弯弯的河水泛着粼粼金波，看，片片杉林摇曳着，落叶纷纷。而曲径串起的空间，或许是天气的原因，难觅儿童嬉戏的场景。

走在小径，我在想，几百年前，明朝的碧梧山庄（芙蓉村）是多么的偏远，远离常熟古城，躲在江南的乡里，那么僻静。多少年，大宅就这么存在着，却在300多年前的一天，被钱、柳的搬入，打破了此间的平静，人来舟往。

现今的红豆山庄已不是一座宅、一座庭园，而是一座公园。我想寻找曾经的红豆山庄。拐过一条林间小径，走过一座小桥，只见一围栏里有两棵虬劲古树，扎着许多红红的飘带，不用问，看东侧一株布满斑驳的古树，就是我寻找的红豆树。寒风里，红豆树落叶散尽，有点儿萧然，孤零零地挺立着。而唯有西侧的古朴树，默默地伴生着，树丫上还挂着些许红红的残叶，随风荡来荡去，不知是否想诉说过往里的那些爱恨情仇。

流转于水街、钱柳馆，看那些文字，思绪回到曾经的红豆山庄，凝聚在诗文里。听，“草衣家住断桥东，好句清如湖上风；近日西泠夸柳隐，桃花得气美人中”（钱谦益）。听，“谁家乐府唱《无愁》，望断浮云西北楼。汉佩敢同神女赠，越歌聊感鄂君舟。春前柳欲窥青眼，雪里山应想白头。莫为卢家怨银汉，年年河水向东流”（柳如是）。不知不觉间，有点儿穿越，似乎偷窥了钱、柳的对白。慢慢地走出钱柳馆，轶事佳话就凝结在红豆树上，绵绵长长。

穿过一片竹林，忽然传来：“白茆有座坞丘山，阿哥就是常熟山，因为不了得拖身子女人擦了场水，从此勿长变成了今朝个坞丘山。”是一曲白茆山歌，地道的方言歌。

听着山歌，走进白茆山歌馆，或许只有白茆山歌传递着时空里的过往，萦绕在红豆山庄。

江苏常熟

2021年12月17日

冬至·西城

出西城，旧时就是湖甸，登虞山而观，湖甸烟雨也。

一个人闲着，路过阜城门，抬头望望，冬日暖阳里，斜阳、残叶、城楼，颇有点儿意境，就转身独自去爬爬西城。

阜城门上有一匾，书有“一夕金汤”，是纪念明嘉靖年间知县王鈇修城墙抗倭。另一匾，书有“雄控山海”。城门内侧就是“西城楼阁”。

秋菊已散尽，穿过“虞山福地”的门楼，沿蜿蜒的城墙拾级而行。斜阳里，没有喧嚣，能听到落叶的“簌簌”声，慢慢地发现惊喜。爬山虎那虬劲的老藤，布满斑驳的城墙，光影里，似书页上的五线谱，点点红红的残叶，不知是否是音谱上的重音，跳跃着，颇是有趣。

走在城墙上，能清晰地听到脚步声，“嘀嗒、嘀嗒”，似乎踩着时空里的节律，过去、现在、未来，节律里盈满历史的韵味、城市的过往。站在城楼上，弯弯的城墙伸展着，停留于河弯里的那个山前码头，而码头早已落寂，已没有船来舟往的欸乃声，而一弯的粉墙记录着曾经的烟火。

看看城门洞里，汽车驶出西门，莫非是去山前坊，享受初冬暖阳里的一份惬意？而我回转身，想攀去虞山门，赶上“辛峰夕照”的那一刻。

内城的山坡上，葱葱郁郁，几座庭院（大石山房）的粉黛建筑，曲径回廊，掩映于树林里，丝丝斜阳漏过枝丫，洒向点点落叶、院角的芭蕉，让此间有了灵气。

楼阁是一间书房，有几位闲坐、轻

语闲趣谈笑、素装的女子整理着书房，淡淡的茶香弥漫着，盈满楼阁内外。就在这静幽间，闻着书页的墨香，无疑是一种享受。

楼阁建在一块巨石之上，俗称大石山房。曾经在此周围有致道观、东岳庙、严氏读书馆、地藏庵，都毁于岁月。

从楼后的山坡曲径而上，林间有一小涧。若值雨季，驻小桥，看细细溪流，或别有一番情趣。若在桥边的小亭，听林间细雨，是否能听到古琴的优雅迷离？

再登高就上五岳楼，西城尽收眼底，远眺就是湖甸烟雨。此间意境诠释着“高阁三层烟树里，青山半角夕阳中。一行雁齿斜城界，万井鱼鳞碧瓦丛”（清·蒋廷锡《城西秋望》）。

回上城墙，夕阳已慢慢西沉，或是冬至日，再无遇见路人，靠在墙垛，望着虞山门，停下了脚步。

猛然间，发现那株白玉兰，已含苞待放。

江苏常熟

2021 年 12 月 21 日

雾里·水乡

开始数九，天还是暖阳高挂，没有风的江南，远比大雪封山的塞北，来得惬意。

每天穿行于田野、农村，扑面而来的满是清新，河湾里的农家，守着散落的规整，不知已过多少年。河湾里，欢腾的鹅、鸭，划出粼粼波光。河岸边，摇曳的芦花，一晃一晃，惹得行人好不欢喜。

寒潮或许不久将至，水乡披上薄薄的面纱，田野、农舍就藏在纱的后面，随着拂过的微风，若隐若现，盈满神秘的色彩。这面纱就是雾，钻进雾里，再透过雾，游走水乡的角落，似走入一幅淡淡的水墨画，去寻找质朴的田园生活。

城东南原是水乡泽国，阳澄湖大闸蟹的品质，造就了一方水土养育一方人。迎着雾，走在这片土地，只见，一方方鱼池、一条条栅栏、一个个守蟹的小屋，构成田野里绵绵的风光。沿着田陇，一只只草鸡左摇右晃，奔走于沟渠，或许是争抢什么，扑腾着，高声鸣叫，看一只大雄鸡，竖起红红的鸡冠，一副不服的样子，颇是可笑。水面上，几只白鹅悠悠荡水，击水翻滚着，一个倒立，那空中的红掌，似乎想找到平衡之点，扑腾着，又一个翻转，仰起头，拍着翅膀，看那姿态，洋洋得意。

池塘的尽头，一位阿婆包着头巾，围着青色围裙，坐在小板凳上，整理着围栏的木条，嘴里哼着小曲，透过薄雾，传来清脆的歌

声。不一会儿，一位骑小三轮的阿公，沿着河岸边的小径，轻快地驶向小屋，停了下来。

“老头，鱼货卖掉了？”阿婆抬起头，微笑着。

“给你买了大饼、油条，趁热。”阿公把一个纸包递给阿婆。又从车厢里拿起两个竹篓，放到屋门口，抓了把稻谷，扬手撒了出去，陇上的鸡、水里的鹅高叫着，围了过来。

隔着飘荡的雾，我停留在陇上的一丛灌木旁。

“车厢里还有几个大饼、油条，你怎么不招呼老孙、老陈？”阿公搓着手，抖了抖衣袖。

“我以为你今天没有买，他们总是帮我们，多好的邻里。老孙、老陈忙完了吗？过来吃油条！”阿婆的嗓子脆脆的，隔着荡过的雾，看不到她的表情。

“哎呀，你们总是这么客气，多么难为情。来了、来了！”不知从哪里传来声音，伴着“啪叽啪叽”的脚步声。

你一言我一语，几位老者拉着家常，随雾飘了过来。

我不想去打扰浓浓的乡情，借着雾色，拐到河湾里的小村。

粉黛的民居围着河湾，水面上弥漫着轻雾，似烟、似纱，欢腾的鹅、鸭声回响，夹杂着水埠头上的吴侬软语。待轻雾拂过，错落的江南民居勾勒出优美的轮廓，若隐若现，河边的柳树垂下纤细柔软的枝条，撩拨着淡雾，让水乡多了些许水墨的妖娆。

太阳躲进雾色的帷幕里，羞答答地，不肯露面。

趁着这雾色，我穿巷而过，只听小村里传出“上学去了”，一阵零碎的脚步声，由近及远。

江苏常熟

2021 年 12 月 22 日

跨年·水乡的味道

还来不及回想昨天的过往，一晃一年，又一晃又是一年，生活的柴米油盐，不惊不扰，平淡如水。

上海的第一缕阳光出现在金山的东海边，有人不是去赶海，而是去目睹那一轮旭日升起，想迎接新年的到来，充满对憧憬生活的期待。

我也到了金山，去了朱泾的东林寺，想一探建于元朝，风霜700多年的古寺。东林寺原名观音堂，元朝至大元年（1308）由僧侣妙因创建。屡遭战乱、火灾，又屡次重建，始终传承着戒、定、慧的思想。

东林寺的山门独特，主体白色，顶部饰观音、莲花座。三门的檐口，饰飞天、观音、祥云，整个门楼浑然一体。过三门，景泰蓝制作的善财童子，那神情，活泼里透着吉祥；过金愿桥，左右两侧是钟鼓楼，熠熠生辉；礼拜诸佛，停留于观音阁。高耸的墙面塑着灵动的众罗汉，神态各异，逗、趣、笑、戏、乐，释尽人间百态，颇有深意；向里看，高高的铜门，刻着千佛；透过门，巨大的观音立佛笑容慈祥，虔诚礼拜。

朱泾去枫泾不远，沿朱枫公路捷行。冬天的水乡田野，没有儿时的一望无际，透过车窗远眺，归整的田陇、静幽的村庄、泛着波光的小河，只有几只嬉戏的白鹅，追逐着，或许它们已闻到春的气息。

来到枫泾古镇，驻足于（古）吴越界河，放眼而望，悠悠荡过的小舟、窄窄的风雨廊、布满斑驳的粉墙，还有充斥着里巷里的烟火味，忍不住沿着小街，游走起来。

曾记得，丁聪出生于枫泾，看他的漫画，感觉幽默有趣，慢慢地看到内涵，画里画外透着心酸的、兴奋的、苦涩的、无奈的余音，满

页是生活的百般滋味。漫画的灵感或许就源自哪条里巷、哪座石桥。

踩着和平街石板路，听着节律的脚步声，不紧不慢，“嗒、嗒、嗒”，这声音似乎穿越千年，就在这巷弄间。枕河的粉墙建筑布满流痕，不时有人推开“吱呀”的木窗，探出头，放一盆鲜花于窗台，或隔河打着招呼。小舟驶过，欸乃声传到河埠头，让想荡舟的旅人听见“船来了”。观音兜和五山屏风墙的屋面，有的挂着老藤，有的长出几株小草，经历着岁月的风霜。看那“致和桥”，700 多年里，物是人非，小草轻摇着，宣示着生命的顽强，也听惯了路人的脚步声。风雨廊内，充斥着芡实糕、熏拉丝、粽子、枫泾丁蹄、状元糕的香味，一声声吴侬软语，让人停下脚步，品尝着儿时记忆里的美食，小晗说一会儿还要吃一碗馄饨、一笼烧麦。

走过竹行桥，眺望枫溪，一幅水墨长卷徐徐铺开，一侧是绵绵的枫溪风雨廊，一侧是错落有致的粉墙黛瓦，几株古树虬劲地伸展于河上，点缀着水墨里的留白。停靠着的小舟，蕴含着水乡里的过往，增添了些许灵动。看一座座石桥横跨交叉在河流上，承载着小镇人文的历史积淀。许多年前，小巷尽头的少年程十发，不知多少次经过古戏台，又多少次驻足聆听，国画里的灵感沾满小镇岁月里的滋味，透过纸背，又传递着“尽精微致广大”。

枫泾的精彩是“三步两座桥，一望十条港”。走着走着，你感觉石桥的风姿，和着流动的水、波动的倒影、划过的小舟，是一曲古琴独奏的“阳春白雪”。听着曲走街串巷，看个个院落，东区火政、人民公社、农民画社，粉墙间叠加着时代的烙印，那么深。

到水乡的枫泾，虽不是家乡，却盈满乡愁的味道。停在枫溪边，小晗吃着烧麦、馄饨，老陶吃着荠菜团子，而我吃着素浇面，简简单单的餐点，承载着儿时对家乡的记忆。一边走一边看，小晗还不忘提醒着，带回一点儿喜欢的枫泾特产——状元糕。

江苏常熟

2021 年 1 月 1 日

桥

桥伴随着人类的文明史，展示着它精彩的身姿。

水是灵动的，朝夕间波光粼粼。桥就随势而筑，凌空飞渡，飘逸的姿态倒映在河面上，勾勒出优美的图卷，书写出时代的篇章。

我喜欢桥，或许与生长于水乡有关。记得小时候的乡间，曲曲弯弯的河网，蜿蜒的小径，连通着散落的村庄，看看不远的临村，绕远远的窄路，或许还要过独木桥，桥颤颤抖抖地“吱呀、吱呀”，让小腿发颤，急步冲过对岸，嘴上还要说：我不怕。

慢慢地村庄变迁，桥大多变成水泥的拱桥，桥中的栏杆墙上，总是书着红字的桥名，感觉很是“洋”气，栏杆有红砖砌的、水泥空心的，坐在上面看舟楫驶过，有摇橹的、有敞篷的，慢慢地有柴油机的，幻想是不是长大后，坐船离开家乡，看看外面的世界。晚上，坐着乘凉，数数星星，什么北斗七星、牛郎星、织女星，感觉星星眨着眼，有点儿迷人，想知道天上到底有什么。

小学春游，坐着轮船去城里，看看河水翻涌，过座座桥梁，匆匆行人。船过三条桥、二条桥、头条桥，高高的石拱桥，半圆的桥洞，桥洞里的回音，寻思“城”里就是比“乡”下来得“适意”。

慢慢地接触到赵州桥（河北省赵县），细腻的石雕、优美的桥式、简洁的线条，岁月已过1400多年；“天下无桥长此桥”的洛阳桥（福建省泉州市），当随着潮起潮落，轻步而行，那节律似踩着历史的点鼓而来；“十八梭船廿四洲”的广济桥（广东省潮州市），那形制是多么精彩，被著名桥梁专家茅以升誉为“世界上最早的启闭式桥梁”。随着岁月的穿梭，南去北往里，无不留恋一座又一座斑驳的桥梁，抚摸着它们的厚重。

去英国，沿着泰晤士河过“伦

敦塔桥”“女人桥”“千年步行桥”“威斯敏斯特桥”“黑修道士桥”……慢慢地去阅读桥背后的故事、轶事、历史，摸着它们的斑驳，感觉着历史的温度，心脏随之起伏。到巴黎，沿着塞纳河过“协和桥”“亚历山大三世桥”“荣军院桥”“皇家桥”“卡卢索桥”“艺术桥”……看着那些雕塑、纹饰、灯架、“挂锁”……慢慢地了解岁月里的故事，惊叹，桥不是简单的桥，是一部史书。

不经意间又发现，人们为什么随着时间更酷爱这些桥。走在塞纳河边，就有人问：梵高的《塞纳河上的大杰特桥》油画是在什么位置画的？雨果的《巴黎圣母院》的主人公不就生活在河边，经常走的是不是阿西维什石桥？

生活在水乡久了，去过的地方多了，对桥有释不完的情怀。走着刻满年轮的桥，有人物、有故事，因桥而记得；走着古桥，似踩着时空的节律，听历史余音；走着现代的桥，阅透人类技术的发展，感悟桥是文明的重要印记。

很多年里，没有多少人重视桥的历史价值，有一些桥毁了、拆了；没有多少人重视桥人文的意涵和桥承载着的历史，只注重桥的功能……有点儿深深的遗憾。

那天，天灰蒙蒙的，有点儿阴凉。有人说：那片荒地里有一座“十字桥”，很有特色。我赶到满是鱼塘的原野，远远地看到荒角里，有一座桥梁。刚下过雨，路很泥泞，走着走着，鞋沾满泥土，很多很重，临近李市乡野里的“十字桥”，找一草丛，想踩掉一些鞋上的泥土，一抬头，一条十字河交叉的犄角上，简洁的拱形架梁，形成十字形桥梁，形态干净、简洁。虽没有“鱼沼飞梁”（晋祠）的精美、细腻，却代表着20世纪六七十年代江南水乡农耕时期交通的脊梁。

我来回地走了几遍，在想，或许这些散落荒野里的近现代桥梁，已没有交通的价值，渐渐地会被遗忘，或被拆掉、毁掉，或许若干年后，当面对图片，已难觅其实物的踪影，只能一声叹息。

桥还会建，桥还会拆，或许这就是轮回。但是否应关注，一些刻满时代印记的桥，让它们留下来，传下去，让它们无言地诠释一些历史的片段。

江苏常熟

2022年2月5日

问　春

俗语说："八九"燕来。这个"八九"，燕未来。

春节的念想，就是"聚"与"喝"的碰撞。疫情浇灭了春节的余温，而灰蒙蒙凉飕飕的天气，让人感觉心情压抑、缩手缩脚，静观的日子，"宅"在家里，读读"闲"书，打发着日子。

闲逸间，看着院角的那株腊梅，在北风里摇曳，飘过来淡淡的余香，感觉缺了点儿什么，忽想起卢梅坡（宋）的"有梅无雪不精神，有雪无梅俗了人"。哈哈，徒生感叹！默默地呆立着，却被叽叽喳喳的一群鸟儿唤醒，看，它们在假山旁的春梅间跳跃，仔细瞧，发现满枝的花蕾已含苞欲放，或许等待的就是那一缕暖暖的春风。

春寒料峭，乍暖还寒。久违的阳光羞答答地露出笑脸，让人有点儿急不可耐，沿着虞山的山南，慢慢地前行。似剪刀的春风里，行人零星，不多的汽车也匆匆而过。就在山湾里的吾谷枫林，一排春梅却已欲放，轻摇着，惹得赶春的一对恋人，摆姿弄梅。

朝阳里，我停留于梅树间，顺着那枝丫间的漏阳，看那丛丛绽放的梅花，红的妖艳、粉的娇羞、淡绿的玉洁……林间暗香疏影，盈满淡淡的幽香。忽听，嗡嗡作响，几只蜜蜂飞舞于花朵间，晃着脑袋，钻进花蕊，惹得满头花粉，摇摇头，忽又飞到另枝花丛，样子萌得可爱。

绕过山南，转去湖边。凛冽的寒风里，裹紧衣帽，漫步林荫里的串湖大堤。深深地吸口清新的空气，脚步感觉轻盈许多，空旷的湖山间，远山粉黛、湖水泛着银光，几枝梅树依旧含苞待放，摇曳的柳丝轻摆，小鸟跳跃着，叽叽喳喳。

步道上，迎面走来一位带着孩童的少妇，男孩提着小竹篮，一边走一边寻觅着什么。“看，那是不是马兰头？”“不是，你看这棵是荠菜。”“快过来，这滩是马兰头。”“这么多呀！”男孩欢快地跑了过去。

湖面上，那高高的芦苇扬着芦花，仔细瞧，丛里藏着的白色鹭鸟，低鸣着交头接耳，偶尔扑腾一下翅膀。忽见几只野鸭上下翻滚，击起层层涟漪，又快速地划出长长的尾波，那一声声鸣叫划破空旷的湖面，好似唱着一曲春歌。

“竹外桃花三两枝，春江水暖鸭先知。蒌蒿满地芦芽短，正是河豚欲上时。”（宋·苏轼《惠崇春江晚景》）哈哈，谁能说，面前的野鸭欢腾，不是预示着春的来临。

江苏常熟

2022年2月28日

话说琴湖

虞山老城的东南是琴湖，旧时的虞山十八景之一的藕渠渔乐是否与之有关，不得而知。20 世纪 80 年代，琴湖还偏隅沪宜公路的外侧，似乎与城市没有太多的关联。那时，城市人的记忆里，夏天去琴湖，大多是去游泳，湖面不大，水很清，远处的一角，是藕渠集镇，感觉还是有点儿距离。

至 80 年代末，琴湖的位置已是城乡结合部，头脑敏锐的赶潮人，已感受到改革开放的春水，挖掘着各方的优势，由此，琴湖的西北角，琴湖公园应运而生，曲桥、亭楼、藕塘，还有一些游乐设施，让城里人多了休闲的去处，村民得到了一些收益。后来，不知不觉间，近城的环湖区域，渐渐地被企业、单位、小房产等各据一方。

眼前的蓝天、斜阳、“小蛮腰”，把思绪拉回到“琴湖公园”，或近傍晚、或未开放，人不多，微风轻摇着湖边柳枝，似一帘，让虞山、方塔拂上一层面纱。间或的桃树、樱花灿烂绽放，有点儿娇艳，增添了“人间四月天”的妩媚。我走近观景凉亭，看到一方框架勾勒，似一幅城景油画，哈哈，走近是框架漏窗，迷了自己的双眼。沿着护栏靠近，听到湖边几位老者指指点点，我停下脚步，依栏而憩。

走到湖边，湖堤上有人跑步、散步，还有人跳舞，远远地传来悠扬的音乐，远山的新绿、新景的倒影、慢慢西沉的太阳，勾勒出琴湖共享的理念。

环湖的跑道上，渐渐地人多了起来，那些笑声、节律的随身音乐伴随着悠闲的人群，点缀着新园的活力，这或许就是人们期待的琴湖，不问过往。

江苏常熟

2022 年 4 月 6 日

一树一寺一菩提

时间无声无息，悄然从指缝间流逝，又是一年。

春末的一场急雨，荡洗了天空，又摧残了寺前的几多楸花，让空阶上落满淡红的花瓣。落满花瓣的一汪积水，映着寺前楸树，和一束漏阳耀着寺门的金色，揉在一起，盈着一番别样的悲情色彩。有一个孤零的人抚摸着石栏，仰头眺望着不多的残花。

一片花瓣落下，就在那汪水里，溅起一点儿水花。她走上去，拾起粉嫩的花瓣，看了又看，放在手心，凝望着，样子有点儿落寞，似乎想起什么，用手擦了擦，掏出一张纸包好，放入口袋，或许勾起了心思，藏起了一份念想。

她一转头，一滴雨水落在她的脸上，她慢慢地仰起头，看到树上的水珠一闪一闪，耀着光那么晶莹。她擦了擦脸，闻了闻花的余香，又盯着树上一角仅存的残花，摇曳于蓝色天穹，轻轻地一声叹息，“又是一轮回”。

她孤零零坐在空阶上，看着满阶的落花，有点儿发呆，不知想着什么。不知何时，已拾起一朵落花，凝神而望。梵音传来，她轻轻地吟诵，脸上慢慢少了些忧愁，站起身。

“吱呀”一声，山门内走出一僧人，慢慢地扫着阶上的落花。或许早已注意阶前的她。一边扫一边轻轻地吟着心经：“观自在菩萨，行深般若波罗蜜多时。照见五蕴皆空，度一切苦厄。……”

她顿了顿，似乎想走向僧人，停了下，转身而去，脚步变得轻快。

“阿弥陀佛！”僧人双手合十，念诵着。

江苏常熟

2022年4月30日

海南撷英

老陶要去一次海南的临高，临高又是西海岸的起点、解放海南时的登陆地点，想想没事，就一起出发，去走走海南西海岸，登一登五指山，寻访一下苏东坡被贬地儋州的“东坡书院”，传说海南的先民对苏东坡的到来热情欢迎，让苏东坡颇是感慨。

从五公祠走起

海南有多少历史名人没有查证，要说就会说到海瑞。海瑞是海南岛琼山县人，生于明正德九年（1514）。明代著名的思想家李贽评价：“先生如万年青草，可以傲霜雪而不可充栋梁。”

海瑞墓位于龙华区丘海大道39号。跨进青灰色石牌坊，横刻“粤东正气”。一条麻石大道从牌坊下穿过直通墓地。甬道两旁有石羊、石马、石狮、石人，或站或坐或躺，栩栩如生。墓前石碑上刻“明皇敕葬资善大夫南京都察院右佥都御史赠太子少保谥忠介海公之墓”，简单而肃穆。

纪念海瑞，就是纪念一种精神，正如“三生不改冰霜操，万死常留社稷身”的抱联。

走一走海瑞故居，三间平舍而已，了解了一二海瑞的过往。而百姓记住的是“南海青天”。

过繁华的都市，又驻足闹市里的一处绿荫里的雅园——五公祠，有人还在问，苏公祠在哪里？

那么先说说苏公，苏东坡也。苏公祠是苏公北返后，为纪念苏东坡而建。北宋绍圣四年（1097），苏东坡被贬来琼，借寓金粟庵（今五公祠内），短暂的闲居，教百姓掘井之法，即“指凿双泉”，一泉曰金粟，一泉曰浮粟。何谓粟？走近一看，漏阳里，水里一粒粒细泡慢慢地从水底升起，很像粟米，味甘。

走过月洞门，就是五公祠。五公为何人？唐宋年间被贬海南的贤臣名相、忠义之士：李德裕、李纲、赵鼎、胡铨和李光。

穿行于高树绿荫间，错落有致的建筑颇费思量，承载着五公的“琼”崖生活及其过往。慢慢地走着，停留于观稼堂、学圃堂和西斋、洞酌亭、洗心轩，感觉后人的用心。如“一水可曾将耳染，纤尘绝无上心来”，耐人寻味。

五公、苏公、海瑞与海南的人文情结，不会随着时代的更迭而磨灭。这些是海南的无形之根基之一，已刻上烙印。

走入骑楼老街，恍若回到喧嚣的海口旧市，一幢又一幢毗邻的建筑反映了荣归子弟的海外情结，融合了多种元素，不仅有浓厚的中式传统古建筑特色，又一定程度上模仿了西方建筑、南洋建筑的装饰风格，形成一道亮丽的风景。艳阳里，走在骑楼下，一阵微风吹过，非常惬意。几多商家懒洋洋地靠着躺椅，慢慢地摇晃着腿，好似不在乎椰糖、手串、海螺……是否有人喜欢，楼柱旁的三角梅盛开，红的、黄的、粉的摇摇曳曳，让街道增添了些许灵动。一只猫踱着方步，一走三回头地走过骑楼，再一转头，消失在店铺里。

慢慢地走着，似乎荡过百年，邮局、银行、商会、天后宫、西王庙、邱氏祖屋等历史建筑，可从中一窥海口曾经的人间烟火。

停下脚步，来一个椰子，慢慢地喝着，再回头望，蜿蜒骑楼间的铜雕栩栩如生。

去雷琼古火山地质公园的路上，惊奇地发现一个现象，一片绵绵的田陇间结着大大的网，网很低，下面就是葱郁的火龙果，已挂着一个个红红的果实，网点上一闪一闪似有晶片。我好奇地问：“怎么田陇上还拉着网？”“哈哈，这不是网，是一盏盏灯，晚上灯火一片，让火龙果感觉都是白天，拼命生长，有意思吧？”莫师傅笑笑。

海南满眼是绵绵的葱郁，初夏的季节，一会儿蓝天白云，一会儿又来阵急雨。穿行于火山口的林间，鸟鸣阵阵，各种植物让你感受海南雨林的精彩，一堆堆古老的火山岩流纹，默默讲述着曾经的地动山摇。拾级而上，到达山口，先盘旋抵锥口底部，密林苍翠，藤萝爬满黑黑的岩壁，陡壁上一方黑黑的洞口藏着火山的秘密，不敢靠近。

转身登上锥顶，一边望郁郁的倒锥，似乎盛满年轮，另一边瞧，不远处就是高楼林立的海口，假如看完一块块铭牌，真能了解火山的一二。

路上，莫师傅说：“怎么样，去桥头尝尝桥头红薯？”停留在桥头，尝尝刚出炉的红薯，香香的、甜甜的、干爽可口。一旁的大娘说：“听说当年苏公去儋州，路过桥头也吃过红薯。”“苏公是谁？”“苏公你还不知道？是苏东坡。”

一阵大笑，笑得前仰后合。

走进五指山

一、谁在撩动琴弦

挂满雨丝的雨林，别有风姿，雨珠挂上嫩嫩的摇叶，不时掉下一滴，落在脸上，凉凉的，有点儿惬意。飘荡的层云，一会儿散点儿漏阳，水珠有了晶莹，忽亮忽亮，让雨林有点儿灵气。左看右眺，慢慢地踩着落叶，不时有一条条斑斓的毛虫蠕动，看着有点儿瘆人。

走在林里，盈满清新的气息，点点露珠养育了五彩菌群，黄的、咖啡色的、乳白的一簇簇躲在粗壮的树丫，有点儿欣喜，慢慢地靠近，寻思怎么没有采蘑菇的小姑娘。

看几只蝴蝶，林间轻盈，跳动着舞步，点点嫩枝，点点蘑菇，如林间舞者。听叽叽喳喳，一阵阵、一声声，近的、远的，

是林间的百虫交鸣，左看右瞧，不知躲在何处。

拐个弯，一阵阵瀑布声，似骏马奔腾，响彻雨林，一层层百转千回的激流，挂上陡崖。看，一股股水流，奔腾汇合，汇集成西逝的昌化江，日夜不息。看，天穹里，荡去片片层云，阳光碎落一地。看，山谷里，急流变成清澈晶莹，溅起片片飞花。

绕着这条溪，溪边长满桫椤、海芋、箭根薯，树根上布满青苔，潺潺的流水顺石隙涌动，奏着“哗、哗、哗”的音律，与林间的虫鸣，轻融在一起，伴着荡过的漏阳，形成乐章。又似乎是一种倾诉，讲述着如来佛与孙悟空、仙女潭、银河桥，还有昌化江的传说。看，那不是孙悟空张望的猴头石吗？

薄履穿行，层云激荡，漏阳掠过潺潺溪流。听，溪响、虫鸣还是鸟叫，随着光影的飘逸，合奏着雨林的篇章，那么婉约、那么深沉。

渐渐顿悟，啊，是自然的神奇拨动着自然的琴弦，构成一曲自然的歌。

二、山里人家

走在五指山里，一个字——绿，深绿、浅绿、新绿盈满双眼。远眺绵绵翠山，云雾缭绕；近看山溪、水田、果树、村寨，还有奔跑的草鸡，充斥烟火气息。

到山里，不得不提到山兰酒，一种黎家的土酒，红糯米制成。特别之处是红糯稻米散播在山头，不靠水灌，自由生长，产量很低，一闻，浓浓的酒香醉人。

到山里，高高的槟榔树，几片叶子摇摆，一丝丝的槟榔花、一粒粒的槟榔果，一片树林一道风景，倒映于山坡间的池塘，勾勒出不一样的风姿。就在这池塘，鱼跃、鸭欢，还有几只鸳鸯，荡过水面，那悠闲的样子惹人喜爱。

在山林里的水岸苗村，与一老者攀谈，老者脸上挂着淡淡的微笑，他叫我猜，爬藤的、长满一串绿粒的是什么植物？我摇摇

头，他说是胡椒鲜果。“村里远离城镇，孤寂吗？”“一块水田，几间房舍，鸡鸭成群，种种槟榔、胡椒……看看那公鸡亮丽的羽毛，就知道生活有多充实，当然还有老伴。”他指指池塘边的老妇人。

我穿林过垅，怎么觉得不是在村寨，而是超然的森林深处。听，一阵阵蛙鸣、一阵阵鸟叫，绕着你身边。

又驶过不少山峦曲径，停留于初保村，沿着山坡有几十幢茅草屋，坡下是几垅水田，谷底是奔涌的溪流。初保村是黎族古村，茅草屋是黎族传统民居——船型屋，外形似篷船、内部似船舱。为何如此造型？《越绝书·记地传》载，越人“水行而山处，以船为车，以楫为马，往如飘风，去则难从”。有点儿意思。

拾级而上，只见一位老者光着膀子，正在悠悠喝酒。一旁是烧红的土炉，冒着淡淡的烟，黑黑的屋里通过洞开的门透进光亮。他坐在矮矮的短木上，前面是一口铁锅，看到我，他笑笑：“你坐你坐。”他告诉我，锅里的小鱼小虾是下面溪里捉的，味道不错，他每天喝点小酒。他姓王，后代及村里其他人搬到新村去了，他舍不得老屋，习惯了，一个人还行，偶尔有外人来聊聊天，挺好挺好……

或许刚下过雨，茅屋的檐口挂着水滴，弄得湿答答的，几只鸡蹲在石垒墙上，转动着眼睛盯着我，是否看我是哪里来的，想干什么。看我慢慢走远，飞起，大叫着，不知为何。

走着走着，渐渐明白，传统的有形的建筑或其他东西，无法用言语来完全表达，它传达着民族文化。

三、又上百花岭

从海南民族博物馆出来，怎么都想说说黄道婆，一直知道黄道婆是上海松江人，怎么与五指山的崖州有着关联。其实，宋末，黄道婆到海南，居近40年，与黎族妇女探讨棉纺织技艺，总结出“错纱、配色、综线、挈花”的织造技法。元朝元贞年间，返回松江乌泥泾，教乡人改进纺织工具，制造擀、弹、纺、织等专用机具，织成各种花纹的棉织品。想想真是不易，不要说别的，对古代而言，距离是何等的遥远。可敬可佩之精神，琼也立祠纪念。

五指山山区主要居住着黎族，寻访古村初造村，从船形屋可一窥古代生活之艰辛不易。

如今，沿蜿蜒的山路向上，穿梭于群山峻岭之间，一阵层云一阵雨的初夏，转一个弯过一道岭，都能看到挂在山崖的瀑布，虽没有“飞流直下三千尺，疑是银河落九天”的壮观，却也能给绵绵的五指山，增添灵动的气息。

莫先生说去登登百花岭。百花岭位于琼中，山势在群山里没有突兀之处，奇就奇在远远地就能看到山峦上的飞瀑，阳光下，晶晶亮亮。

沿着菩提路至百花天池，虽名天池，不大，静幽的一泓潭水。

流转潭边，观两块巨石，颇有意思，似飞来，形似莲花、菩提，故名莲花石、菩提石。

过双龙戏珠，沿爱情谷的溪流逆上，溪流奔涌着，磨尽巨石的棱角。漏阳里，水荡过巨石，挂着水帘，耀着晶莹；水涌过石隙，汹涌激荡。或晴或阴的天气，让树梢上的阳光一阵一阵，忽是那边溪流透亮，忽是这边溪流透亮，交叉着、跳跃着，随着流云。

初夏的天，穿行在雨林里，闷闷的、湿答答的，曲曲弯弯地沿溪爬行，一会儿就大汗淋漓，一边擦着汗一边观赏着变幻的景色，品味着路上的名称，爱情方舟、月老石、情侣湖，挺有意思，停下来、转个圈，发挥想象，怎么真有点儿像？哈哈，就是现代人的奇思妙想。

顺着人们的奇思妙想，拾级走向藤王谷，听着溪唱，看阵阵漏阳碎落，雨林里的藤萝绕攀着树，别有一番景致。一抬头，两棵参天榕树，几人才能合抱。你猜猜，有人题的什么名？琴瑟双仙。

又说苏东坡

“我本海南民，寄生西蜀州。忽然跨海去，譬如事远游。平生生死梦，三者无劣优。知君不再见，欲去且少留。”（宋·苏东坡《别海南黎民表》）苏东坡离别海南，写下海南黎民表，今读读又谈起苏公，谈起儋州。

海口的苏公祠是苏东坡北返后修建的，海口仅是苏公短暂停留之地，而儋州则是苏公被贬之地，他在此生活三年。

从临高出发，稍停临高角。临高角是琼州海峡突出的一岬角，三面环海，约 7 公里长的海岸线。岬角顶端有 250 米长的天然拦潮礁石堤伸向大海，古有“仙人指路”之说。

1950 年 4 月 17 日解放海南战役打响，临高角是主登陆地，第四十军和第四十三军指战员冒着敌人的枪林弹雨，冲破了海峡封锁，成功地摧毁伯陵防线，是战争史上的奇迹。

慢慢地沿着海堤，望着平静的茫茫大海，听着战役的介绍，心情澎湃。现今，祖国逐渐强大，应该牢牢记住先辈的流血牺牲，不可磨灭的贡献。

穿行于西海岸，掠过平展的茫茫田野，稻穗已弯下了腰，香蕉也挂满枝头，苍翠的大地一眼望不到头。打开窗，一股海的味道，估计离海边不远。午后，太阳火辣辣。不久，到达中和古镇的东坡书院。

据史记载，苏东坡生性豁达，为人率真。在朝几起几落，绍圣四年（1097），被流

放儋州，他在这里办学堂。许多人不远千里，追至儋州，从苏轼学。而东坡书院建于1098年，其内建筑“载酒堂”之名是苏东坡根据《汉书·扬雄传》中“载酒问字”的典故而题。

清代1548年扩建更名为东坡书院。门上横书“东坡书院”，为清代举人张绩所题。

烈日炎炎，没有一丝风，散落的建筑掩荫于翠绿的椰林、榕树里，几棵凤凰木花簇盛开。走进大门，一泓清池，池上是载酒亭，绿瓦重檐，上层四角，下层八角，各角相错，呈欲飞之势。亭上悬一匾云“鱼鸟亲人”。意为苏东坡远谪海南岛，只有鱼鸟是他的亲人。

过亭是载酒堂，这里曾是苏东坡讲学、会友的地方。院内的苍劲古榕，或许见证着那段岁月，而今苍郁一片。后墙上的《坡仙笠屐图》（唐寅画）描绘着苏东坡头戴竹帽，脚穿木屐，高卷裤管，身体向前倾斜，在村路上顶雨急归。

游走东园，一口古井“钦帅泉”（明代），不知有多少人受益，是否明白个中滋味。驻足耕牛雕塑，读着“人间无正味，美好出艰难，早知农圃乐，岂有非意干”（苏东坡），思索良久。

继续向西园走去，纪念馆内的图文诠释着苏文豪的一生，特别是那首《念奴娇·赤壁怀古》：大江东去，浪淘尽，千古风流人物。故垒西边，人道是，三国周郎赤壁。乱石穿空，惊涛拍岸，卷起千堆雪。江山如画，一时多少豪杰。遥想公瑾当年，小乔初嫁了，雄姿英发。羽扇纶巾，谈笑间，樯橹灰飞烟灭。故国神游，多情应笑我，早生华发。人生如梦，一尊还酹江月。

不知千年古镇还藏着多少故事，也不知苏公曾经流转于哪条街，停留于哪家拉着家常。至古镇小店，品尝品尝芝麻豆腐，有点儿寻古的味道。

而白马井（儋州）遗址，据文字记载，隋唐时，抱驿都旧志云：后伏波将军乘白马刨沙得泉，因为井去海涛才四十五步，其味清甘，乡人于井上立伏波庙。或许就是故事的神奇，到白马井镇就去寻访。现存一片小的围墙、不少杂草、一口井、一匹白马（雕塑），围墙豁口处看到旧码头，码头上停着不少渔船，几只船的船舷上方挂着上下两排灯泡，当年伏波将军肯定没有看到这景象。

闻着海边浓浓的海腥味，绕过海湾，走过一片椰林，滩涂上一块块晒盐的石头，或一滩滩几块，或一片几十块，看似规律又似无序，据说是古盐田，已过千年，顺着曲径走向滩地，浓浓的盐味，或许刚下过雨，盐田里无一人劳作。天闷闷的，我没有劳动已是汗流浃背，想想烈日下，是多么艰辛。岁月轮回，物是人非，盐田还是这片盐田。

又往五指山里前行，穿过绵绵的丘地，慢慢地远远地出现山峦，山连着山，青黛层叠。忽然，水库的水面上出现深深的灰幕，水天一色，莫先生说这是雨云，哪里肯定已大雨倾盆，海南的天，十里不同。车沿山间的蜿蜒公路行驶，天蓝蓝的、白云朵朵，山越来越高，已进入山里，寻访江边乡的白查村。

白查村是黎族古村寨，去过初造村，到白查村一看，或许是按传统的船形屋复建的村落。一片椰树掩映，几处楝树，还有散落的榕树，与沿着曲曲弯弯的小径、茅草的船形屋构成部落村寨。听黎家的乡亲介绍，这些建筑是黎族的根、黎族的精神家园。

说起旧时的崖州，曾是天涯海角，茫茫的南海，惊涛骇浪，守护边疆的将士遥望着背后的故国、家人，不惜远离家乡坚守。

你知道冼夫人吗？冼夫人，高凉郡（今广东高州）人，以善谋、勇敢著称。她一生坚持维护民族团结，保障地方秩序安定，被尊为圣母，隋文帝时册封其为谯国夫人。

苏轼《冼庙》曰：“冯冼古烈妇，翁媪国于兹。策勋梁武后，开府隋文时。三世更险易，一心无磷缁。锦伞平积乱，屡渠破余疑。庙貌空复存，碑版漫无辞。我欲作铭志，慰此父老思。遗民不可问，偻句奠余欺。爆牲菌鸡卜，我尝一访之。铜鼓壶卢笙，歌此迎送诗。”

崖州有着许多故事，走进老城是少司徒牌坊，明代“岭南巨儒”钟芳而立。后侧是堪称“天涯第一圣殿”的崖城学宫，有大成殿、文明门、崇圣祠、尊经阁等建筑，可一窥曾经的崇文之风。

慢慢地寻访着海南的人文脉络，一叶孤岛承载着中华文明的影响，落地生根。

我心飞扬

沿着西海岸蜿蜒的公路，行驶在翠绿之间。倾耳听，一会儿能听到海的声音，一会儿又能听到鸟的歌唱。隔窗望，阡陌间，稻穗弯着腰，火龙果低垂着头，香蕉林挂着串串果实……而池塘边，几只黄牛悠悠地漫步，走向林间的村寨。

初夏的天闷闷的。天空里，只有淡灰的薄云慢慢地飘荡。热浪滚滚，穿过绵绵的丘地，看到排排的椰林停留于棋子湾。

棋子湾位于海南昌江县古昌化城的北部，西接昌化江入海口，东倚昌化岭风景区，海湾呈现 S 形状。

虽是炎炎烈日，漫展的白色沙滩着实诱人，让人有一种欲望，去踏浪。我脱下鞋，踩上软软的沙滩，急速冲向涌来的波涛，阵阵凉爽。浪一个接着一个，卷着浪花，扑向沙滩，在沙滩上划出一道道弧线。就在这弧线上，我踏着飞花，留下串串脚印。几只小螃蟹趴在洞口，“骨碌碌”转着小眼睛，一阵浪打来，又钻了回去，不一会儿又扒开洞口，一阵张望。

几个旅人不知来自何方，顺着沙滩向怪石滩走去，我跟着爬上怪石滩。

石滩漫漫，铺向大海，海浪扑击，岁月间，就是这优美的浪花，一次又一次雕凿着巨石，勾勒出多姿的风采。踩着石隙，翻越着，看，浪里的巨石是否似一艘潜艇，露出瞭望台，迎着波涛；看，一面巨石被风雨无情刻上惊人的裂缝，

似一个个叩着长头的信徒，那么虔诚；看，一块巨石成了鱼的形状，又布满鱼鳞，仔细看有“骨碌碌”的眼睛，有人说是鲤鱼跳龙门，哈哈，谁要去摸摸，或许有好的运气；看，那面稍平展的石面，怎么有棋子格，还有几块石头就在格子上，仿佛两位高人在此对垒，怎么看也没有明白，谁胜谁负……

有人那么淡定，就在波涛扑击的石头犄角上，头戴着草帽，静静地挥着杆，浪花翻滚，不一会儿收着活蹦乱跳的鱼货，又一次抛钓；有几人在石湾的一片小小的沙滩上，捡拾着贝壳还有珊瑚，相互嬉闹着，比着各自的收获；退潮不久，海边的几个小小的石塘，有不少鱼虾，有人拿着小网，戏着水，摸着鱼。

海风紧吹，忘了烈日，看着岸上的苍翠、烂漫的花朵、猎猎的椰林、嶙峋的怪石，沿着海，翻越石滩，奔走沙滩，欣赏着自然的恩赐，或许这就是棋子湾的魅力。

心潮澎湃，吹着海风，忘却湿了又干、干了又湿的衣服，又驻足鱼鳞洲。古诗云：鱼鳞洲耸接云天，策杖登临别有天。怪石回环看不厌，奇峰重叠翠相连。泉流一井清如许，浪击千层势欲颠。海上仙山何处觅？分明此景是神仙。哈哈，古人指路，沿海滩，上小山，去寻访，或许就是此意境。而我随着欢乐的孩童、击水的旅人，点水于涌浪间。

忘了去观初夏的天，一阵层云一阵急雨，等纷纷的雨散去，又至海花岛。

穿过长长的海桥，眼前的“欢乐世界”，已被渐渐西沉的太阳披上迷离的色彩。急步风情街，找一个角度、找一组建筑、找一个方位，构图，或许能寻回儿时的记忆。

游走间，抬头一望，西边层云漫舞，不知何时又是谁，泼洒了缤纷的色彩，挂在海的远方。

听，是风的招呼、海的招呼，还是谁的招呼，急步，走上猎猎的椰林海堤张望，一瞬间，我心飞扬，情境就此定格于海天之间。

海南

2022年5月19日至26日

从《诫子书》聊起

与双君一起喝茶，看看窗外的烈日，夏至已至。习惯了此时滴滴答答的黄梅悠雨，今日却是晴空万里。双君说要去合肥，邀我同行，我欣然答应。

讨论着是否绕去中原，途经南阳武侯祠。喝了口茶，一抬头，看见墙上挂的《诫子书》：夫君子之行，静以修身，俭以养德。非淡泊无以明志，非宁静无以致远。是啊，这是多年前去浙江兰溪，听说是诸葛亮后人书写。还不知南阳与诸葛亮有何交集，去走走，历史就是那么有趣。

古镇的人与事

时间推前四十年，大约就在20世纪80年代初，我们这代人的记忆里，乡是旷野，个个村落不大，黑瓦砖房，偶尔还有一些茅草土坯房，宅间小路不少是泥土地，一下雨“粘”掉鞋子。一到夏天，就光着脚，有一双胶鞋，是非常令人羡慕之事。而周边的小镇，错落的粉墙黛瓦，木门吱呀，小店毗邻，不时还会从茶馆里传出评弹的片段。早市上，街面两侧挤满七里八乡的田头蔬果，热热闹闹，这就是现在追忆的古镇，有人说，古镇的旮旯里都盈满乡愁。

说镇说市，怎么也避不开说人。就拿三河古镇来说，耄耋之人可能说街上名人有郑善甫、孙仲德、孙立人，读书之人能记得杨振宁。为什么？镇是骨架，人是血液，构成生活烟火、活色生香，二者不可或缺。

说镇名三河，原因丰乐河、杭埠河、小南河流贯其间而得名，古名鹊渚。

到三河古镇，炎炎烈日。寻思着怎么走走，过来一辆黄包车，揽着生意，一搭话，问是否能绕古镇转转，他提出按名人的故居或故事发生地为线索，一听正合我意，欣然坐着逛起古镇。

三河的街景新旧交替着，首先驻足三河大捷的纪念馆，要说三河大捷，那是三河之战，李秀成、陈玉成统领太平军与湘军在三河镇激战，湘军战败，名将李续宾阵亡。一幅幅图片、文章，展示了这段惊心动魄的历程。

绕过一个街角，是古镇的戏台，没有演员，没有音乐，空空荡荡，路过的几个老人抬头看看又默默地走过，驻足于一侧的古树下，摇着蒲扇，不知聊着什么过往。

跨过河桥，一条窄窄的小巷，光阴里，斑驳的老墙布满岁月的痕迹，摸着竖的横的一块块小青砖，感觉盈满历史的温度，或许这些痕里，载着曾经生活的烟火。不知是刻意还是无心，每户门上挂着胡家、李家、杨家，对，杨振宁先生的旧居就在这巷，正要停下，车夫说这是前门，现在关着，要走三县桥边的后门。

拐过街角，又是一条旧巷（古南街），靠近杨宅是“一人巷”，锃亮的青石板，耀着光，听着远处的脚步声，我停留在巷口，等着，一人走过，真的还不能大步而过。想想就是这条巷，曾经小时候的杨先生，是否也会调皮地嬉戏于巷间？

走进杨宅，透过一扇扇细格木门，一眼就能看到一进进内院，内院里的光影。前面的庭院，讲述着杨家的历史、人物，满满的书香印迹。后面三进，陈式依旧，或许一件件老物件，确能勾起曾经回乡的杨先生浓浓的乡愁与回忆。

又走过一街坊，一尊汉白玉雕像，是孙立人先生。后面是他的故居。走入粉黛门楼的孙宅，一幅幅图片诉说了孙立人抗日战争时那段让人铭记的不屈岁月。记住了，一位抗日名将，是三河走出的儿女。

顺访郑善甫（爱国将领冯玉祥秘书）、著名的爱国侨领和社会活动家董寅初的旧居……这些是盈满三河古镇血脉的人物，是三河让人值得铭记的情结。

不论西街、南街，还是鹊渚廊桥、无蚊桥、望月阁、大夫第……它们承载着三河古镇绵绵过往里的故事，割也割不了，舍也舍不掉。

古镇修复的万年寺，依旧傍着街河，听着悠悠流水的潺潺声，看着寺墙上寒山与拾得的对答，感触颇深。

绕着巢湖

面前的合肥新城现代与漂亮，与其他城市别无二致。

站在酒店的窗户前，看着茫茫的巢湖、被初升太阳映红的层云，还有远远的一叶小岛，想想，这不是姥山岛吗?

巢湖又称焦湖。传说古巢湖曾为州，有一年大旱，小白龙私自降雨除旱，触犯天条，被打下凡尘，遇焦姥相救。为报焦姥救命之恩，小白龙告知天帝将陷巢州的天机，焦姥及时告与巢州百姓，众人因此而得救。而焦姥母女却因告知众邻而错过了逃生的机会，被洪水吞没。后人敬仰焦姥舍己救人的高尚品德，遂将所陷之湖命名为“焦湖”，将湖中一山命名为“姥山”。《淮南子》记述：“夫历阳之都，一夕化而为湖。”唐代诗人罗隐在诗中感叹道：“借问邑人沉水事，已经秦汉几千年。”不论你信不信，这样的传说充满崇上的力量，让人敬重。

巢湖还不是丰水期，漫滩的荒芜、茅草，还有香蒲随风漫舞。或许是天气炎热，不少旅人光着脚，顺着河滩小径，嬉戏于滩地，一会儿又弯腰捡拾着什么。

沿着环湖堤而行，一边是茫茫的巢湖，水波粼粼，一边是绵绵原野，散落的村庄。不一会儿就到了长临河古镇。

长临河古镇不大，先绕了一圈。

说是古镇，或许年代而已，街面的装饰与尺度，除了木饰的构件，也就没有什么能勾起旧日的回忆。走进东街、北街，青石板、黛瓦建筑、马头墙，走着走着，还有点儿旧日的痕迹。邮局和吴氏旧居，或许就最具代表。

岁月裹挟着巢湖大地，留下不少人文的足迹。你看蔡永祥、张治中等人的故居就在去中庙的路上，是一曲岁月里的歌。

中庙又名圣姥庙、忠庙，始建于东吴赤乌二年，三面临湖。古因居巢州、庐州中间，故曰“中庙”，号称“湖天第一胜境”。由于历代香火旺盛，素有“南九华，北中庙”之说。后唐龙纪元年重修的庙宇，“鸳瓦搀空，美极丹青”；元朝将庙基圈拱成桥，称“熬背洞”，在洞上建殿。主殿供奉“丹脸桃红，双眉柳绿”的太姥神像。光绪十五年李鸿章倡募重修，分前、中、后三殿，70余间，后殿藏经阁三层，窗开八面，四角飞檐，角角系铃。

听着焦姥的传说，进入飞角重檐的中庙。院内，香火袅袅，风铃悠远。轻诵的“心经”，回荡于楼宇之间，恭敬拜谒太姥。而后去往姥山岛。

后人在岸边凤凰台建庙供奉“太姥”神灵，就是现在的中庙。据《巢湖志》记载：“姥山上四面桃花，桑麻遍地，春水上涨的时候，坐着小船，登山观湖，如入仙境。”

盛夏，酷热。坐轮船前往，行程中，一个小孩问母亲：“妈，你看，岛上有座塔，是干什么用的？叫什么名字？”“塔叫姥山塔，又名文峰塔。古代有‘姥山尖一尖，庐州出状元’的民谣。”“我也要当状元！”大家一起大笑：“小朋友好样的。”再一看，姥山岛似一叶孤舟，飘浮在茫茫巢湖，而起伏的山峦逶迤蜿蜒，颇为秀美。

登上姥山岛码头，微风拂面，一片翠绿。听着波涛拍岸的节律，绕湖悠转。拾级而上，登上文峰塔，极目远眺，一湖碧水，层层涟漪。蓝天下，几叶轻舟荡过。

“妈，看那里，是船，怎么还有水花?”“是飞艇，驶向湖的对岸。”“对岸是哪里?”“是我们的家，是巢湖。”小朋友擦着汗，指着远方。

先聊包公

到合肥，就想到黑脸的包公，怎么也要去拜谒一下。包拯（999—1062），字希仁，庐州合肥人，北宋名臣。因廉洁公正、铁面无私，敢于替百姓申不平，故称“包青天”“包公”。民间传其黑面形象。

不论是电影、电视、戏剧，传承着一种“青天”精神，沁入人心。

包公祠全名“包公孝肃祠”，照壁与大门临包河，穿过两侧荷花摇曳、翠色笼烟的青石小道，有一座石砌的小桥，桥头分立两只石狮。前面绿荫里，有一座白墙青瓦构筑的三合古院，就是包公孝肃祠。

包公孝肃祠位于包河上的“香花墩”，传说是包公小时候读书的地方，四面环水，荷花盛开。祠的黑漆山门上，是隶书“忠贤将相”“道德名家”的对联。东西两边侧门墙上，分别题写着“顽廉”“懦立”，祠的外观黑白分明，简单庄严，令人肃然起敬。

站在院内，正中端坐着威严的包公塑像，两侧王朝、马汉、张龙、赵虎四大护卫的站立塑像。上方高悬“色正芒寒”“节亮风清”“庐阳正气”，慢慢地品味，字里行间无不透出一片“青天”豪情。

祠的右侧有一六角亭，亭内有一口古井，亭上书有“廉泉”。此井原名“龙井”，清末举人李国苇根据传说写了《井享记》，发出“抑或孝肃祠旁之井为廉泉，不廉者饮此头痛欤，是未可知也”的议论，后世人改称“廉泉”。有趣有趣。

虽是热浪滚滚，仍有不少旅人匆匆穿行于绿树丛中，往清风楼、包公墓而去。清风楼是展示包公一生历程的纪念馆，图片、文章述说了包公的事迹，慢慢地回味，似一部纪录片掠过，让人肃然起敬。登高远眺，现代的合肥高楼耸立，而

融入其间的包公祠，是历史的一个节点，让后人一次次礼拜。

朝着包公墓鞠一个躬，记住了历史对他的评说。

到合肥也会到李鸿章故居去看看。要说清代洋务运动，就要谈到李鸿章。李鸿章的故居位于合肥市淮河路的中段，李家的祖先由江西迁来合肥的肥东，自李鸿章这一代起开始发迹。李鸿章兄弟六人，他排行第二，其余五人也身居高位，地位显赫。他们聚族而居，深宅大院可以覆盖淮河路中段的半条街，时称“李府半条街”。

随着步行街熙攘的人流，驻足于李府门前，一对狮子、繁复门楼、黑漆大门，无不显露李家的地位。左右看看怎么就只有三间的开阔，不是半条街吗？有人慢慢道来历史的变迁，此三间因作他用，幸得保存。

走入庭院，从福寿堂（按原貌恢复），可一窥曾经的李家。慢慢地沿着李鸿章生平的历史线索，大量的珍贵图片与实物诠释了李鸿章风云变幻的一生，即“少年科举，壮年戎马，中年封疆，晚年洋务”。

历史的过往只是过往，斯人已逝。而对李鸿章的功过是非，众说纷纭。毛泽东评价他“水浅而舟大”，梁启超在为他撰写的传记中说：“吾敬李鸿章之才，吾惜李鸿章之识，吾悲李鸿章之遇。”

驻足庭院间，不经意仰望，天高云淡，蓝天一片。

随风而行

有朋友说：你要去南阳，不妨先去看看寿县的古城墙。说走就走，路上告诉合肥的朋友，已在去寿县的路上。他说：或许会有所拾得。

临近傍晚，至“通淝”门，乍一看，城墙古朴雄伟、气势磅礴，犹如苍龙环绕。城楼上，旗幡猎猎。

趁着夕阳西下，绕城墙根逆时针方向而行。帮我们开车带路的是一位退伍老兵，热情又善谈，他说：寿县好就好在还保留着完整的城墙，古城的街坊就不值得一看。他问：你们知道“舐犊情深”“刘仁赡死节守城”“当面锣对面鼓”“门里人”“人心不足蛇吞象”的典故吗？这些都与城墙有关。

寿县古城，平面略呈方形，各城门均有内外云梯与城堡连接。城外东南两方有护城河，城北淝水环绕，城西为尉升湖。城有四门，东为宾阳门，南为通淝门，西为定湖门，北为靖淮门。

踩着锃亮的青石地砖，出宾阳门，入瓮城，环视四周布满历史斑驳，匆匆的行人似穿越着时空，从拱门内而过，岁月里不知有多少人在意瓮城，而今变成寿县人乡愁的情怀。看不远的八公山苍翠蜿蜒，或许只有它见证了寿县的变迁。

又到靖淮门，瓮城门西出。定湖门，瓮城门北出，路过的宾阳门，瓮城门平行错置，有“歪门邪道”之说，兼具军事防御和防汛抗洪双重功能。

想想也是，寿县的城墙构思独特。难怪苏轼过此，作《寿阳岸下》：“街东街西翠幄成，池南池北绿栈生，幽人独来带残酒，偶听黄鹂第一声。”

街灯初上，停留于寿州美味厨，听张师傅说，他的一绝是豆腐宴，尝尝确实不错。

来南阳前曾聊过南阳的武侯祠，成都建武侯祠是因为那是蜀汉政权的中心，白帝城建武侯祠是因为诸葛亮病故于白帝城，勉县因为诸葛亮墓，南阳因为什么？湖北襄阳古隆中为孔明躬耕之所，那里有武侯祠一座，襄阳秦汉时期属南阳郡，诸葛亮在《出师表》中说过：“臣本布衣，躬耕于南阳。”有人想争个明白，就是南阳究竟，罢了罢了。

雨淅淅沥沥地下着，这

样的天气至南阳市西南的卧龙岗，倒是非常契合。越过那片湖面，看到那座牌坊、山门，勾起《三国演义》里的那些故事。雨洒满空阶，似时空的叩拜，是一份对诸葛先生的崇敬。

穿过山门，翠柏葱郁，却挂满历史的年轮，过往的风雨里，刻着后人匆匆的印记，那些足迹就在青石板的路上，让块块青石耀着光阴的轮回。

那些石狮、石兽，它们的姿态像在守护，细腻又不失灵动，传递着曾经发生的故事，让声声马蹄依旧回荡于苍穹。

沿着中轴，慢慢地流转，仙人桥、山门、大拜殿、草庐、宁远楼……时空里盈满故事的激荡，流淌过脑海。又过诸葛井、古柏亭、野云庵、老龙洞、伴月台、躬耕亭、三顾祠……三国的人物伴随着诸葛先生的故事，一帧帧掠过。请停下脚步，静静地听，你是否听到那些回响？

自魏晋起，刘禹锡有《陋室铭》曰：“南阳诸葛庐，西蜀子云亭。”李白《南都行》云：“谁识卧龙客，长吟愁鬓斑。”多少人来过此地。宋绍兴八年（1138），岳飞“过南阳谒武侯祠”时，曾挥泪书写诸葛亮前后《出师表》，以“稍舒胸中抑郁尔”，是否就在大拜殿？

漫步里，那些对联、牌匾，“云归大汉随舒卷，门对寒流自古今”（野云庵），“自古宇庙垂名布衣有几，能使山川生色陋室何妨”（伴月台）……字里行间透出对诸葛先生的称颂。

从南阳出发一个小时可到社旗，进入县城不久，就见前面一座牌坊，右侧一组彩色图案的琉璃屋顶，甚是壮观的建筑群，似乎曾经相识，噢，就是山陕会馆。

我沿着会馆的围墙，慢慢地仰望，那些砖、那些檐、那些脊、那些脊兽，还有仍随风摇曳的风铃。曾见过很多古建，但如此细腻的会馆建筑，真是头一遭见。

或许怎么描述都有点儿苍白，就沿着轴线看看作一记录。琉璃照壁在斜阳里五彩缤纷，观那些图案“二龙戏珠”“龙虎争斗”“丹凤朝阳”“鲤鱼跳龙门”“凤穿牡丹”……构成一个整体，诠释着商人们良好的愿望。

悬镒楼与照壁间，有一对铁铸旗杆，据说重 5 万多斤，是“武庙”即关帝庙建筑的特有装饰，据说现存如此规模的铁铸旗杆只有山陕会馆。

悬镒楼是戏楼，两侧为钟鼓楼，意为“晨钟暮鼓”。戏楼为三层重檐歇山顶式建筑。正脊两侧装饰有行龙、牡丹图案，中间置琉璃楼，内刻“天五尺”三字，楼门两边对联为“此地即是普陀山，何必远求到南海”。楼内竖 20 根合抱大柱，下有三层柱础，上层多为鼓形，下层为正方形鼓座，四面雕刻麒麟、狮子、牛、马等图案。细细观察这些动物是那么灵动，多少年来又有多少人抚摸过它们，让它们的眼睛亮闪有神。

悬镒楼与大拜殿中间是很大的庭院，又称万人庭院。大拜殿的石牌坊，坐落于大殿前的月台上，左中右三座。中间为三间四柱式，须弥座方校，柱的两侧附以抱鼓石，中柱两侧鼓面刻有俞伯牙爱琴、孟浩然爱梅、林和靖爱鹤、周敦颐爱莲、米元章爱石等八爱图。

大拜殿是会馆的主体建筑，由大殿和拜殿两部分组成。殿前两侧立两块石室式单据歇山顶式石雕，单檐硬山顶，左侧刻“十八学士登瀛洲”。马王殿、药王殿陪衬在大拜殿两侧，后院是近代关公的雕塑。

一边走一边看，特别是那些细腻传神完整的木雕、石雕，让人驻足；再仰看那些脊角、屋面的琉璃，斜阳里还是如此精彩，传递着匠人的巧夺天工、精湛

技艺。

社旗山陕会馆曾称“山陕庙”“鼎元社”，是清代山西、陕西在赊店的商贾集资兴建，作为他们同乡集会的场所。不去评论曾经的商社如何，当你驻足于此，看到如此完美的建筑，是否由衷感叹，过往里的馈赠是如此惊喜。

知道·老君山

从南阳出发，计划下午登老君山，双君建议中途在哪里稍作停留，一会儿说就去伏牛山地质公园，说走就走，一路导航而去，真的有趣，一到就发现似乎不怎么对劲，面前是两只巨大的恐龙，哈哈，怎么到了恐龙地质公园。

错还是没错，其实没有完全了解八百里伏牛山，传说伏牛是天宫的神牛，落入人间，化身成山。而南阳的恐龙地质公园、老君山均属伏牛山脉，这样就明白了。

而老君山是伏牛山的主峰，原名景室山。传说老子传《道德经》后，告别函谷关的关令尹喜，骑着青牛而去。《史记》记载“莫知其所终”。另有记载称老子归隐于洛阳景室山，即老君山，景室山因老子在此归隐修炼而得名。北魏时在山中建庙纪念老子。唐贞观年间受到皇封，修建“铁顶老君庙”，唐太宗赐名为“老君山”，沿袭至今。明万历十九年（1591）颁赐老君山道经诏谕，封为“天下名山”。

有人就又探究一番，老子怎么来到老君山归隐？相传老子和祖师爷是同门弟子，师出于混天老祖门下。两人在混天老祖的教导之下，学识同样渊博，可以说是天文地理，无所不晓。据说在他们学成出山时，师傅混天老祖曾给他们留下这样几句劝言：“师出同门，应该相互扶持，必须用自己所学，救管一方百姓。”但师兄二人出山之后，便为自己所居何处、管辖范围多大，争执开来，一番争斗，又须遵从相互扶持的师训，老子归隐老君山（北顶），祖师归隐武当山（南顶）。

碧蓝的苍穹如洗，白云朵朵，让翠绿的层层山峦，层黛绵绵。坐索道直上中天门，礼拜老子雕像，再坐索道上金顶。

凉风习习，沿着青云峰、一线天、通天峡、千年枫王、老子传经、看山佬、鸾凤和鸣、老子悟道、空灵清虚、观音赏曲、伏牛极顶、仙人鞋至南天门，曲曲弯弯，蜿蜒盘旋于陡崖的栈道，一面是景，一面是悬壁，脚微微有点儿颤抖，手心有点儿冒汗。靠壁慢慢地停留，记录着神似的奇峰山峦，而我更佩服陡崖上的挂松，那么挺拔。

一边走又一边想，老子是怎么行走其间？噢，老子悟道非凡人。

流转于老君山金顶依托山顶而建的道教建筑群，老君庙、道德府、五母金殿、亮宝台、玉皇顶、钟鼓楼、南天门等宫殿式建筑形式，特别是金殿、亮宝台、玉皇顶的三座金顶，惊叹曾经的能工巧匠，竟然能如此巧妙利用自然山峦、地势，与建筑完美融合，诠释了道家的思想，道法自然。

走入宫殿，礼拜。回程还在想，有所为有所不为，有所悟。

峡谷与古堡

太行山对我们这代人太过有名，抗日战争的八路军就在太行山，书写下一曲不朽的歌，慢慢地、高亢地传唱着，这里的山山水水盈满着军民鱼水的情怀，一直有个念想，去一次山里，感受一下雄伟的太行山。

八百里太行又名五行山、王母山、女娲山，位于山西省与华北平原之间。这次去哪里，有点儿纠结，因从南入太行，就定去一次位于山西省壶关县东南部的太行山大峡谷自然风光旅游区（国家森林公园）。

透过山谷远眺，黛青色的山峰绵绵，沿着峡谷，山坡、陡崖、峭壁与翠绿勾勒出雄伟的气势，千峰竞秀，万壑争奇。山路蜿蜒伸展，似绕着山间的游龙，循入大山，让人感受自然的神造。

沿着大峡谷慢慢地驶入大山，山势雄伟，拔地通天，让人左顾右盼，陶醉于群峰的神奇秀异。不巧，天阴了下来，远处的山峦上一片黑云，慢慢地压了过来，那片山峦消失于雨雾里，似拂上一层薄薄的面纱。众旅人慢慢地分散开来，止步于八泉峡的谷底，登高望远的热情被无情的大雨浇灭，我拂了拂脸上的雨水，驱车返回。期待下次静静地走入太行山，寻找故事里的事。

一夜的风雨，一直击打着窗户，天微明，似乎雨渐渐停止，翻了个身又睡了一会儿，再起，推开窗，凉风习习。看看天有点儿阴云，又有点儿漏阳，稍作准备往湘峪古堡而去。

穿过一片片村庄、丘陵，阡陌间，刚刚收割的麦田，偶见有人在田间劳作。又一片淡淡的轻云飘过，我与双君停留在湘峪河边。牌坊临河南侧，一座高高的拱桥直达对面一座“围城”，就是湘峪古堡。

湘峪古堡位于山西省沁水县郑村镇湘峪村。湘峪，原名相谷，四周为山。湘峪古堡又名三都古城，用砖石土木建造。东西长 280 米，南北宽 100 至 150 米，占地面积约 32500 平方米。该城由孙居相、孙鼎相兄弟主持修建，建于明天启三年（1623），竣工于明崇祯七年（1634）。

远眺古堡，高高的城墙，布满一扇扇小窗，左右由城墙围合护堡，四面各有一座城楼，因沿山坡而建，蜿蜒伸展。或许是视觉的关系，走上拱桥，没有看到南城楼下的城门，慢慢走近，门不大，又进门即转左拾级而上，防御功能尤为突出。

走进古堡，从城墙处往里走，街道冷冷清清，青石的地面、清水的砖墙、斑驳的木窗木门雕刻着岁月的印记，门口挂着“湘峪古堡”的红灯笼，随风轻轻地摇摆，似乎告诉来人，此处有人。偶尔能碰到几位老者，清理着庭院、坡道，几处大宅的照壁、门侧的砖雕不知何时被人凿去，留下点点痕迹，甚是可惜。古堡的街巷为“五纵三横”的棋盘式格局，这些街巷大多并不是笔直延伸、相互垂直，而是顺应地势的走向或是有意弯曲成一定的弧度，有些地方甚至连续出现两

个九十度的拐弯。纵为顺山坡、横为平行城墙，建筑形制为普通民居，较为简单，或许是防御的关系，勾联比较复杂，游走其间，感受到家族齐心合一的整体思想。说是城或堡，可称其为大宅较为贴切。

来到深藏于小巷中的“三都堂”院门口，只见正门上方赫然高悬着“四部首司”的巨大匾额，虽然早已褪了颜色，破旧斑驳，但仍透着一丝往日的威严。“三都堂”主楼高达五层，雄伟高耸，彰显出主人的威望。而后又流转棋盘院、绣楼、书房院、插花院、帅府院，各自相对完整，诠释着孙家的治家理念。

驻足于万历皇帝御赐的功德双面石坊，“皇恩累赐”及石雕的灵动石狮，无不体现孙家曾经的地位及贡献。

走在静静的曲折小巷，听得到时间的滴答，光阴的切换间，那些老墙、旧门，还有石磨沉淀着曾经的烟火：“湘峪三庄上下伏，举人秀才二千五。”这就是有形存在的价值体现，无法完全用文字表述。

看完明代古堡的简约，再看清代相府的繁复，不论是建筑艺术，还是布局形态，可管中窥豹，了解明清两朝的特点。

皇城相府是康熙朝经筵讲官、《康熙字典》总阅官、清代名相陈廷敬的府邸。皇城相府也是依山而建的建筑群，从郭峪古城方向看去，是一座高高城墙围合的城堡，走入相府大门，浓烈的建筑挑檐色彩与湘峪古堡形成强烈的反差。两座高高的牌坊矗立于庭院间，形成外城的主轴。外城由陈廷敬所建，名为“中道庄”，完工于康熙四十二年（1703）。

主体建筑前堂后寝、左右内府，不知是否是康熙皇帝的意思（传说），布局完整严谨，上有康熙御赐的“午亭山村”匾额及对联“春归乔木浓荫茂，秋到黄花晚节香”。南书院是陈家的私塾，是陈家子弟学文习儒的地方。门前两副对联：“何物动人二月杏花八月桂，有谁催我三更灯火五更鸡”以及“读古人书需处地设身一想，论天下事要揆情度理三思”，彰显陈家刻苦的求学精神和严谨的治学态度。听到流水的声音，穿过月门至花园，虽不大，假山、小桥、石亭，配置绿树，颇为雅致。再过拱门，是一座闺楼，过管家院、望河亭……布局讲究、雕刻精美，细微处蕴含吉祥、如意的意味，无不体现精心。

要说最具特色的建筑物，是“河山为囿”之意的河山楼，此楼为最高的建筑，为抵御流寇侵扰所建，整体为砖石结构，没有方木，窗户位于三楼以上、吊桥相连、地道相通，颇为周到。

而内城是由陈廷敬伯父陈昌言于明崇祯六年所建，名为“斗筑可居”。道路随形生变，层楼叠院，错落有致。绕城墙一周，碉楼、藏兵洞、垛口和堞楼，设计周密，彰显主人的地位。

文化随着年代的更迭，烙在建筑之上。当你触摸建筑的时候，哪怕是一个细节、一个构件、一件器物、一座完整的建筑，无不是去诠释历史的信息，谁与谁已经不再重要，重要的是后面的故事，或许会给今人什么思考。

一张图与一个人

说起开封，有七朝古都的盛名。古称汴梁、汴京、东京，简称汴，迄今已有2700余年的历史。开封之名源于春秋时期，因郑国庄公选此地修筑储粮仓城，取“启拓封疆”之意，定名“启封”。汉代景帝时（前156），为避汉景帝刘启之讳，将启封更名为开封。自公元前364年至公元1233年，先后有战国时期的魏，五代的后梁、后晋、后汉、后周，北宋和金七个王朝在此建都，历经千年梦华。

又说开封，过往里的浮华，曾被黄河水无情地摧毁又复建，岁月间，有太多有名的人与物关联着开封，或

许无法说尽。此次去开封，重点就是看一张《清明上河图》、包公祠和大相国寺。

开封曾何等的景色，何等的街市，早已湮灭于时空里。你知道白居易的《隋堤柳》诗云：“大业年中炀天子，种柳成行夹流水。西自黄河东至淮，绿影一千三百里。大业末年春暮月，柳色如烟絮如雪。”张择端先生的一幅《清明上河图》，细腻又灵动地刻画了北宋开封的街市。看：薄雾笼罩下的村舍、农家、草桥、老树、扁舟等。春日里，柳枝发芽，勃勃生机，袅袅炊烟缓缓升起，远处有小桥流水，仿佛能听到涓涓的流水声。清晨，几个脚夫赶着毛驴进城。路上有轿夫、挑夫、马匹等，人们在匆匆忙忙进城……画卷从此展开，尾至一个背着包袱、手提盒子的问路人，他抬头望着远方。活脱脱的生活烟火。这幅画勾起无数人的联想，也契合了无数人对开封的追忆。

听说开封复建了清明上河图里的街市，说不清的原因想去看看。傍晚，穿过仿古街市，空间感不错，或许是疫情的原因，冷冷清清，偶尔有店家开业，难觅旅人的踪影。绕入清明上河园，曲曲小街、毗邻店铺、几个穿着汉服的少女穿行，或停留于东京码头、虹桥栏旁、听雨桥上，那一瞬，或许就是想找回那个时代的感觉。河湖旁，柳叶荡荡，那桥、那寺、那亭错落有致。上善门旁有人穿着汉服吆喝着他的烙饼，虹桥边有人拿着汴绣与旅人交流……抬头一看，虹桥倒影韵韵，驼队已披上夕阳（雕塑）。听，那边的戏台上已传来鼓声，或许是夜市的序幕慢慢地拉开……

停留于听雨桥畔，走入一家酒家，点上小鱼小虾，听着远处传来的乐曲，眺望着已上霓虹的虹桥、荡过的小舟，还有河堤上

的烟柳，有点儿欣喜，欣喜于开封借张择端先生的《清明上河图》，构筑成园，今人闲暇间，逛逛此园，有点儿情调。

提到开封必想起开封府与包公，去过合肥的包公祠，开封府里的包公是何等有名，寻踪而去。

包公湖畔的包公祠是一组仿宋式建筑，凝重典雅。照壁碑亭、二殿厢廊、大殿东西配殿引成主体轴线关系，是一座庄重的纪念性建筑。大殿、二殿历史文物与典籍的完整展览，充分介绍了包公真实的生平、历史、贡献及清廉品德，让人肃然起敬。站在大殿的包公像前，看到他身穿蟒袍，正襟危坐，一手扶持，一手握拳，仿佛要拍案而起，彰显一身凛然不可予夺的浩气。

开封太过有名，又拐入大相国寺，闻闻历史的气息。不再寻觅龙亭、铁塔、天波杨府……想想留点儿空白，这样就有再来开封的念想。

安徽合肥

河南开封

2022 年 6 月 24 日至 30 日

狮子山的点滴

要聊聊狮子山楚王陵的主人，或许应弄明白，这个刘戊与刘邦的关系。狮子山埋葬的楚王刘戊是楚元王（元是谥号）刘交的孙子，而刘交是刘邦的四弟。要说刘戊，就要先说刘邦。

刘邦的典故或许听了不少，什么挪祖坟、斩白蛇、鸿门宴、项庄舞剑意在沛公、明修栈道暗度陈仓，顺着历史的线索，了解了刘邦的一二。我没有水平来评说汉高祖刘邦，而毛主席对刘邦的评价是："他得天下一因决策对头，二因用人得当；豁达大度、从谏如流。"而到了刘戊这一代，遇到了汉景帝刘启（刘邦之孙）"削藩令"，吴王刘濞联合楚王刘戊、赵王刘遂、济南王刘辟光、淄川王刘贤、胶西王刘印、胶东王刘雄渠等六王，以"清君侧"为名发动一场叛乱。兵败，楚王刘戊自杀，草草地埋葬在狮子山。

去狮子山，正值晌午，晴空万里，没有一丝风。翠绿的狮子山掩映着散落的建筑，拾级而上是楚王陵，或许是地宫的关系，室内凉飕飕的，听着介绍，参观曾经出土考古的情况。一眼看楚王陵伸入地下，前面有一些巨石，墓道两侧是布满凿痕的石壁，还有耳室，据说出土了许多精美的随葬品，特别是那件玉衣。听完介绍，明白缘由是汉朝的"事死如生"的丧葬观。这是当初时代的风俗，却给今人了解汉代点滴的窗口。

而后再去汉兵马俑馆，俑坑里，由步兵、车兵和骑兵组成。个个戎装，有持长械俑、弓弩手俑、发辫俑；车兵中有甲胄俑、驭手俑；骑兵俑则刚劲勇猛，蓄势待发。一声感叹，透过它们可一窥汉军的模样。

沿着湖边，拐入汉画长廊，一块块巨石上刻满汉代舞蹈、宴请、拜见等场景，让人如身临汉代，而最珍贵的是通过它们，可以了解汉代的文化。

路过刘氏宗祠，想想刘戊是进不去的，罢了。

江苏苏州

2022 年 7 月 1 日

心·虔敬

周恩来总理的形象刻在我们这代人的脑海里，清、正、勤、俭，可谓全心全意、鞠躬尽瘁。恰逢建党 101 年，驻足淮安，怀着崇敬的心情，去周恩来故居参观。

新世纪广场上，吹拉弹唱的一群老人，和着舞步，轻松而愉快地欢娱着。再向前是淮安的历史街区上板街—驸马巷—龙窝巷。我跟着几个老人走向窄窄的小巷，或许此刻他们回家又要准备晚饭，等待儿孙回家团聚，享受天伦之乐。

顺着龙窝巷而行，石板街上响着“滴答、滴答”的脚步声，木门吱呀，黛色檐口、门廊、墙壁上留下的历史印记，承载着老淮安的记忆与乡愁，唤醒一代又一代人岁月里的烟火记忆。

传说龙窝巷因龙窝楼而得名。周显德五年（958）正月，赵匡胤率领禁军攻克楚州（今淮安）时下榻于此。一千多年的风雨，不知那对石狮是否见证那段历史，但楼门楣上细腻的雕刻、墙砖上的铭文，或许就是佐证。

出了龙窝巷，闻到一阵阵茶馓的香气，有点儿诱人，据说赵记茶馓已有百年历史，就位于驸马巷口，不知少年时的周总理是否也来买过茶馓。挡不住诱惑，也买了几袋，脆脆的还有芝麻的香味。

驸马巷是周恩来故居的所在，原名望仙巷。《明史》记载，朱元璋起义之初，他的堂兄蒙城王重四公在军营中病重，临终前对朱元璋说：“我身后别无牵挂，唯有独女无娇无人照应，请你把她视为亲生，抚养成人。”朱元璋不负兄长所托，把无娇抚养大，还把她许配给自己的亲随属下兵马副指挥黄宝。

公元 1368 年，朱元璋做了明代开国皇帝，便破格

将侄女无娇封为庆阳公主（按惯例只能封郡主），封黄宝为驸马都尉，并赐名黄琛，又下诏升任黄琛为淮安兵马指挥使，子孙世代沿袭。黄琛死后，明惠帝朱允炆专门在淮安望仙巷内钦赐一块地方，为他建了一座驸马祠。据清同治《重修山阳县志》记载："驸马巷，大圣桥西南，旧有黄驸马祠。"地方官吏趋炎附势，把望仙巷改名为驸马巷。

走在巷里，目光所及之处，无不看到历史的痕迹，这样的窄街，安放着乡愁的灵魂，就这么存在着。不远处是周恩来故居，普通的院落，在街上只有一扇窄窄的门。青砖黛瓦，十分简朴，典型的明清时期苏北民居。故居由东西相连的两个宅院组成，布局规整，两棵大榆树耸立于西院，或许曾伴随总理少年一起成长。

清幽的院内，厅堂里布置着图片展，较为完整地讲述了总理辛勤的一生，少年的追求、革命的不屈、艰辛的磨难、外交的风云、建设的操心、家乡的关怀……一个个场景，浮现在眼前。

慢慢地看完展览，参观按原貌布置的总理故居，一室简单整洁，还原了总理少年时家庭的教育、生活。特别是内院墙壁上"奋斗"二字，不正是诠释了总理的一生吗？

革命者是无私的，人民的心里一直在追忆，不论谁来到这里，都怀着虔敬之心。

东院是邓颖超纪念馆，正值邓颖超改革开放新时期图片展，标题是"春天后面不是秋"。多么贴切的名字。

行走在驸马巷，偶见："大江歌罢掉头东，邃密群科济世穷。面壁十年图破壁，难酬蹈海亦英雄。"（周恩来）多么豪情，多有胸怀。

江苏淮安

2022 年 7 月 1 日

甸上烟雨

常熟人有个情结，一说出西门，啊，湖甸烟雨。多么有诗意的名字，闭上眼想想，一缕缕的轻雾，慢慢地飘荡，漫过山湖间的水面，散落的村庄，偶尔，还能听见柴门旁狗吠的声音，假如远远看见一位老翁，头戴蓑笠，披着初升朝霞的轻雾，是怎样的山水画面。

一说到画，有人就要说黄公望的《富春山居图》得益于虞山山水，不得而知。慢慢地欣赏《富春山居图》，重峦叠嶂、晓雾迷蒙、蓑翁孤亭、小溪潺潺、一叶小舟……似穿越进山水的时空里，变得清静、幽远。但不可否认，黄公望生于常熟，元代张闾案后曾隐于常熟，山水情结是割不断的。

山水之间的湖甸，自然的馈赠，悠然间就这么地存在着，自觉与不自觉地让常熟人有了情怀，湖变田，田又复湖，纠结着轮回。不管是谁，只要登上剑阁，总要惦记着山前的那片湖甸。还总有人披着晨曦，登山，就为这一片雾里的山水。

不知何时，湖甸与龙舟关联，或许传统的渔民习惯与端午文化的融合，就在春天的某个日子，一声声号子、锣鼓铿锵，传遍山水间。

循着节律，绕着湖甸村庄，只见河上的这桥那桥，虽已只余残垣，却是昨日湖甸的真实写照，它们曾是湖甸烟雨的灵魂所在。

一垛白墙上，清人言朝标的诗云：“细雨溟蒙一望间，水村如画傍湖山。烟笼远树浮青盖，云拥高峰湿翠鬟。归寺僧穿双屐去，扶犁农着短蓑还。偶耕招隐人何处，泥滑声中鸟语间。”让人驻足，假如有个雨雾飘摇的春日，过往于陌陇间，回望远山、近水、雾罩的村落，假如那些古桥下，再有一叶扁舟，悠悠远去，盈满诗意。

沿着小径，路面上三色的路标，似一道霓虹，蜿蜒地消失于道路尽头。

一排粉黛的院落建筑、木质的凉棚、点缀的树木，是湖甸的龙舟基地。夕阳下，一群少男少女活跃于宽展的水面，五彩的滑板、皮艇翔游于赛道间，慢慢地消失于远方。一会儿又划赶而来，那些欢娱声回荡于天穹。

码头旁，有人给滑板充气，满头大汗；有人试着登板，一次掉入水里，轰然大笑；穿救生衣的小孩拿着水枪，来回冲杀……戏嬉一片。

慢慢地，远山披上霞光，黛色迷离。村庄里，传出狗吠的声音，夹杂着“吃饭了”的叫唤声。码头上的龙舟已洒满一抹金色，似一队整装的队列。

就在此刻，借着霞飞，收拾行装的人们，不忘来一定格，打闹间，快步消失于散落的湖甸间。

有谁在意，河湾边的一个老翁，静静地放下鱼钩，抽着烟，又默默地坐下……

江苏常熟

2022 年 7 月 26 日

熬　夏

今年的夏，酷热。没有记忆里的黄梅天，就跃入盛夏，没有风，没有云，阳光直射，绿叶也低下了头，知了也忘了高鸣，热浪翻滚。

去南太湖，找个地方休息休息，放松放松心情。

老街、窄河、守望人

听雨亭不远，运河拐了个弯，一侧通往杭州，另一侧北上而去。

就在听雨亭畔，有几条河汊，勾勒出河网，与运河融在一起。河汊旁，有一个繁荣的商埠小镇——新市。

曾几何时，南来北往的商人，听着桨声，摇着撸，或许还有船娘的歌声，驶进小河，喝着小酒，品着张一品羊肉，或许还会在新市住上一晚。而附近的农民，挑着菜担，就在河边的廊下，穿行着，吆喝着，什么新鲜的蔬果，买卖就成交于市桥边上。

新市原名陆市，古称仙潭，新市镇志记载，晋永嘉二年（308）夏，淫雨一月，洪水大发，陆市淹没，人们逃难迁徙。途经一河网如织、水烟漠漠、生满芦丛的汀洲之地，停留开荒生活。为纪念陆市，起名新市。

曾记得杨万里（南宋）路经新市留下诗句："人家两岸柳荫边，出得门来便入船。不是全无最佳处，何窗何户不清妍。"而今，已见不到两岸柳荫，穿过新的街市，透过街角的吟仙亭，廊桥、黛瓦粉墙、石桥，勾勒出江南水乡的轮廓。我轻步走过吟仙亭，看到亭间几个老者轻谈，估计是什么街坊趣事，擦过亭，听着软语顺廊而去。

廊侧，一泓静静流淌的碧水，泛着碎影，被一群群窜条鱼追逐。河岸的石壁上，泊船的石孔，挂着岁月

的印迹，一个又一个定格于昨日。岸上的木质护栏不知已更迭多少轮回，此刻，挂满摇曳的小花，与栏边的散座，构成闲逸的空间，或许是天太热，或许是疫情，空空荡荡。几个店家靠着门口，吹着电扇，闭着眼晃着腿，休息着。两只懒散的小猫，透着玻璃门，瞧了瞧又缩了回去。

稍一留神，就注意到新市的格局，河道不宽，蜿蜒曲折，河两侧是陡峭的石筑岸。两街夹河、粉墙黛瓦，有廊的窄街附设店铺。如果是在江南绵绵的雨季，廊檐挂着雨水，河上拂过雨雾，行人或旅人看着雨色，悠然地走在廊间，与店家谈着买卖，或许稍作停留，抽支烟、歇个脚，等雨雾飘去，此间，廊内充斥着那份热闹，就是小镇的生活烟火。没有廊的街旁，有着静静的院落。一探头，大多有人居住。小猫看见陌生人，摇着尾巴叫唤着。小院旁边，有小小的巷弄，通往各个住家。曾经刘冬青、胡旭就住在小弄里，或许儿时就戏嬉于巷里。

兴旺的小镇，伴随着走出去又回来的名人，悄然热闹。沈铨、钟兆琳、童润夫就傍河而居。听住家说还有陆静修（天师道）、吴潜（南宋状元）……这些人对新市影响颇深。推开一扇门、透过一扇窗，或许就能闻到历史的味道。

摸摸桥头狮子，满是斑驳，是否留意，这些桥名也甚有意思。通仙桥、望仙桥、驾仙桥围绕着市心的汊河口，一转头看到陆仙楼，明白了，地名与陆静修有关。还有与吴潜有关的状元桥，传说新人走过就平安的太平桥……这些桥的后面串联着新市的人文传说。

远远地传来一声声汽笛，运河上，南来北往的货船不再停靠新市的河湾，或许老人听听远远的笛声，了了心事，变成曾经的记忆。而今，少了南来北往的客人，却来了一些寻访的旅人，沿着运河，又走到河边的廊下，闻着茶糕的香，或许能唤起旅人的儿时记忆。

天很热，此时，没有穿行的旅人，走出空寂的街廊，是宽敞的马路、现代的建筑，一辆辆汽车驶过街道，拐入一个个小区，看看眼前的景象，是不是感觉从遥远的过去而来，闻着历史的蕴味，已至当下的繁盛，这就是街坊承载的历史烟火。

峡谷、竹海、溶洞

德清往西，就进入天目山的余脉，山连着山、山外有山，葱郁绵绵。

而茶乡安吉，就位于天目山麓。穿行于丘陵间，满目苍翠。山丘上，垅垅茶田蜿蜒着，秀着它的姿态；漫漫的山坡上，漫展着秀竹，沙沙作响，越过丘陵，慢慢地就进入山里。

山谷里，溪流激荡。傍溪有不少居家，三层小楼、临溪小院、一两个吊篮或一方小桌，有的还有木质棚架，挂着丝瓜和南瓜。仔细一瞧，什么山溪溪观夏、什么山凹凹戏水……有趣的名字，原来这些已改成民宿，或许是酷热当午，不见度夏的旅人。

至浙北大峡谷，悠然间，远山的淡青，近山的翠绿，山坳里溪水奔腾，或许经过考证，深谷是黄浦江的源头。

听着溪唱，慢慢地沿着小径而行，不时碰到擦肩而过的旅人，三三两两结伴而行，听口音，大多来自上海，或许是想出门透透空气，又或许恰逢小孩的假期，欢乐轻歌弥漫于谷间。

顺着溪，漏阳轻洒，点亮溪塘。一个大大的“源”字刻于巨石，或许提醒旅人，此处的激流，将汇成东逝的黄浦江水。看，说着上海话的一家老小，围着溪塘，戏着水，摆着POSE，一次次定格。绕过陡崖，又见一大石，酷似伏着的巨龟，传说大禹治水的那年，一只听法归来的巨龟，碰到洪水，水流湍急，几渡溪水不成，就静等大禹治水，结果待溪水退去，巨龟已变成巨石。是不是真的，不要纠结，换个角度看看，有点儿神似。

瞧，横着的倒木上，一丝光亮聚

焦，一只螳螂晃着脑袋，东张西望，又伸伸长腿，或许看到有人，慢慢地转动身体，优哉游哉地爬着，一跃，跳入树丫。

要说大峡谷，浙北大峡谷真的不算什么，但也有一点儿情趣。走到巨石谷，两侧陡崖不高，长满葱郁的杂林，一股腐植的气味，滴滴流水从崖壁上荡下，汇入散落巨石堆的溪流。看，阳光洒向高耸的树林，耀着光影，网一般地撒上巨石，一晃一晃，充满灵气。

就在这山坳间，踩着光影而行，充耳是溪流击奏的乐章，擦一擦满脸的汗水，继续向上攀登。

不知何时，有人在山侧的山溪上建了一个石垒拱，拱间一股山溪，靠近拱口，清凉涌动。又起了个有趣的名字：修禅谷。又一次绕过小桥，又见叉谷，抬头而望，高高的陡峭山崖，山崖上，一条细流直下，虽没有“飞流直下三千尺”的雄姿，却让人感叹大自然的神奇，这就是“一线瀑”。

拐回峡谷，继续前行，穿过游戏设施，谷底就是黄浦江的源头，一泓清流。

回味着峡谷清幽，或许不远的将来被贴谷而建的索道、滑道、游戏设施所充斥。或许再来就完全没有欣赏自然静幽的意境，就是一个山里的游乐场。

出了峡谷，汗水打湿了衣衫，拧一下，水落一滩。

顶着净透的阳光，如洗，热浪翻卷。不透风的竹海，没有雾里的秀美，没有雨里的妩媚，没有风，听不到沙沙的灵动，只有一个感觉——“闷”，罢了。

天酷热，绕太湖而行，小晗建议不妨游游溶洞，大家欣然答应，一是好久没有探索洞天世界，二是享受一下难得的清凉世界。

慕蠡洞位于陶祖圣地。相传，金塘山里，有一个富丽堂皇的溶洞，曾有仙人居住，俗称“仙人洞”，又传佛祖释迦牟尼曾下榻此洞，又名“牟尼洞”。战国时期，越国大夫范蠡帮助越国复国后，携西施隐居于此，并开创制陶业，为纪念范蠡的功绩，“牟尼洞”又改名“慕蠡洞”。民间的传说总是那么引人入胜，寄托着人们美好的愿望。

金塘山竹海葱郁，说是山，实是丘。要说宜兴的名气，就要说到紫砂的壶。或许与传说相符，制壶的鼻祖就是越人范蠡，就在金塘山。

从一个小水塘边的曲径看到一个不大的山洞，抵近洞口，淡淡的清凉扑面。一侧是一泓清流，一侧是蜿蜒曲径。沿着洞窟环顾着，慢慢地有点儿精彩。洞窟内，岁月风霜所呈现的景象，谁都会认为曾有过仙佛，驻留于此，海阔天空地想象每个片段，慢慢地就有了故事。看，是不是灵芝仙草、玉寝宫、望夫桥、长江三峡、雨后春笋……看这口井是不是范蠡与西施隐居时的西施井？还有那个宫殿是不是就是蓬莱宫？哈哈，看，像不像狮子舞绣球？走着走着，洞顶不时有滴水挂下，清凉清凉，拂去面上水珠，继续前行，轻谈间，感叹自然的鬼斧神工。假如，你的想象再漫游四海，还有更多的故事。

“不要发呆，又看到什么景致了？”不知谁说了一句。“看，是不是孔雀开屏？”“你啊你，真是自作多情。”大家哄然大笑。

慢慢地感觉拾级而上，一股热浪又钻进洞口，慢慢地感觉有一束光，抬头一看，“慕蠡洞”三个字，还有一块铭牌。

“看，那里是陶祖制陶作坊，去看看。”

穿过竹林，往林间的一座小院而去。

浙江湖州

江苏宜兴

2022 年 8 月 2 日至 4 日

晨 歌

静幽的天空，星星还眨着眼睛；遥遥的东方，悄悄地已泛起晨曦；城楼旁的桂林里，飘出淡淡的幽香，不知是哪个枝头的鸟儿，叽叽喳喳地鸣叫，想唤起小巷里仍熟睡的人们。

此时，丰乐桥旁的海鲜摊，已开始收拾；匆匆的批发小货车、三轮车，已驶过坛上的小街，消失在古城的里弄里。不知是从何处来的阿婆，沿着石阶，放着竹篮，提着新鲜欲滴的蔬菜，轻声地叫卖着。点点灯火已悄然点亮桥头的窄街。灯光里，闪过忙碌的身影，早市的油条店、馒头店已飘起阵阵香味。慢慢地，杂货店、鱼货店、鲜肉店、蔬果店……也忙碌起来。

文学街的窄门旁，一位阿姨做着健身操，轻盈地舞动身姿。拐角处，走过健步的人，慢慢地消失在巷尾。松盛糕团店飘出淡淡的雾气，赶早尝鲜的人已站在那扇熟悉的窗外。探探头，旁边的馄饨店，听说绉纱馄饨、煎团，还是儿时的味道。灯光下，一个老人慢慢地品尝着，晃着腿，是否回忆着童年的记忆？悠悠地，很惬意。

琴川河里，荡过一叶小舟，环卫工人熟练地打捞着飘浮的杂物，船工轻轻地哼着白卯山歌，一路前行，划出一条长长的水波。临河的一扇亮窗“吱呀”地被推开，一位少女探出窗外，端出一盆鲜花。

透过小巷，东方的层云已染上热烈的色彩，层层展展。古城已被这艳丽的天穹勾勒出优美的轮廓，就在方塔旁的馒头店，已排着长长的队，或许那馒头的味道，透着乡愁的滋味。

方塔园内传出琴声，韵律是那么的激扬。穿过时空里的门楼，晨曦与点点灯火相映。庭园内，茶室里已有

闲聊的人们，或许在谈论古城里的家长里短；树下的茶桌旁，静静地坐着茶客，或许在欣赏晨曦的变幻，方塔的色彩更迭透出的迷人韵律，忘了拂去掉落下来的桂花；树枝上挂着几只鸟笼，不论是否有人逗趣，鸟儿唱着动人的歌，让路过的人多看它们几眼；噢，悠悠的琴声，不知源自哪个亭榭，那么动听，池塘里光影激荡。

一回头，方塔的身影矗立于晨曦里，轻摇的风铃已穿过时空里的岁月，一天天一年年，风雨无阻。

江苏常熟

2022 年 10 月 23 日

东滩·西滩

崇明岛东西窄长，从东海的东滩湿地到长江边的西滩湿地，天地间，遥遥茫茫。

曾听陶的表姐说，那年下乡插队去崇明，又坐车又坐船又长长地步行，一望无际的滩涂，风呼呼地吹，真的很难。

崇明岛离老家不远，却从未来过，没有一点儿印象。儿时听老人说，是长江里的冲积岛。曾去过长江边的滩涂捉蟛蜞，野生的丛丛芦苇、秋天飞舞的芦花、退潮后缓缓的沙滩、举着两只大螯的蟛蜞……想想或许崇明岛就是那种景象吧。

过浦东的长江隧道，八公里就到长兴岛，不是崇明的主岛。小晗说先去转转郊野公园。车出隧道，快速转入绿树成荫的道路，一眼望去，虽已深秋，依然绿意昂然。透过绿丛，绵绵的田野，远远地偶见一幢幢楼房，蓝天白云的衬托，那么幽静，那么有诗意，怎么？这是印象里的崇明吗？

走进郊野公园，或许称农庄也行。看看导游图，橘子园、玫瑰园、梅园、荷塘，还有各类种植园，看看有序的道路，细细品味，像是原来的田陇稍作整理，哈哈，对大城市的人来说是公园，而对农村里生活的人而言，或许就是一片具有乡愁的地方。

沿着弯弯的曲径，路旁摇曳着丛丛鲜花，几只蝴蝶、几只蜜蜂忙碌着，跳着舞、唱着歌；从竹后的小溪里，忽晃着几只野鸭，扑腾着划出层层水波；笔直的灌溉小河摇身一变成景观河道，或许只有保留的老树，让人勾起昔日岁月里甜酸苦辣的记忆；规整的田垄种植着经济作物。你瞧，那荷塘的睡莲绽放着黄的、紫的花蕾，招人喜爱。

跨过“夏至桥”“春分桥”，你是否联想，这块那块田地的劳作与二十四节气紧紧相扣？侧耳

听，一个小孩大声地问：“爷爷，你说说春分桥是什么意思？这个季节有什么植物？”“哈哈，你考我……”

垄上的杉树已渐渐变黄，是那么的热烈。牵着狗的妇人悠悠地漫步，慢慢地消失在路的尽头；红红的果实不知是什么东西，微风里，一晃一晃；丛丛苇花一闪一闪，亮着它的精彩；“1966 报到处”就在堤边的角落，不知从何处来的旅人，是否想寻找当年的印象。

就在一叶知秋的时节，又绕农庄去往恬静的乡间，蓝天、碧水、小楼、漫漫的绿野，这是长兴岛的秋。

驶过现代的上海长江大桥，似蓝天里划过的一道彩虹，下高速，又入绵绵的绿丛之间。

清晨，拉开窗帘，对面的草地被覆上一层轻雾，一丛丛的芦花挂着露珠，被初升的阳光，拂上金色霞光，一片迷离。又见，一头老牛悠悠地荡过草地，一只调皮的小鸟飞过去，停在牛背上，牛转头一瞬，活脱脱一幅“晨间耕牛图”，盈满时空里的烟火。

旖旎的秋色，不论你走在崇明的城镇还是乡间，都能闻到秋的味道。穿行在笔直的乡间小道，点点秋叶飘荡，秋林的树丫耀着光影，谱着一首浪漫的乐曲。右侧的地里，金甸甸的稻穗弯着腰，欢快的收割机唱着歌；左侧的地里绿油油一片，忙碌的大娘大妈喜色挂在脸上；垄上的排树也已染上秋的喜色，漫进河边红顶、灰顶的小楼。谁能分清哪里是乡，哪里是城？

就在东滩湿地，一个个白色的风车迎着海上吹来的风，不知疲倦地转呀转呀，给人间送去浪漫。一只只候鸟叽叽喳喳地唱着歌，从湿地飞起又停留在河边的杉林里。骑上单车，沿着蜿蜒曲径，穿行于大自然间。看，芦花已经摇曳，格桑花却依然艳丽；看，荷花的残姿虽萧瑟，却在水面留着水墨的勾勒。

蓝天白云和着微风，让人们荡漾在大自然的怀抱里。

走上海堤，外面是绵绵的苇丛，迎风轻摇，漫展着伸向天地间。听，什么声音？是苇丛里的候鸟，唱的歌。

沿着北港公路，一路向西。穿行在高高的绿树间，洁净的马路、规范的标识，哪像是乡？微微地开着窗，透进清新的空气，让人慢慢地观察掠过的村庄。两层、三层的彩顶小楼大多带着院子，宅前宅后点缀着一些蔬果，整洁卫生；笔直的河道或于宅前或于宅侧，水面上追逐着窜条鱼；田间小路绿树成行，规整的田垄绵绵展展。

走进绿荫里的村庄，碰到热闹的农家小馆，不知从何处来的旅人点着时鲜小点，走时，不忘从路边的大娘处带一点儿蔬果，或走入宅间，享受半日采摘生活。

假如有闲，去逛逛花博园、东平森林公园、明珠湖、荷博园，哈哈，路途里，难道不是见过如此景致吗？

跨过江堤，又入西滩湿地，沿着蜿蜒的木栈道进入森林，斜阳里，你是否被秋的池杉惊艳？金色一片，静静的水面又映着剪影，却被调皮的白鹭揉碎了那道秋波。

听着林间鸟的轻鸣，一路往芦苇深处而行。蓝天里，苇花轻摆，潮沟里的跳跳鱼一蹦一蹦；忙碌的小蟛蜞晃着小脑袋躲在洞口，一激灵，又躲了回去；灰鹭、白鹭高鸣着掠过苇花，飞向那片滩涂。

我停留在观潮亭，遥望着茫茫的一江秋水，静等着激波的那个潮头。

上海

2022年11月5日

赏　秋

黄山去了又去，去看透镌刻在自然上的风骨，看一棵松、观一次“海”、眺一块石，有时惊呼，有时叩问，黄山究竟如何如何，哈哈，道法自然。

明代旅行家徐霞客游览黄山后盛赞：“薄海内外，无如徽之黄山。登黄山，天下无山，观止矣！”或许太过绝对，却也说明黄山骨子里的奇，透了，或者说悟了，更为贴切。

与友人相约，上黄山待几天，再沿“皖南 318”赏秋，再闻闻皖南山水间的烟火味，或许在山上、山里、山外，又会遇见古徽州秋里的遗韵，满满的惊喜。

黄山小记

或许你看过电影《邓小平登黄山》，那是 1979 年，那年的秋天我去北方上大学。

假如看过，不妨跟随纪实电影里的邓小平走一次黄山，看一路风景，或许还能想起邓小平的“黄山谈话”，记得影片里邓小平的最后一句话“贫穷不是社会主义”。一晃，竟是 40 多年，河山依旧，斯人已逝，祖国已换新貌。

黄山原名“黟山”，因山峰和岩石遥望青黑而得名。相传，轩辕黄帝曾在此采药炼丹、得道成仙，于是，唐玄宗在天宝六年（747）改“黟山”为“黄山”。

名山背后有故事，何况是黄山，岁月的风霜里，一批批一拨拨文人墨客，吟诵黄山，李白吟：“昨夜谁为吴会吟，风生万壑振空林。龙惊不敢水中卧，猿啸时闻岩下音。我宿黄山碧溪月，听之却罢松间琴。”焦炳炎吟：“秀出云霄一杖探，诸峰高下护晴岚。丹成兔魄香生杵，影见龙津月在潭。”这些留在山水间，当你遥对那些景致，已是时空的穿越。

两位摄友估摸着黄山的天气，多云、雨相间，如纯粹游山，不甚理想，一位说，或许雨雾会有想象不到的惊喜。惊喜或是水墨山水的意境，雨雾里有脱俗的如梦如幻。

看山，有什么感应，不妨听听郭熙的原话：“山有三远自山下而仰山巅，谓之高远；自山前而窥山后，谓之深远；自近山而望远山，谓之平远。高远之色清明，深远之色重晦，平远之色有远有晦。高远之势突兀，深远之意重叠，平远之意冲融而缥缥缈缈。其人物在三远也高远者明瞭，深远者细碎，平远者冲淡……此三远也。”这是对画山水的总结，也是看山的体会，心灵相应的意境。

扯远了。谈笑间，一路高速，因住西海，从松谷站上山。

雨雾弥漫，山峦隐入浓浓的雨帘，一片迷离，激昂的心情慢慢地变得无言，或许此次的黄山之行，又会有所失望，但也无妨。缆车缓缓地穿过雨雾，又是一阵狂喜，看，白云绕着山峦，慢慢地流动，蓝天的衬托，群山露出旖旎的秀色。

匆匆地放下行李，被西海大峡谷的那片海吸引，穿过松林，赶去排云亭。

朝着翻滚的云海而望，你不得不惊奇地发现，为何历代文人称之为黄山五绝之一。黛青色的山峦飘浮在海上，被一波波云浪搏击，又来一波，慢慢地卷起，一浪逐一浪，随着光影，海浪的颜色浅的、蓝的，慢慢地又披上金色，绕着山、绕着松、绕着孤峰，一会儿隐去这峰那山，一会儿又调皮地露出它们的一瞬。你、我、他赶着又变换着角度，利用光影的勾勒，锁定水墨的一幅又一幅。

慢慢地欣赏，盯着那峰、那松、那石，还有陡峭山崖上的孤松，思索着，

它们为何如此从容？又历经过多少风霜雨雪？如此孤傲；那突兀的巨石，似情侣，荡过千年，如此不舍；那巨石又似孤独的行者，默默地前行，或许前方有着它的永恒；又看那松，一排排一列列，迎着那片海，宣示着它们的傲骨、它们的精神，这些那些揉合成波浪里的点睛，定格成一幅幅锦绣的水墨画轴，或许这就是来到黄山的情结。

场景迎来变化，太阳已慢慢地降下，色彩随之妖娆，那一抹金色轻轻地拂上那片云海，波尖上、浪花上落满飞霞，又悄悄地爬上光秃秃的陡崖，那一棵棵劲松的剪影，刻上崖壁，变成山海间的一瞬。此刻，谁不为天穹间的奇异景象惊喜？

观海回去的路上，还有人议论着，刚才的景观，就在排云亭前的西海。

次晨，五点多赶往清凉台，天空上，还挂着星星，眨着眼，连续陡峭的台级蜿蜒于松林中，没有风。突然，怎么前面转弯处出现了点点亮光？紧走几步，只见一队挑夫头上顶着灯，扛着大大的玻璃，慢慢地向北海而去。

而我们三人绕过狮子林饭店，拾级向清凉台爬去。刚路过一角观影台，只见东方的天际，已泛着喜人的一抹金色，淡淡的，浮在海上。就这一瞧，让人特别兴奋，或许能见到云海日出的景象。绕过清凉台再向前就是狮子峰、猴子观海。

观景台上仅一位主播摇着手机，不停地转着角度。三人寻找着合适的位置，而此刻的天穹间，渐渐亮丽起来，云海翻滚的姿态，涌动着山峦的剪影。“看，前方的始信锋，一个个巨石剪影，仙人下棋、仙人采药，如果运气好的话，还能看到佛披金光……”顺着主播的手指方向，那些剪影，信了。

太阳如约而至，那些金色的霞光拂过云海、山峦，一浪又一浪冲向绵绵的群山，欣喜间，转换着东方的波涛，金色、浅蓝、银色揉和在一起，随着流云，定格远近青黛的群峰。一转眼，那只守望的猴子，也披上金光，一动不动地盯着东方，或许就这一望，已过千年。

又路过清凉台，看着崖壁上的石刻，或许当初的李白、徐霞客曾驻足于此，感叹着，留下那些印迹。

转去始信峰，这松那松如此多的奇松，黑虎松、连理松、雨伞松、探海松、竖琴松……就在上与下的间隙，看尽山与松、松与崖、松与云的精彩，或许还有那秃峰的那株孤松，就是大名鼎鼎的“梦笔生花”。一阵急风而过，松林里传来有节律的声音，轻轻地听，似一曲悠远的琴声，有点儿意境。

稍作停留，又见一块石刻，不知“寒江子”在明末的哪一天，也在此停留。悄悄地离开，往光明顶攀登。

好久没有这么高强度运动，拾级而行，双脚重重的，抬头一眼，一级级还在向上延伸，努力向前，停留于白鹅岭，一览群山绵绵。远眺，远远的那块孤石，不是“飞来石”吗？走一段再看，怎么又似“仙桃”？噢，又名仙桃锋。

就在近光明顶，一个山坳豁然开朗，这就是“皮蓬”。瞧香炉峰拥着不少小山峰，就是当年诗画僧雪庄称道的“黄山最奇处，后海老僧家”，居屋是树皮草舍，故称“皮蓬”。

蓝天白云飘荡，又上光明顶，驻足炼丹峰，流云漫过片片山峦。欣赏着绵绵群山、天都峰、莲花峰……

山里的天气说变就变，当期待着再一次西海的日落，乌云却翻滚着扑面而来，那山那松遁入雨雾，一片迷离。此刻，若隐若现的山峦、挂松，似水墨山水里的点睛，增添了让人参悟的禅意。

这些那些场景的变幻，悟的自然哲理，或许就是人去了又来、来了又去的原因，欲罢不能。

徽州遗韵

回望黄山，已隐入浓浓的雨雾里。

掠过一个个粉墙黛瓦、封火墙的徽派村落，或隐或现于绵绵的群山间，一个山坳、一个山谷，或于一个山坡上，一条潺潺的溪水绕村，还有一口月塘，看那些斑驳流痕，写尽曾经徽州人家的甜酸苦辣。

西递曾于20多年前来过，也是一个雨雾天，阴沉沉的，就是那么的愁浓，听着滴滴答答的雨声，阅尽千年里，一部世俗村落的史书。

西递位于安徽省黟县城东8公里，地处古徽州府之西，唐李后裔避难，一路向东南而行，为避追兵，改胡姓，择溪水西行之地世居，或许还曾有返乡的愿望，又曾设驿站"铺递所"，故名西递村。

又一次的到来，还是驻足于村头那座高高的牌坊（可惜围着整修），看着溪水逆东西行，无法想象曾经西递先人选址的思绪。西递村口的这座牌坊，或许就是西递人文的一个缩影，不得不说。这座兴建于明万历六年（1578）的"胡文光牌坊"，俗称"西递牌楼"，当年西递人胡文光（1521—1593）登嘉靖乙卯科进士，先为江西万载县知县，后为胶州刺史，迁荆王府长史，授四品朝列大夫。因其政绩显著，皇帝遂恩准敕建这座石坊。

牌坊旁的"走马楼"，又称"凌云阁"，建于清道光年间，相传当年西递首富胡贯三家族为迎接歙县的亲家、当朝宰相曹振镛的到来而突击营造的。整座建筑粉墙黛瓦，飞檐翘角。楼下有单孔石拱桥，名为梧赓古桥。慢慢地阅读着一个个片段，你是否有一种激情，走进里巷，去了解西递的过往？

走在小巷里，锃亮的青石路，被碎落的细雨覆过，浅影里，耀着历史的印迹。这些印迹，就是一个个东来西往的人在诉说，诉说着甜酸苦辣的人间烟火。

沿着大路街，慢慢地走进百匠堂、旷古斋，转横路街，又入桃李园、东园、西园、惇仁堂、大夫第，驻足于敬爱堂，传说当年的朱熹曾写"忠孝节义"，随着岁月、历史变故，仅留高悬的"孝"，细细地看字的走笔，多少传神。

慢慢地品味门楼、天井、雕刻，每一处都诠释着封建思想的等级制度、人文的希期、家族的礼制。你看一副副对联，

“世事让三分天宽地阔，心田存一点子种孙耕”“迎送远近通达道，进退迟速遊逍遥”……尽显意味。

当你走过直街转角的那幢绣楼，转角的一退（转角处墙收进）一抹（抹掉转角），抬头再看一石刻“作退一步想”，无不彰显主人的谦让情怀，是西递人文的真实表达。

漫步着，不论你停留于何处，假如你问一问，看一看，摸一摸，历史就这样层叠着，穿越至今。

出村，沿着蜿蜒的道路，穿越于山坳间的粉墙黛瓦间，这村那村幽幽地点缀着，远山的青黛，被白色的流云划过，似天穹里拂过的面纱。就在这季节，秋色的隆重，让山里的树林穿上盛妆，惹得南来北往之人，停留驻足，想阅尽此间的人间烟火。

谁还记得这里曾是赛金花的故里。停一停，路边的郑宅就是赛金花成长的地方。郑宅是典型的四水归一徽派建筑，极其普通。赛金花 12 岁前生活在黟县的老宅，原名郑彩云，后随家人迁往苏州，开始了她颇为跌宕起伏的一生。而当人隔着玻璃，面对赛金花写下的“国家是人人的国家，救国是人人的本分”，有何思绪？

归园，据说是一富商馈赠与赛金花的，徽派园林的手法，与苏州园林有异曲同工之妙。通过漏窗、短墙，借外山水、田野之景，延伸了视野，曲径里，欣赏着一幅醉人的美景。

赛金花有没有住归园已经不重要，作为山野里的园林，融入山水之间的幽园，实属不多。还说赛金花，不妨读一读吴承炬《东园诗钞》、林语堂《京华烟云》、张鸿《续孽海花》，一窥一代名妓的人生。

初冬的徽州山里，盈满斑斓的田野牧歌。山坳里的田陇间，水牛悠悠地吃草，让追秋的人作为背景，炊烟从坡上人家升起，激荡着古村里人们的生活烟火，延续着岁月的家长里短。沿着曲径穿行于山里，擦过宏村，就在塔川的村口，驻足停留，欣赏着藏在山里的秋色人家，转个身，慢慢地定格，那一幅薄云勾勒的水墨。

穿越山里

“皖南川藏 318”（休宁至宁国），这名有点儿太直白，惹得仰望川藏蓝天，又不敢去穿越的人，来一次“皖南川藏 318”，求个心安。

坐在西递的咖啡店，议论着行程，计算着时间，确定住泾县的月亮湾，一算距离，确有点儿赶。当夜幕深沉，驻足于“栖溪里”。

月亮湾是皖南川藏 318 的起点。晨起，拉开窗帘，远山被浓雾笼罩，随着风，又一次次露出青黛，层层叠叠。山谷里，一泓溪水潺潺地流淌，绕着小村，蜿蜒地消失在群山间。瞧，小村的那头，一幢徽派建筑的粉黛，恰似山谷里灵魂的点缀，勾勒出皖南特有的地域风情。

带着民宿店主赠送的土特产株栗子豆腐，沿着彩虹的流线，向山里出发。

或许是在群山里，空气特别清新。山坡上，竹林漫展、翠林葱郁；山谷里，轻流欢腾于卵石间，奏出一曲悦耳的歌；白鹭、灰鹭飞翔于山坳间，不时又躲进溪滩旁的杂林里……此时，山峦的林间，点着秋的色彩，已慢慢地换起季节的盛妆，让路人欣赏着皖南山水的婉约。

谁知道有多少道弯？或许正是连续不断的弯，换着景致，让人记住这条山路。沿着路，小村、翠林、山溪、漫滩、远山，还有山峦间的村落，构成一幅活脱脱的山里人家烟火。一路切换，就在这个那个转角，让久在城里的人，发出复得返自然的惊叹。

稍息于汀溪，听着东西南北的口音，有人悠悠地闲步溪边，有人静静地坐在亭台的茶座，没有城市的喧嚣，享受着山水间的幽幽静静。你慢慢地走，不要去打扰，看，谁翻阅着随身的书卷；谁喝着茶发着呆，逗逗狗、玩玩猫；谁信步思索着曾困绕的心绪；谁又为何躲进这片山坳，或许此处让人贴近自然，能闻到自然的味道。假如，你想纵情，去一次滑道、来一次漂流，再向远山来一次呐喊，这就是来的理由。

谁说过了66道拐，就翻过了山，没有去计算到底已过多少拐，左摇右晃间，驻足于六道弯。回望，远山的朦胧、弯弯的山路、点缀的村落，尽收眼底。假如，你有绘画的细胞，是不是又是一次艺术的采风？

一边穿行一边闲聊，谁都说不清，山水间，小村杂乱的建筑风格，为何没有徽派建筑的印迹，是不是古徽州的传统文化没有渗透进曾经闭塞的山里？

又稍息于板桥，至小溪边拾趣，拍拍小景，继续前行。

就在这季节，落羽杉林的风姿，盈满秋的深沉，诉说着又一次轮回的精彩。假如说，就只有漫滩的杉木，只能展示它的热烈，那么，一泓溪水蜿蜒在山谷，就在杉木间，划出一道S形的弧线，瞬间，让青黛的远山、深红的杉木被潺潺溪水还有飞翔的候鸟，激活起来，勾勒出山谷的精彩。看，旅人被此景深深地吸引，不一会儿消失在丛林间，是不是又玩起儿时捉迷藏的游戏？

靠着储家滩的一池碧水畔，有一咖屋，木头点了几杯清咖，眺望着窗外的景色。

绵绵层层的山峦，河湾间几间粉墙黛瓦的老屋，屋畔漫展的田地上，山峦上拂过的层云，清澈的湖水还有静静的倒影，望着这一切，嘴里嘟哝着：“‘休对故人思故国，且将新火试新茶。诗酒趁年华。’是不是此间品茶的意境最好，懒散惯了，会乐不思蜀！”众人一笑，点头。

一群青年涌进咖啡屋，叽叽喳喳盈满青春活力。我们显得有点儿突兀，喝掉杯里还有的一点儿咖啡，登车穿村前往青龙湾。介绍里说，青龙湾似千岛湖，湖绕岛、岛连山，翠山、碧水、山水相映，如有碧空的苍穹、飘荡的白云，坐上一叶扁舟，品茶论禅，或许是个好地方。友人吟着："人生到处知何似，应似飞鸿踏雪泥。泥上偶然留指爪，鸿飞那复计东西。老僧已死成新塔，坏壁无由见旧题。往日崎岖还记否，路长人困蹇驴嘶。苏轼的诗品品，是否明白点儿人生的哲理，好多的事情要懂舍得。又有点儿瞎扯了。"谈笑间，已至湖边。

天又跟我们开着玩笑，下起小雨。或许待在青龙湾，只能看到湖的一角，没有期待的那么辽阔，也或许太晚，就我们三人，看着那座牌坊、飘着小雨的湖面，还有慢慢隐入雨雾里的山峦，哈哈，记住了已经走过的"皖南川藏 318"。

顺访龙窑

生活的日常总与锅碗瓢盆打着交道，叮叮当当地奏出一曲曲交响乐，盈满生活的甜酸苦辣，一天天一年年，这是人间烟火的开心、喜悦、纠结、无奈……

锅碗瓢盆的制作始自泥土的烧制。追溯历史，典型的仰韶文化、马家窑与齐家文化遗址等都发现了精美的彩陶器，令人叹为观止。因陶制的锅碗瓢盆与生活密切相关的因素，非但没有随着岁月没落，反而从器型、花饰、工艺各方面随着技术、审美的进步、提高，慢慢地传承发展。渐渐地，瓷器从陶器中脱胎而出，更加坚硬、光滑、精美。

从"皖南川藏 318"出来至宁国的"园语"休息，精致的园子充盈着家庭院落的温馨。简单用餐后，听着一位歌者的高歌。走过灯火阑珊的"慈恩桥"，夜色里，一窥宁国的夜景。漫步着，讨论隔日的行程。偶尔看到宁国龙窑，喜欢人文的二位建议去顺访龙窑，看看宁国龙窑的究竟。

沿着导航，左转右转找到博物馆，或许是周日的缘故，只能隔门张望，再找龙窑窑址，有点儿失望，只好作罢，往高速而去。

一边行驶，二人一边张望，仙人掌说：好像左面有好多陶器，是不是拐过去看看？一掉头，就驶向那堆陶器，哈哈，什么缸、甏、瓮等散放着，有的还积着一点儿雨水。从艺术的角度看，有点儿意思。

日常的器皿，看似通俗，简单的点笔，又平添一点儿生活的情趣。瞧，缸侧的狮头，口边一根飘逸的绳索，瓮壁上浅浅的水墨古村，甏收底的流纹，还有简单的卷边，无不透出简约生活的平常。

三人慢慢地游转着，感受着通俗人文的可读性，有点儿惊喜。绕过堆场，从简易车间门口探探，恰巧有几个工人忙碌着。一位女工蹲坐在一个缸侧，手提着笔不停地描绘着一条游龙，一边绘，一边不时停笔，端详着，又补笔，渐渐地，脸上露出笑容；另一男工站着做着小缸的器型，熟练的手法，转动着转盘，慢慢地定型。借着窗户射入的光线，记录下工人劳作的瞬间。

走上简棚的坡地，一看明白，卧窑顺坡而建，似一条游龙，是否就是宁国龙窑的由来？龙窑边堆着许多松枝、木柴，棚内顺放着待烧的泥缸，或许是周日，一片寂静。假如是烧窑的时刻，窑身侧边的观火孔，耀着光影，加上弥漫的烟雾，你是否能想象，这条巨龙的英姿？

走出窑棚，木头拍拍衣服，说：看看一身的泥灰，像不像刚劳作过的工人？

安徽

2022 年 11 月 16 日至 19 日

远行

北欧一窥

一、雕塑与海蓝

随手翻着杂志，一幅幅人体雕塑的照片，吸引着我，慢慢地看，慢慢地悟着雕塑里蕴含的意味。再一看是挪威的雕塑大师古斯塔夫·维格兰（1875—1948）的作品，如此震撼。到奥斯陆，就直奔维格兰雕塑公园（Vigelang Park）。

低低的流云掠过，偶尔有丝丝漏阳，照着地上的残雪，显得有点儿萧然。远远地看到一座石桥，两侧是各种姿态的雕塑，慢慢地走近，停留。你看，挂着笑容的父亲，看着被高高举着的男孩，多么有趣；轻步的青年男女，步履是多么轻盈；追赶的男孩，一手高高地扬起，一手抓着前面的男孩，好像玩着什么游戏；拥抱的青年男女，低头诉说着什么绵绵情话；男童蹬足大哭，还握着小拳，是不是被谁欺负？又一男孩捧腹大笑，又为什么？仔细地看各个雕塑，活脱脱是一个个有趣的生活场景，栩栩如生，惟妙惟肖，用裸体的表现手法，那么直率，那么自然，每座雕塑的背后，就是生活。

斜阳里，涌动的喷泉溅起飞花，潺潺的水声，似生命不息。一棵棵生命之树下，夫妻、兄弟、姐妹、父子的细腻姿态，诠释着生活里深厚的情感、依赖、依恋，细部的表情是那么真挚、纯朴。

或许是雪后的缘故，石头雕塑上挂满水痕。围着中心台阶，顺着方向一层层地观察着，又换着不同角度，仰视、俯视，婴儿、小孩、成人、家庭等不同组合，用喜欢、欢欣、苦恼、思考、挣扎、绝望等不同表情，反映了人生命的历程。

绕着生命之柱（高 17.3 米、直径 3.5 米），底部的老人、中青年到上部的小孩形成完整的生命之链，

不同的姿态、表情完美地诠释了代代相续的简单道理。

就在这里，静静地流转，明白了人生，明白了人性，明白了生命的真谛。

到挪威，就会联想起史诗般年代的维京人——挪威人的祖先，虽然已经遥远、陌生，但会联想起彪悍的海盗。而挪威人颇为自豪的是海盗不畏艰险、勇于开拓进取的精神。

来到海盗博物馆，据说陈列的木制海盗船是9世纪的旧物，最大的是“科克斯塔德号”（24米），首尾很细，向上翘起，绘有精雕细镂的花纹；最华丽的海盗船是“奥塞贝利号”，这艘“天鹅颈形”大船颇具传奇色彩，船的主人是9世纪的奥沙女王，是挪威“始皇帝”哈拉尔德的祖母。看着旧物、看着图片，听着介绍，有点儿明白。为什么挪威人以祖先维京人为荣。

回到奥斯陆湾，老城沿着曲折迂回的海岸而筑，透着中世纪风格。走入窄巷，踩着石头的马路，走进比邻的店铺，感受着浓浓的北欧风情。

驻足砖红色的奥斯陆市政厅、白色王宫、国家剧院、阿克斯胡斯城堡……看着那些雕塑、壁画、喷泉、旧物，还有易卜生的雕像，一窥挪威的简史。

走到海湾，碧海轻浪、游艇游弋，海鸥飞跃于海天间，一声声鸣叫，几个旅人用面包屑逗着海鸥，甚是有趣。

二、岛　城

离开奥斯陆，一路是绵绵的森林、茫茫的残雪，不知谁放着《挪威的森林》（伍佰），又议论着村上春树的小说《挪威的森林》，似乎想找到一点儿关联。

途中在瑞典的一个小镇休息。镇很小，就几十户人家。一间窄窄门面的咖啡店，推开“吱呀”的木门，热情的店主是一位胖胖的中年男子。我们点了咖啡、面包闲聊着，店主告诉我们到斯德哥尔摩差不多还要两个多小时。咖啡店隔壁有一个寄售商店，看到我走进商店，一位老阿姨热情地招呼着。我左右看看一件件旧物，真的处理得特别干净、整

洁。许多商品只要一欧元，觉得挺有意思，拣了一件丛竹图案的碗，有趣。

到北欧，碰到的天气大多阴沉沉的，而刚到斯德哥尔摩，蓝天白云碧空如洗。坐在梅拉伦湖畔，听微风轻拂树林的“沙沙”，看候鸟轻盈的姿态，看一湖碧水上倒影的斯德哥尔摩老城，似一幅厚重的油画，徐徐展开。

没有迫不及待地撩起古城的面纱，静静地坐在市政厅对面的湖边，喝着咖啡、展着地图，指点着对面的建筑、湖湾、桥梁，议论着阿尔弗雷德·诺贝尔。两个骑着自行车的少女停在我们旁边，“Are you from China？”“Yes.”“Stockholm is as beautiful as Beijing.”

一起聊了一会儿，指点着告诉我们怎么观赏斯德哥尔摩老城。

斯德哥尔摩的老城中心是骑士岛。从南城穿过骑士岛到北城到国王岛，或者南城穿过骑士岛再过圣灵岛再到北城。

骑士岛教堂（可追溯到13世纪后期）规模不大，墙上嵌着撒拉弗骑士团的会徽，尖顶是铸铁，历史悠远，不要小瞧，它可是瑞典皇室的葬礼教堂。

绕过去不远，是斯德哥尔摩王宫（中世纪），怎么感觉没有凡尔赛宫的气派？慢慢地游走，过了一厅又一厅，一路浏览，壁画、浮雕、旧物浓缩成一部浓重的瑞典史卷呈现在面前。

走在狭窄蜿蜒、色彩浓烈的老城街巷，寻找着诺贝尔博物馆。随着讲解，慢慢地知道怪才诺贝尔的一生、诺贝尔奖的全部信息。走着想着诺贝尔的话：“一个没有书本和墨水的闲居者，等于是一具有生命的僵尸。”有意思！停留于博物馆的小餐厅，尝尝“诺贝尔冰淇淋”，味道不错。

穿行于旧城，岛、桥、窄巷、小店，还有倚门的妇人、桥栏边抽烟的男人、咖啡店前的卖花小孩、消失于巷尾提包的西装客……勾勒出一幅活色生香的生活画卷。我揉了揉眼，感觉是否在穿越，再揉了揉眼，看到街尾外飞驰的游艇，噢，是当下。

过湖湾，来到斯德哥尔摩市政厅（Stockholm Stadshuset），一对青春的男女雕塑映入眼帘，优美的姿态诠释了歌唱、舞蹈，或许暗喻斯德哥尔摩的活力。

斯德哥尔摩市政厅由拉格纳·奥斯特伯格于1911年设计。上面有三个造型优美的金色王冠，是瑞典传统象徽，代表瑞典、丹麦、挪威三国，象征着曾经的卡尔马联盟。

从湖边广场，透过一排科林斯柱的外廊，有一个庭院，庭院内有“蓝厅”（宴会厅）。每年12月，瑞典国王、王后与各方贵宾齐聚于此，为本年度的诺贝尔奖得主们举行隆重的晚宴。蓝厅两侧列柱间金碧辉煌的灯光和前方打下的蓝色光柱，衬出精英云集的晚宴氛围。不由得立于厅里，转一个圈。

走入“金厅”，惊叹着什么是金碧辉煌，阳光透过窗户，照在由1800万块金属和玻璃块组成的壁画上，试着变换角度，一道道金光掠过，看着以历史为题材的金壁，那么华贵、庄严。墙左壁叙事，右壁述人，分别表现瑞典历史上的各个时期以及重要人物。正墙是描绘大型传说中的城市的保护神——梅拉伦湖女神像，女神脚下左右两侧分别为来自亚洲和欧洲的各族人种，寓意各地人民皆以斯德哥尔摩为心中之理想地。

拂着明媚的阳光，享受着梅拉伦湖畔的湖光山色，登上从西湖穿过湖桥而飞驰的游艇，再次回眸一下环湖的斯德哥尔摩，去往皇后岛宫，想想也美，据说那是“瑞典的凡尔赛”。

三、雪　域

江南的雪有时很大，但还等不及赶雪，就消失得无影无踪。

而冬季的赫尔辛基，或许我来得不巧，天空总是飘着厚厚的云层，不时会飞雪，飘飘荡荡间，已是白雪皑皑。但没有太阳的雪天，雪就没有晶莹的洁白，假如躲进一角看漫天飞舞，倒还有点儿情趣。

踏着点点残雪，轻步绕着赫尔辛基的渔人码头，身边的行人裹着大衣匆匆而行，而港湾里停泊着不少游艇，静静地没有出海的迹象。欣赏着围着港湾显示着北欧特征的旧式建筑——市政大厅、瑞典大使馆和总统府，初识赫尔辛基的面目。

海湾广场有一尊青铜裸体少女雕塑，吸引着我的目光。慢慢地走近，欣赏着整座雕塑，四只海狮仰头、口中喷着泉水，构成优美的弧线，衬托出少女的娴雅。你看她托着腮，凝望大海，微笑里透着甜美，是否传递着“和美”的信息？她就是芬兰人引以为豪的“波罗的海的女儿”。

如果说传统的欧洲教堂，北欧远不能与西欧、南欧相比，但岩石教堂的形态颠覆了传统的造型。看，一堆黄石上，点点残雪，一个半圆的“锅盖”似乎放在一侧，如果来时不了解情况，你还真的不知道这里到底是什么。听到悠悠的琴声，循着音，走到街边的入口，走入教堂，外侧看似“锅盖”的屋顶，酷似传统教堂的穹窿，看着从顶里射入的阳光，慢慢移动，到小小的神坛，移动的节律与一侧钢琴的韵律，多么和谐。岩石的墙、紫铜的顶，与阳光下的反光，构成如幻的环境，不得不佩服建筑师的奇思妙想。

或许是位置与历史的原因，白教堂（赫尔辛基大教堂）是赫尔辛基的标志性建筑，白色的墙、淡绿色的青铜圆顶，诠释着传统与现代的完美结合；而红教堂（东正教教堂），金绿圆顶、红砖墙甚为醒目，具有典型的俄罗斯建筑风格，突显一抹俄罗斯人在芬兰宗教上所留下的遗痕。

走过了老城、海湾，出城就去西贝柳斯（Jean Sibelius）公园。

公园充分地利用原有的地形与生态，沿着曲径，穿越林间，残雪挂上树枝、铺满草地，小鸟轻盈地飞舞、跳跃，“叽叽喳喳”，待近湖边，一个高高的管风琴雕塑，那形态酷似跳动的音符，似乎能听到优美的旋律。转过去，你会惊讶地发现，一堵黄

石墙，上面是抽象的头像，噢，是西贝柳斯。

踩着积雪，绕过湖边芦苇小路，走上木桥，随着脚踩木面的“吱呀”，惊动一群群野鸭，扑腾着飞过湖面。

四、寻找童话里的记忆

“在海的远处，水是那么蓝，像最美丽的矢车菊花瓣，同时又是那么清，像最明亮的玻璃。然而它又是那么深，深得任何锚链都达不到底。要想从海底到水面，必须有许多教堂尖塔，一个接一个地联起来才成……”安徒生的美妙童话让多少天真孩童遐想，真的太吸引人了，我也曾有这样的想法，到安徒生的故乡，触摸他故事里的事。

Hotel Tiffany 迷人的门廊泛着暖暖的灯光，或许是临近圣诞节的缘故，让人感觉特别的温馨。不大的酒店大堂让你有一种回家的感受，小的摆件、暖色的灯光、轻柔的音乐，还有淡淡的香气，坐在沙发上有点儿懒洋洋的。透过玻璃窗看到一对恋人手牵着手，从暖色的街灯下走过，一会儿跳跃着，一会儿又拥抱在一起亲吻着，好浪漫呵！

夜晚，躺在软软的床上迷迷糊糊地睡着了，却做了一个梦：蓝蓝的大海无边无际，平静得像一面镜子，忽然有一条船，高高的桅杆，船上的人穿着不知道是什么服装，来回地忙碌着不知道在干什么，而船却纹丝不动。大海清澈得能见到任何地方，又不知怎么，船又停在海底，五彩的鱼围着它在游动……

沿着哥本哈根港湾漫步，薄雾穿透阳光洒在海面上，轻轻地拂过小美人鱼雕像，是那么温柔，又似披上一层薄薄的面纱。

海面涌起微波涌向美人鱼雕像，她是否在等她的王子？我顺着她眼光而视，也多么想见见她的王子。

不到新港好似没来哥本哈根，河面上停泊着各类游船、游艇还有桅船，两侧的欧式建筑五彩缤纷，却又是那么协调，似乎代表着多姿的生活。一边走一边想，你闻咖啡店飘出诱人的香味夹着面包的奶油味，你看街边的桌椅上轻轻谈笑的人们，他们或聊，或想，或逗着孩童，而我在想，当初的安徒生驻足在哪个街边哪个转角，也不知是怎样的触动，让他写出《卖火柴的小女孩》的悲悯童话。不远处一个活泼的小女孩飞奔而来，“Hi!”她摆动着小手，满脸洋溢着天真的笑容，头上的蝴蝶结跳动着，扑向妈妈的怀抱。

你记得莎士比亚的戏剧《哈姆雷特》吗？你知道故事里的城堡卡隆堡（Kronborg）吗？穿过城堡的弯月拱门，远远地看到城堡的剪影，宽宽的护城河、高高的城墙、耸起的箭塔……还有绿树与平缓的草地，构成了完美的文艺复兴时期的建筑画景。迎着海面吹来的微风，走过城堡外围的工事，那大炮、牒口、围墙……似乎在诉说，海上来的、城堡里的、广场上曾发生的事。克劳狄斯的阴险、狡诈，哈姆雷特的复仇、历险，权作完全虚构，因为你此刻所见那个庭院里祥和的人们、活泼的孩童，满满的笑容，你会放下曾有的怨仇。甬道里叉着手、冷凝着眼的维京首领 Holger Danske，静静地坐在那里，守护着此间的一片宁静。

游走在阿美琳堡的广场，欣赏着洛可可建筑的华美，卫士似雕塑守护者，守护着珍藏着千年丹麦皇朝的人文与厚重的积淀，它是一本读不完的书、一幅看不透的画，每一点滴让人有无限的猜想。两侧的行道树修剪得如此整齐，树冠似华盖，真的很美。

不知道当初的安徒生还走过什么地方，也不知道他在奥登塞小镇经历了什么磨难，虚假的恭维是否真的让皇帝穿上了他的“新衣”，一切的一切其实是向往与讽刺、真实与虚构的内心流露。

蓝蓝的天上飘着飞机的尾云，海面上游弋着悠闲的帆船，空气中弥漫着泥土的芬芳，人们悠悠地穿行着，一切的一切如此的安宁。

五、闲步冰岛

人非草木，孰能无情？难道草木真的无情吗？大自然走得多了，接触的事物也多，奇花异草或许让你眼花缭乱，参天大树或许让你瞠目结舌，但当你驻足在陡崖边、荒漠上、戈壁滩上……看到随风摇曳的小草，你是否佩服生命的顽强与坚韧？它的起舞是否让你感受到一首无声的乐章？

没有到冰岛之前，只有地理上的概念。其实如果不是真的到过，不论是看过它的影片还是文字图片，也不管是多么详尽，只能是对冰岛的介绍。因为你没有感受、没有触动、没有嗅到它的气息，更没有听到在此间的呐喊。

沿着蜿蜒的环岛公路，地平线上的薄暮中似乎有朝霞的身影，慢慢地变换着它的盛装，而一轮弯月高高地挂在天空，似乎在眨着眼睛。

黑黑的火山石躺在起伏的原野上，寸草不生，似月球地貌。不远处隆起的山包上却是白雪茫茫。大风撩起雪花飞舞，打在脸上生疼。艰难地爬上坡顶，火山口顿现你的眼前，洁白的、静静的一个倒锥，已不能想象它当初的“怒吼”，不远处还有几个山包连绵，是那么的安宁。

极夜的冰岛是那么神奇，总是在暮色里。原野里掠过，只见几头低矮的野马撩开薄薄的积雪，啃着露出的小草，是那么悠闲，不时昂起头，张望着，低声地呼唤着同伴。再看仅有的几头小马的游走神态，是那么悠闲自得。

捷驶在原野上，呵着有点冰冷的双手，感受着此间的冷寂。“看是不是大间歇泉（Great Geysir）？”“靠近了会给你更大的震撼！”“总算遇见路人了。”零星的几个游客也慢慢靠近冒着团团水汽的地方。“别靠得太近，待会儿你会见到壮观的单眼喷泉。”看着似乎有只无形的嘴牢牢地吸着地面上的一洼清水，慢慢地变成一个干干的漏斗，瞬间

却冲天而起，它带着烟雾，腾向半空。“呵，太神奇了！”周而复始的喷涌，让人感受到自然的魅力，不是惊叹而是敬畏。雨丝挂下，轻拂着脸颊，轻轻地拂去，是满满的自然气息。

不曾想过冰岛是如此荒野，却又如此让人惊叹。曾走过沙漠，曾走过戈壁，也曾走过高山草甸，却始终未曾触摸这样既“静”又“动”，又不断变幻的自然景色。

欧亚板块与北美板块曾在冰岛碰撞，板块的挤压形成黑黑的隆起石“垄”。慢慢地沿垄而行，你能在“垄”间看到裂隙，它慢慢地伸向远方。云层很低又很快地压过，不远处似乎是一个农庄，有几排房舍，却不曾见有人走动。我有点儿纳闷，冰岛人是如何度过漫漫长夜？

走了几天，虽说是白天却完全是在暮色之中。习惯了昼夜分明的日子，一到冰岛让你感受长夜的“长”及晨暮中的“暮”。

瀑布你肯定见过，黄果树瀑布的雄伟、马兰热瀑布的壮丽、长江珍珠瀑布的雨帘……冰岛黄金瀑布冰雪间虽没有光影却是别有风姿，游走在峡谷间，冰凌挂满了陡崖，一层又一层，扶着它一点点融化却又慢慢地结成冰凌。抬头望，冰雪间奔腾的瀑布而下，溅起雨雾弥漫在峡谷之间，又慢慢地升腾，好一派冰雪世界。驻足在崖顶的餐厅，捧着热腾腾的咖啡，再一次回望，黄金瀑布是那么洁白，纯净得让你不忍触摸。

雷克雅未克是冰岛的首都，它更像是一个小镇。漫步在海滨，霍夫迪

（Hofdi House）小楼依旧静静地守望着，洁白的栏杆、灰色的坡顶，不远处的海湾，不曾变过，不锈钢的太阳航海者（Sun Voyager）雕塑，高昂的船首、抽象的船骨、耸处的桅杆……当你读它内涵，还有一种坚韧的精神。从小巷拐出，走上坡，是高耸的“风琴”，不，是雷克雅未克大教堂，优雅的琴声激荡在巷里坊间，我走入聆听，微微的烛光映着五彩的窗户，偌大的风琴传递着“博大”的力量，我静静地坐着；转角处的小楼是总统府，如果没人跟你指点，你肯定认为一定是一幢不起眼的“民居”；托宁湖畔灯火星星点点，有一对老人坐在湖边的长椅上，轻轻地撕下点点面包抛向湖面，野鸭、白天鹅还有黑天鹅，慢慢地游动，晃着脑袋轻摆着身体，似乎与老人打着招呼，又轻轻地拍着翅膀，跳起了“芭蕾”……

挪威
瑞典
芬兰
丹麦
冰岛
2007 年 12 月

中欧掠影

一

空中俯瞰，蜿蜒的多瑙河轻轻荡荡缓缓而来，两侧点缀着星星城镇，你听，是否是一曲奏响的“蓝色多瑙河”？那么悠扬。你看，布城与佩斯是否达到乐曲的高潮？虽无高楼叠起，却是漫展有序。匆匆的船楫来往穿梭，似划过音符的余音，那么有韵味。

到布达佩斯，英雄广场沉稳与典雅，高耸石柱上的报喜女神，好似向来人述说着过去，也在述说着未来，慢慢地注视座座铜雕，它勾勒着匈牙利重要的历史事件，你看，战马的嘶叫、兵勇的呐喊、宁静的田野生活……活脱脱的故事。穿过古桥，树林苍苍，鸟儿不知躲在哪个枝杈间，叽叽喳喳。走入古堡，仿佛遁入皇家生活的那段岁月，只是定格在一个瞬间。

伊斯特万一世（雕塑）守护着圣母教堂。穹顶耸立而肃穆。那些壁龛、油画还有透光的玻璃画，是天主教的永恒故事，依然那么精彩。点点烛光，点亮着人们心中的期望。望着四周，猜想着当年弗朗茨·约瑟夫一世和茜茜公主分别在此加冕为匈牙利国王和王后是站在何处，气氛是何等隆重庄严。沿着多瑙河坐落着集哥特式、巴洛克式、罗马式多种建筑风格于一体的议会大厦，小山上庄重的皇宫，渔人堡……共同构成了匈牙利的历史辉煌。

走在迎宾大道上，进入视野的是品牌时尚与历史建筑的结合，习惯拐进小巷想寻找马扎尔人的传统工艺，却难寻其踪迹，信步游走碰见门内门外的交流之人，拥抱亲吻之人是

那么热烈，穿梭的车流礼让着行人，是活着的文化。

巷还是原来的巷，房还是原来的房，灯柱上的花篮、人车分流的石柱，是多么有序。

二

听着周杰伦的“稻香”，闻着黑土地的清香，看着点缀在绿树丛中的农庄，心情似辽阔的丘陵，开阔也舒展了。

此去斯洛伐克是想通过历史，解读高加索人的过去，更想去尼特拉与布拉迪斯拉发求证。车过一座大桥，掠过边境小镇，路况比匈牙利略为平整，两侧匆匆行人与景况似乎与贫困无太大关系，原来斯洛伐克独立后也已“改革开放”，吸引了不少外资，从毗邻城镇的宽大厂房略知一二。车又一次缓缓经过一个村庄，窗外不远处是三两衣着鲜艳之人游走，原来是吉普赛人。

同僚在车上不断地交换着意见，谈论着轻松话题。车拐入又一城镇，是最古老的斯洛伐克公国尼特拉。八世纪的公国，视野里大多是普通的多楼住宅，很难寻到古老的印迹，反而是一株株高耸古树，年轮上肯定刻上了不灭的历史。车驶上一个坡地忽然开阔，两侧的建筑在欧洲颇为普通，挂着国旗的是市政厅，前面铜像是公国国王，仍然默默地守着一方领地，突入眼帘的是楔入墙角的石像，原来是守卫小镇的卓喜，托起着古城曾经的辉煌。

恬静的小镇格外宁静，高处的古城堡孤零零地耸立，似乎没人太多在意它的存在。台阶上的石像、斑驳的城墙、高高的塔楼书写的是沉淀的历史，而渐次的修复印记是对文化的尊重。极目远眺，小城尽收眼底。

走在小城步行街上，并不热闹。

布拉斯斯拉发外围，纵横交错的高架桥诠释着布城的现代，城边掠过的大型超市是现代人生活的标志，已经渗入每一角落。穿过多瑙河的大桥进入布市老城，两侧墙上少了涂鸦文化，也显整洁许多。

停车时已是饥肠辘辘，稍作步行就已进入古城区。坡地建筑挤着小巷依然那么怡人。人们或坐或靠，抽着烟，品着茶，轻轻地谈论着，从脸上能读到对生活的满足。进入似中国古城的墙洞，小巷慢慢扩大。灯柱上的花饰一圈圈缀上红色小花，充满生机。店铺的门是常见的单扇小门，小门上通常挂着风铃，有人触动便“叮叮咣咣”，非常悦耳。

绕过已苍老的圣马教堂，桥下一侧是犹太人的雕塑，是对二战的纪念。惊见一片黑色大理石墙，左上角雕上了清真寺，墙上映着古老的教堂、雕塑、树木，随着人走画动。

从皇宫俯看，多瑙河与布城尽收眼底。议会坐落在皇宫一侧，与坡地、餐馆融成一体，这是一种和谐吧！转头一望美不胜收，高高的皇宫、一侧的院落、墙上的红色小花、满树的霜叶构成一片美景。这里你不可能再感孤独，一切与自然相融。

信步走在布市街头，看着驶过的有轨电车，感受着布市已显的繁荣。走到转角，地下阴井里钻出一个人，不，是一个铜雕，好似在对人们说：“再压迫我也不屈服……”

三

涅瓦河还是那么静静地淌着，我凝望着冬宫，听着行人匆匆的脚步声，那节律是否记录着曾经的一切？

硝烟早已散尽，晴空一片，耳边传来悠扬的天鹅湖乐曲，节奏时而欢快时而激荡，予人无限的遐想。听着悠悠的旋律，来到了圣彼得堡。

彼得故城是水中有城城中有水，巴洛克式、哥特式、新罗马式建筑形成凝固的音乐让人去听去想。穿梭在城区，慢慢地去寻找历史的印迹，列宁、高尔基、斯大林，一些耳熟能详的人名均能在墙的标牌上找到，这里是他们曾住的，那里是他们曾开会的，是否印证了苏联人对历史辨证的看法：忘了历史是傻子、灭了历史是疯子。

圣彼得大教堂仍然屹立，守护着彼城的百姓。围廊的大理石大柱上布满了二战的弹痕。骑着战马的大帝踩着一条大蛇望着涅瓦河，日夜守护着近卫军广场。广场上飘下的黄叶，金色铺在绿草大地，不时有一群群鸽子散落其中，或嬉戏或飞翔。

天有点儿阴冷。站在东宫广场凝望着周边的一切，俯耳倾听广场上曾发生的故事，猜想昔日从海军大楼、彼得大教堂方向的起义大军穿过十月革命广场冲进东宫，我匆匆步入现已是博物院的东宫，试想找寻是否还有当初的印迹，宫里却是那么宁静。转过一厅又一厅，细细地观摩无数珍宝字画，了解着画作的故事，细细品来不就是人类自身的故事。

天更加阴，刮起了风又不时夹着小雨，登上舰艇，摸着炮筒，回忆起曾听说曾看见的列宁的故事，舰艇静静地靠着，靠在海军学校的岸边。

穿过海军学校后的小桥进入要塞城堡，高高的红色城墙、耸立的金色城堡教堂、已挂满黄叶的白桦树与昔时的红顶营房，还有静静地坐在那里的彼得大帝相互衬托着，是那么和谐，构成一幅深秋美景。走出涅瓦河城门，涅瓦河水一直不息地流着，养育了世世代代彼城人民，也记录了彼城发生的一切，它伴随着天鹅湖的节奏，奏响每一个乐章。

四

有一句俗语：如你没去圣彼得堡就等于没到俄罗斯，如你没去红场就等于没到莫斯科。

大雨冲刷着莫斯科的大地，捷驶的汽车溅起大量水花，想领悟一下莫城风情的心凉了半截，内心默默地祈祷。不一会儿汽车开始似蛇慢慢游动，而阴沉的天气却有所好转，城郊两侧的景致有些杂乱，所有的一切给人以不佳的印象。

草草地吃完饭，就去体验号称世界第一的莫斯科地铁。听说得太多，不如亲身的感受。电梯坡道是又深又长速度又快，载着匆匆的行人，一些赶路的人还要从急速的电梯上走台阶而下。站台上人头涌动，几十秒就会送走一批来往的人流。细细观看着不同站台的风格，具有典型的斯大林时代的色彩，但不乏细致与个性。

红场是莫斯科的主题，也是十月革命的象征，对我们这代人来说有着不可磨灭的印象。走上莫斯科河大桥，整个克林姆林宫与瓦西里教堂尽收眼底，原本阴沉下雨的天气也开始放晴。环顾四周，克里姆林宫、瓦西里教堂、红军俱乐部……构成了一幅不灭的画面深深地刻在脑海里。它们见证了俄罗斯历史的脚步，也倾听了人民的呐喊。

走在红场广场上，臆想里有若干次的光临，此行是想求证其细节的真实。列宁墓静静地躺在红墙之旁，与克里姆林宫里的总统府相毗邻，教堂旁的复活门也已重新修建，沙俄时代的国家商场继续着它的活力。广场上曾走过无数人群，有英雄有百姓有达官显贵也有流民乞丐，他们的背后有着道不尽的故事。

有一对恋人在热烈拥吻，旁若无人，一队士兵整齐地从列宁墓前经过，两位英俊的骑警从广场穿过，与不少游客形成一道流动的景观，是古典建筑与现代人

文的和谐。

二战无名烈士墓上的长明火不断地放着光芒，默默地述说着一段不灭的历史。两名卫士守着这块神圣的领地，旁人不可侵犯。站在此地，心中顿生敬仰之意。

匈牙利

斯洛伐克

俄罗斯

2009 年 10 月 20 日至 23 日

在安哥拉的日子

“故不登高山，不知天之高也；不临深溪，不知地之厚也。”（荀子《劝学》）有时想起这句话，觉得挺有意思。我曾去过非洲旅游，也只能算是掠影而已。真的不知那边的生活，谈不上有任何体验。

直到一个仲夏的晚上，天空难得有点儿星星，莲荷池边萤火虫飞舞。人有点儿懒洋洋的，靠在沙发上，看着电视。

一阵铃声响起，好久没有听到晚上的电话响了，觉得好奇，拿起手机，噢，是阿明的。得知他去了非洲，安哥拉。

我们聊了很多，阿明是有技术专长的人，跑的地方也多，见的世面也大。“你一直在国内，是否到非洲来一起做？”我半开玩笑道：“那个破地方，去玩一次看看你可以，工作基本不会考虑。”“好的，安排你来一次，见面聊，新城项目我看你来负责挺好的。”

其实，阿明与我是大学同学，彼此了解，这么多年不论在何处，我们保持着偶尔的联系，感觉非常亲切，特别是近年，更是如此。有时感叹道：“噫吁戲！前有张陈后苏史，君不见君子之交淡如水。”读读这首明朝人黄佐的《淡交行》，能明白诸多人生哲理。

去非洲

几周的时间，或许是等待的原因，也或许想出去看看世界的原因，寻找着安哥拉的相关信息。那一天，天气有点儿热，突然接到L的电话。“你是Q吧？ Y总叫我联系你，请你将护照寄给我，我会负责帮你办理签证。”“谢谢，大约什么时间走？”“我会提前通知你，现在还不确定从北京还是上海出发。”“好的。”

仅过了几天，又接到L的电话，通知我从香港出发，匆匆地又办妥了去香港的手续。

出门的次数已经很多，一人独自出远门，还是第一次，内心真有点儿忐忑不安。虽说有人接，但还是不踏实。2014 年 8 月的一天傍晚，顺利地到达香港，已是灯火阑珊，维多利亚港格外的妩媚，穿过青马大桥，寻找着几次到港的印记。

L 总的热情款待，似乎拉近了同行者的距离，彼此交流，有了初步的了解，也知此行可能会停留几个国家。

早早起床，在港岛的巷里坊间晨跑，只是过客的短暂停留。商务专机对我来说是格外陌生，简单的安检就登上早已在停机坪上的飞机，两架同时飞往印尼，宽敞的商务舱、商务会议室、两个客房，还有完备的机舱服务，让我感受到非洲之行的奇特之处。

第一次到达雅加达，从机场停机坪直接坐车驶向市区，车队在警车的开道下左冲右突地在车流中行进，大概是下班的高峰，整个道路上全是汽车、摩托车，可谓水泄不通。好不容易到达酒店稍息，车队又汇入了车流，已是满城灯火。或许是灯光的迷离，让城市多了些许妩媚，登高远望，星光下雅加达是个不夜城。

不知你是否来过此地，是否与我有同感，雅加达是“杂乱”的建筑“丛林”，高楼从低矮的瓦屋间拔地而起，青石小巷在城市的“村落”之间游走，而柏油马路构成了城市的骨架，传统与现代、贫穷与富有共处。

匆匆间驻足在伊斯赫拉尔清真寺、独立广场、民族纪念碑，只能算是曾经来过。

飞越茫茫印度洋，波涛逐浪，偶尔看到有“小小”的舰艇游弋，在驾驶舱看着落日从地平线上消失，红彤彤的一片，又慢慢地完全消失在夜幕之间。

或许是因为看过《雇佣兵》这部小说，只知道岛国马达加斯加是一个荒蛮之地，丛林、毒蛇、野兽，还有原始部落，也有零星的信息，此地沿海是旅游胜地，不知是否真的如此。

塔那那利佛的机场可谓小巧，过道上有几个卖木雕的黑人。车驶出机场，似乎完全在黑漆漆原野之中，偶尔路过集镇，看到街角晃晃的微明路灯，穿着拖鞋闲荡的行人，还有低矮杂乱的房子、孤独突兀的高耸树木。

抵达雅加达后的晚宴安排在法式餐厅，众人围着长条的餐桌，一道道法式海鲜，夹杂着各种语言，将宴会慢慢地推向高潮，让人们忘情在歌舞之中。

晨起，轻轻地推开窗户，徐徐清风拂面，天空中挂满鱼鳞云，轻柔的晨雾拂过天使湖，朦胧间山城太美了，禁不住去沿湖漫步。

或许是那一点儿的暮色，让山、湖、城有着肌理的层次美。沿湖硕大的柳树展现着城市历史的年轮；山峦上的城堡依旧矗立，守望着城市的过去、现在；散落在坡地上的建筑有着红顶、石墙，斑驳间有着它的沧桑；走近了，房多已破败、道路坑坑洼洼、湖边垃圾遍地……

湖边的一排杂乱木棚里，挤着很多人等着理发，散发满地。

而在旷野间却有那么多的孩童，在奔跑踢球，欢声笑语。

知道惨烈的货币贬值和穆加贝，津巴布韦的国度却是那么陌生。穿过哈拉雷郊区，苍虬的大树述说着它的古老，慢慢地越过，旷野一望无际，散落的石头、不多的灌木、依稀可见的草房，给人的感觉是有点儿荒凉。

或许当天有什么活动，路旁的树丛中一群群穿白袍的人在来回走动，一会儿又围在一起，似乎又在祈祷着什么，他们光着脚却是笑容满面。

哈那雷城市不大，却很规整，车也不多，街道也不嘈杂。傍晚时分坐在一处郊外餐厅，听着不远处传来的非洲节奏音乐，看着落日余辉，喝着咖啡，倒也有点儿惬意。

黑夜中车送我到郊外的庄园住宿，孤独之外还有点儿害怕。朦胧的夜色里，汽车驶入庄园，沿着蜿蜒道路而行，感觉是那么空旷。庄园内只有两幢孤零零的别墅，司机停在2号楼。别墅的管家与佣人都是黑人，看我下车帮我提着行李，告诉我可先看看房间，可选一间居住，尽头的一间留给L，今晚就住L和我。靠着L的房间，我叫佣人打开房门，放好行李，想与门口的管家作个交流，找了一圈，人已不知去向。夜已深，感觉有点儿饥肠辘辘，到客厅的冰箱找了点儿巧克力，慢慢地观察着客厅里的木头动物雕塑，似乎置身于动物王国，有狮子、老虎、大象、斑马。从电话中获知，同行的部分人还在马达加斯加，实在太困，翻身而睡。

睡眼惺忪地翻了一个身，感觉微明的光透进窗户，拉开落地门，一股清新晨雾涌入。眼前，宽展的草地、虬动的树木、弯弯的水塘，还有扑腾的白鹭、野鸭，乍一看，真不知是在非洲，好一个庄园。

我洗了把脸，提着相机漫步草地。慢慢地一轮红红的、圆圆的太阳悄悄爬上树梢；塘面上掠过飞腾的鸟儿，激起点点飞花，又游进薄雾中的池边草丛；白鹭欢快地在草地上觅食，又相互追逐；不远处的马棚也有了动静，传来一声嘶鸣。好美的非洲“天堂”！

Y已坐在1号楼喝着茶，看我游走着，招呼我过去喝茶，聊聊观感，希望我加入公司。

安哥拉是此行的真正目的地。当飞机盘旋在大西洋边罗安达上空，早早地从空中俯看着这个城市，似乎想看出一个究竟。偌大的城市，除了可数的几幢高楼，几乎漫山遍野的低矮房屋，空中看也看不到几条宽敞的马路。

金色的双子楼是非洲公司总部，电梯旁的吧台上放着一座钓鱼翁的木雕，似乎想说明什么。或许是Y、L总的到来，阿明忙着与他们讨论着发展的计划。简单地参观了公司，也只能说是略知了一二，与同行的香港C总在咖啡吧闲聊。

闲聊间，一位操着不标准普通话的先生抵达，恭敬地走到C总面前。C总把我介绍给这位先生，并嘱咐他，我到安哥拉后，带我走走，照顾好我的业余生活。先生自我介绍，是澳门人，C总的安国代表，姓Z。

初次到来，也想看一看罗安达的城市。出公司不远是滨海大道，那是一个大西洋海湾，对面是伸入茫茫大西洋的半岛。沿海边而行，不少葡萄牙占领时期的建筑与现代建筑毗邻，整齐的椰树与滨海绿地，给人深刻的印象，登上军博（葡萄牙占领时期的城堡），远远地看到转角的港口。

罗安达的两天，印象里公司还不错，安国却感觉“有点儿乱”。

到达达累斯萨拉姆已是傍晚，短暂停留在坦桑尼亚，唯一能找到印象的是“坦赞铁路”，或许当初是“非洲好兄弟”的象征。此次我没有任务，也没有负担，就是“随行”。到那里唯一感受到的是“热情接待”。一到机场，坦国N部长（听说曾任驻华大使）就兴奋地握手、拥抱，席间交流甚欢，或许是语言、话题不通，我与C总借口抽烟出去了好几回，碰到几个中国小伙与姑娘，简单地作了交流，原来是中水电的，感觉坦国还可以。

早早地起床，就是想接接坦桑尼亚的地气。沿印度洋海边走走，只有匆匆而过的人群，一望无际的印度洋，对坦国还是没有了解。

这次到阿联酋没有到迪拜，而是降落在哈伊马角，一溜车队到达酋长的宫殿，你想想就有了——奢华。孔雀在园内溜达，飞鸟在树间叽叽喳喳，平展的草地、苍葱的树林，掩映着毗邻的宫殿，游走于其间，可谓金碧辉煌。

酋长端出椰枣招待着，热情而随意，并介绍着酋长国的情况。走上平台，远处是茫茫沙漠。

夕阳西下，天还热辣辣的，海边奢华酒店却是宽敞明亮，不时有三三两两穿白袍的人进进出出，露台上懒懒洋地散坐着欧洲客人，海湾的造地似乎是阿联酋的“梦”，看着新城模型，想着此地的未来。

公园内的音乐

好友的催促下，决定去安工作，能待多久，却不得而知。

真要去非洲工作，内心忐忑不安，有些事纠结、有些事放不下，说不清道不明，或许换一下环境，结识另外一帮在外闯荡的人，诠释另一种人生的轨迹，回头看，“柳暗花明又一村”。

2014 年 11 月，简单地整理行装，独自从上海转迪拜，经过一天一夜的飞行，到达罗安达，过海关，提行李，却不见接机的人员，等了好一会儿，匆匆地过来两人，一见面就知道是上次来安时的接待。“对不起，Q 总，不知道今天飞机早到，让你久等了。”“没事，谢谢你们。”

宿舍还是曾住过的 206，那么熟悉，热情的小农（云南人）、小雪（四川人）帮我整理日常用品，这里、那里地嘱咐一番，似乎有“到家”的感觉。

代表处宿舍小楼，听说是一个面粉厂改造的。虽说第二次到达，却让人感觉仍然是“迷宫”。过门口保安，上楼的楼梯有一道铁门，平时不开，需左拐进另外一道门，过餐厅夹道，右拐再左拐，过一个厅，出门，再到楼梯口，上楼，再到一个活动室，上几个台阶，进门，到内天井，就到住的宿舍啦！

Y 总与先到达的 C 总、L 总齐聚小餐厅，作了简单介绍，也是一阵客套，几番推杯换盏，也简单了解了公司情况。

回到宿舍，或许是周末的原因，窗下已响起有节奏的音乐，透过窗户，小公园内有些灯光忽明忽暗，好像有人在扭动，隔一会儿还有叫声，一开始还有点儿新奇，慢慢地有点儿烦躁，人越来越困，迷迷糊糊间又被那一阵叫声惊醒，似乎没有结束的迹象。

那段日子，每逢节假日，彻夜的低音炮让我胆寒，有时连窗户都会振动，好似从不想停歇。一个多月后总算搬走，实际是“逃跑”。

晚上的海边

安哥拉的天气总是那么“闷热”，有时在太阳下是那么“扎人”，觉得难以适应。

或许早已适应了国内快节奏的工作，安的工作简直是“优哉游哉”。不是不忙，而是搞不明白项目的“曲里拐弯”，不想太多“深入”。

我处理完自己的事，按部就班地上下班。有时晚饭后约同事去海边跑步，是一件惬意的事。

夜幕下，海边却是格外的热闹。沿海边而行，微风轻轻地吹着椰树，海面微波荡漾，不时看到各种海鸟或守在海滩或低低地掠过，原来是为了海面上游动的小鱼。

军博到码头约一公里，与C经常会走上一两个来回。跑步的是华人与欧洲人。华人装束简单，而欧洲人则会带上耳机、运动短装，次数多了偶尔也会打一招呼。

沿途有不少场地，篮球场地上总有上蹿下跳的年轻黑人，有时打比赛，更多的是三五成群地嬉闹着玩球；器械场地上有人做着各种动作，而我却总会看到一个健身教练带着一大帮人做着划一的形体动作，真的很优美；有一块可停车的场地上还会见到五六个非洲姑娘，放着低音炮，穿着跳肚皮舞的服装，跟着节奏扭动着身体；沿海边的长椅上也经常会看到相倚的情侣。

周末的活动

远在他乡，难受的是飘泊的“煎熬”，感觉周末的时间特别特别长。

或许你会说，去逛逛街购购物，去海边去景点，散散心晒晒太阳，但那是在安哥拉。

听在安工作多年的哥们儿介绍，十多年前，还是安战乱以后的20世纪初，不论你到哪里，黑人看到华人总是竖起大拇指“ Ola”，而现在很少会碰到，特别是在罗安达。不论走到什么地方，心里总有点儿发毛。

周末，习惯早起，先听听音乐，看看带去的书，写写去非洲的随笔，可以说经常“猫”在宿舍，害怕外边火辣辣的太阳，到点儿穿过内院吃饭，远远的太平洋上雾气腾腾，热浪烤人。

慢慢地熟悉了在安的中国公司，偶尔会受他们的邀请赴约。

农业公司有相当的规模，不知怎么，黑人好似从不种植太多的农作物，仅木薯而已，似乎大自然的天赐让他们完全可以生存，什么香蕉、芒果、腰果，还有面包树，哈哈，只要你出城市，都会找到这些水果。

在广袤的土地间，蜿蜒的小道边，开始有水稻、玉米，还有各种蔬菜，一垄一垄整齐地铺展。走过一个水塘上的土坝，过铁丝网的栅栏，院内有整齐的香蕉树、火龙果，是北新的总部所在。热情的 W 总早早地等候着，稍坐间，享受着他们种植的各种水果，还参观了他们的种植园，好多好多没有见过的水果，大开眼界。

假如你听到冬不拉的音乐响起，或许你感觉到了新疆，却是在安哥拉的北新总部，姑娘跳起优美的新疆舞蹈，慢慢地随主人劝大家喝酒，兴奋的大伙儿随音乐而舞。

有时也去中铁打牌，随兴喝喝小酒，有时也客串在安的中国民营公司，吃吃中国各地的特色小吃，在外的兄弟真的是一家。

路上的警察

或许受国内良好治安的影响，刚到安感觉处处是持枪的警察，一次次外出，让我有一种莫名的无助与无奈，还有点儿有害怕。安的警察有交警、移民警、边防警、骑摩托的骑警，似乎能见到各种警察，并且他们似乎特别喜欢拦下中国人检查，一开始不明白，朋友说：“中国人喜欢花钱买太平。”“噢！懂了。”

安几乎没有什么很好的道路，更谈不上有什么公共交通，或许“蓝巴”（蓝色的面包车）就是唯一的公共交通工具。马路总是拥挤不堪，出门不堵车真的是不正常的。马路上到处是卖电话卡、冰矿泉水、汽车配件的，什么样的东西都挤到马路中间，风一起还夹杂着灰尘，你想开快一点儿基本没有什么可能。

出门总往左侧车道，这样有时能不被马路边的警察拦下，一旦拦下就会检查你的护照、工作证、驾驶证，没有问题还会检查反光背心、灭火器等，还没问题还会绕着汽车转，有一次竟说轮胎不是原装的，颇为无语。当手伸进车窗，你不要高兴得太早，以为是要还你证件了，那是得给小费啦。

假如你认为拦下就给钱，那你麻烦了，会说你行贿，总会与你纠缠，时间在耗掉，让你堵心，最后还得多给钱。

假如碰到前面检查，有一个警察远远在前面“钓鱼”，那你倒霉了，肯定得“出血”啦！假如你碰上流动的骑警，拿着证件就走，到偏僻的地方停下，那你又倒霉了；假如碰到警察联合检查，又麻烦了，肯定把你盘问得没脾气，乖乖地“投降”交钱。因为没有理由，又让你耗掉时间，慢慢地就不太想出门或减少出门了。

有时也会碰到检查没有问题放行的，但你想，等在那里少说半小时，有时更长，你会无语堵心，运气“好”一次，出门碰到几次，真是什么事也别办啦！

安的美食

咱们中国的饮食特别讲究，关键还讲究烹饪的技巧、方法，还有配料、作料等，所以常听到国外出差或旅游的人说，吃几天西餐就要满世界找中餐啦。

到安工作后，就餐在总部，或许南师北厨的关系，你也说不清是川菜、粤菜、淮扬菜，反正家常菜还算挺合口味，或许是我并不挑剔的缘故。

据说维多利亚半岛的烧烤店、海鲜店、西餐店是安最好的饭店。烧烤店是半自助式的，一般的海鲜、肉、蔬菜都是预先做好的。与中国的自助餐厅基本一样，找座位后拿上盆子，按需所取，口味可谓海纳百川。特别的是，川流不息的服务生手提着烧烤串来回地走动，什么烤牛肉、烤鸡肉，还有烤鸡心，你点完他按你要求给你，慢慢地喝着冰冻啤酒，倒也有点儿惬意。海鲜店是葡萄牙人开的，临大西洋，靠海一侧是开放式的，吹吹海风、听海涛拍岸，特别是看落日西下，别有一番滋味。可以说吃过不少海鲜，曾在法国吃过海鲜大餐，而此种环境非常独特，有时点的蟹、鱼不知什么名称，翻译后也从未听说，味道却是不错。印象特别深的是有一种蟹，有厚厚的壳，用小锤子敲碎，肉鲜嫩美味。位于海湾内侧的西餐店，是一幢现代式的建筑，落地的玻璃与玻璃栏杆，一半室内一半临水开放，点一块牛排要一杯红酒，看晚上罗安达城的灯火阑珊，或许你会感觉身处欧洲的一座滨海小城。

其实这都不算是安的特色美食，在敦多的一餐更让我难忘。那是到刚果边上的小城卢亚，因为路途远的关系，看完工地已是晌午，好客的主人（此地市长）院内早就给我们准备了午餐。院内的廊下放着长条的桌子，简单的椅子，自助的大约五六盆菜，挑了两个蔬菜及一块牛排，还有一点儿米饭，其他几个菜都不知是什么肉，还有一盘黏乎乎的毛毛虫，好像还是五色的那种，一条条地黏在一起，让我差一点儿把吃的东西吐了出来。随行的安D见状，走过来拍拍我：“Mr. Q，那可是高蛋白，招待贵宾的地道安美食，尝一下。”我苦笑抱歉，但我真的没法去品尝一下。

到过非洲，特别是到过安哥拉的人，一定会品尝一下他们的主食木薯，那是有点儿酸酸的粉团，但没有什么特别之处。

马兰热瀑布

“日照香炉生紫烟，遥看瀑布挂前川。”（李白《望庐山瀑布》）沿着蜿蜒的道路，穿过茂密的丛林，起伏的山丘间变换着景致，展开着翠绿的画轴。翻过一道山丘，远远地看见山峦上挂下一帘飞瀑，越过又一山峦，却又只闻其声不见其影。慢慢地传来隆隆回响，回荡在天地之间，四周只留下瀑布的吟唱。

车刚停下，一群小孩挤在我们周围，又拉又比划，翻译告诉我们，他们想给我们带路，原来我们是在瀑布的顶部。来到激荡回声的地方，猛然间一帘弧形的巨型水幕挂满前川，一道双彩虹飞架在山涧的水雾之间，随着阳光的变幻却又变成一道。

沿着瀑布顶的边缘而行，随着观景点的变化，瀑布时而展开，时而单溪直挂，山涧腾起的水雾拂上脸，湿答答的，却有点儿清凉。当云雾荡过天空，彩虹不知藏到什么角落，阳光透过云雾再洒向瀑布水幕，彩虹又再次飞舞。真的极美……

回头而望，瀑布源头却是宽展的溪流，光滑滑的石头似乎散落在溪水上，一群非洲孩童在上面跳跃，打打闹闹……当我也走在石头之上，只见水流湍急挤过石缝，奔腾而去，而光溜溜的石头记录着岁月磨砺的年轮，假如当非洲雨季再次来临，可想是多么汹涌澎湃……

刚才争取带路的小孩待我们从坡顶上回来，似乎非要给我们带路去瀑布下的山谷。他的要求被满足，脸上绽放笑容。穿过丛林间的羊肠小道，不时看见不知名的小虫蜷伏在树叶、树丫、树根上，有的五彩斑斓，让人感到毛骨悚然，“看，是不是蛇?”不知谁惊叫一声，原来是惊走的蜥蜴……好不容易穿过丛林，突感下起小雨，抬头而望却是瀑布的雨雾。水帘挂满垂直的山崖，隆隆的激荡声回荡在山涧，水花似烟雾弥漫开来，飘逸起来，似水墨泼洒，再看挂在前川的瀑布似展开的琴台，再听激荡的声音，原来就是琴台上发出的交响乐……沿着奔腾的山河，小孩童已跃上巨石，不知什么时候抛下的鱼钩，那神态似乎期待着有所收获。

鲁班戈的风景

从罗安达坐飞机到纳米贝是沿大西洋海岸一直向南，飞机是螺旋式的，声音“嗡”得你有点儿发怵，慢慢地能看到弯弯的海岸线，L 提醒道：“这里的驾驶员水平不高，千万要系好安全带。”话音刚停，飞机快速下降，“突”一下就降落在机场。

机场规模很小，整个机场空空荡荡，大西洋的风却是那么烈，把仅有的几棵椰树吹得沙沙直响。出了机场，早到的 W 帮忙提着行李上了久候的汽车。“怎么这地方好似戈壁一样?”“或许是洋流的关系，海边是戈壁，再会经过沙漠，慢慢地到内陆的原始森林，风景还是比较特别的，明天开始你慢慢地享受吧！”W 幽默地笑道。

为什么说纳米贝是“天堂”，我不得而知。小城很小，仅几条一眼能望到头的街道，二三层的小楼掩映在高耸的椰树及凤凰木中，或许是葡萄牙殖民的关系，有些还保留着典型欧式的味道。

酒店是二层的沿街小楼，暮色下风吹得有点儿惬意，要了一杯咖啡在街边散坐，慢慢地抽着烟确也悠闲。不时有穿着拖鞋的行人荡过，微笑着与我们几个挥挥手，算是打着招呼。纳米贝港是安南部的一个重要码头，我们早早地沿着港湾而行，有点儿残破的海岸上早已有熙熙攘攘的人，有的洗着衣服，有的提着冰水叫卖，有的提着日常用品走来走去……似乎是一个集却是又那么散，或许这就是当地人的早市。近处有几只破旧的船，好似已很久没有启航了，好多小孩欢快地爬上爬下，快步地赶着浪花，远处孤零零的几只塔吊，也已是锈迹斑斑。

汽车越过小城行驶在茫茫戈壁，烈日烤着大地，热浪滚滚，谷地中几间残破的铁皮棚孤独地支在滩地上，一个妇女头顶着一个大盆悠步在小径上，我看不到她的脸，也不知她们的生活，真难以想象此间的生活。

过了戈壁再过绵绵沙漠，慢慢地，绿色映入视野，灰扑扑的山峦换上绿装，云彩也开始在山峦间语侬，远处奇异“山门”高耸在蓝天下，独特得让人遐想。

听说要翻过“十八盘”，就联想到泰山十八盘的陡峭，不止一次两次去爬过，总是气喘吁吁，过南天门却又豁然开朗。

此处的十八盘是盘山公路，景致却是别有情调。沿着蜿蜒的公路慢慢地爬升，绵绵的山丘，雾气中忽隐忽现，满眼苍翠，没有尽头，虽没有“一揽众山小”的气度，却格外具有非洲旷野的辽阔。

快到山顶，一侧的陡崖耸立，崖壁挂满“油彩”，似一幅展开的油画，那么迷离。不时挂着的细瀑，注入些许灵动。不知当初的梵高是否驻足此处，获得自然的灵感？

回转到崖顶，“十八盘”似一条丝带缠绕在山峦，是否系着非洲人走出非洲的梦想？“看，彩色的蜥蜴！”“一条在崖壁的石头上，另一条正在从裂缝中爬出来。”不一会儿，蜥蜴懒洋洋躺着，晒起了太阳。

不知多少次从电视及有关介绍中了解巴西利亚的耶稣像，那么神圣。不曾知道鲁班戈城郊的山头上也耸立着背负十字架的耶稣像，俯瞰着茫茫的旷野、拥挤不堪的鲁班戈，贫富不同，信仰至上。

安哥拉黑是此地大理石的名品。清晨就直奔远郊的原始森林而去，目标就是寻找优质的原矿。接近中午已进入丛林深处。只能看见烈烈的太阳已慢慢地向西移动。往东往西、往南往北，登上一块块巨石，却又一次次失望。用木棍拨开灌木丛，提防着可怕的非洲爬虫，慢慢地又攀上一块巨石。“看，怎么有那么多的高耸土丘？”“不是土丘，是白蚁窝。”“待会儿下去，可以去观察一下。”

又一次失望，却遇到了更可怕的事，GPS定位仪开始失灵，携带的电池也开始闪起了灯。L也觉得应该放弃今天的活动，赶快地撤出丛林。车行驶一会儿。“不好，转了一个圈，好像又回来了，沿下去的路，能否找一个部落问问方向？”太阳已明显偏西，一朵乌云飘过，一阵说来就来的大雨，还没完全反应过来，大雨又戛然而止。

丛林中出现了几间茅屋，外围是各种杂木的围栏。不敢靠得太近，远远地感觉没有一点儿声音，连狗吠声都没有，再仔细靠近又好似有点儿荒芜。正在迟疑，人影一闪，车旁来了一个光着膀子、提着砍刀的黑大汉，脸色似乎还算友善。一番比划，总算明白了出去的路径。其实丛林中也没有路，沿着能走车的小径就行，只是岔路走错就会“大错特错”。天近傍晚，远远地看见一幢红顶的房屋及安哥拉的旗子，心情顿感轻松，透过车窗发现，此刻的天边挂满了彩霞，真的太美了，一汪水塘的倒影也是那么迷离。

丛林的经历就算是一段插曲，去“石林”的路就变得轻松愉快。鲁班戈的近郊有一片怪石，中国朋友圈内称为“石林”。不知已经过多少年的风化，在山坡、谷地间都是突兀的黑黑众石，似乎已经过雕琢，似人物、似动物、似垒砌的假山，不停地回转其间，感受着大自然的鬼斧神工。沿着坡地间的小径，登上平缓的台地，却原是一片断崖，远处悠悠山峦被淡淡的黑云缠绕，起伏间似一幅浓彩的油画。回头望，断崖被硬生生地撕开一个裂隙，慢慢地嵌入大地，百米高的岩壁也挂满斑斓的色彩，噢！是岁月刻下的非洲密码。

“部落”与“贫民窟”

“部落”对一般的人而言，多少感觉有点儿神秘、封闭、落后，特别是在茫茫的非常原始的丛林里、沙漠边、湖泊上，假如你有机会去驰骋非洲原野，你肯定会邂逅不同的部落。

安哥拉沿大西洋，有着蜿蜒的海岸线，由于大西洋洋流的原因，沿海比较干燥，内陆却是茂密的原始森林。一年有分明的雨季与旱季，丰沛的雨水滋润着沃野，野生的各类果树较多。曾去了北部的宽果、南部的鲁班戈。

不走走原野就不会明白什么是“一无所有”。只要经过“城市”就会见到满山遍野的“贫民窟”，或许是冲动，曾几次走进这些区域。不论是在坡地还是在平坦的地方，房子大多是泥墙或什么破板、铁皮、木板围成，室内大多一间，或隔成两间，泥地踩得光溜溜的，几块板、几条被、几件杂物，就是全部家当，锅台由几块石头垒起，仅有的一两只锅，让我目瞪口呆。

“贫民窟”散落无序，“房子”与“房子”之间，就算是“道路”，雨季是小河淌，旱季是风过尘土扬，不多的沟壑是堆积的垃圾，没人走过的地方，则是杂草丛生。好多的区域没水没电，无法想象他们的生活。

偶尔的走入，只见成群成群的小孩跳跳蹦蹦地来回穿梭，三三两两的人或倚或靠在门框上、墙角边，呆呆地看着路过的行人，目光中大都是一种无奈的神情。

而“部落”则是另外一种情形。一次从安北部长途穿越到马兰热，或许是雨季的缘由，早上的霞光是通透的斑斓，挂在原野的树梢上，色彩间满满的“野”味。

雨季的雨大多是酣畅淋漓，来得急去得快。由于大雨，推迟了从刚多出发时间，蜿蜒的路穿越在丛林间，大部分是简易的柏油马路，虽不宽却还算通畅，一路上，几乎碰不到什么车。山坳间的泥路，布满了深深的冲沟，车慢慢地爬行。

“部落”散落在道路边的丛林里。往往一块稍微宽展的树间空地，外围用各种各样的杂树杆做成围墙，好多的地方还插满棘刺。小的几户，大的几十户。房屋大多是尖式的茅草顶，墙也是木杆条或什么草做成。场地上散放着牛，有的地方还有鸡，但活蹦乱跳的多色毛山羊，还是第一次看到。

屋内也是那么简单。“部落”人看见我们一行，会好奇地观望，待一会儿，就会有不知从哪里奔出的一群群小孩，给他们分发一点儿小东西，他们就欢欣鼓舞。碰到他们的节日，会敲起节奏欢快的手鼓，跳起舞。

“月亮湾”与“姆苏鲁岛”

罗安达两个地方很有特色，假如初次到来，或许就会选择去“月亮湾”与“姆苏鲁岛”。

大西洋的东海岸，还是比较有特色的。除了常见的海滩，很多的地方是悬崖峭壁。几十米高的悬崖，外侧是蓝蓝的海洋，偶尔有一两条渔船，或者过路的海轮。

距离城市不远的“月亮湾”，绵绵几公里，是砂砾冲沟形成的奇特地貌。晚霞下，变幻的色彩为它们注入了魔力的神奇，有的像高耸的烽火台，有的像城堡，有的像迷宫，如果是满天的彩霞，满“城”金碧辉煌。

我曾攀着陡峭“冲沟”而下，爬过一条条沟垄，沙砾的坚硬磨得手掌生疼。回望陡崖，似一条条巨龙攀着崖壁，沙砾的反光，似乎是龙的鳞片，金灿灿的；那些烽火台、城堡，由“城墙”连成一个完整的堡垒，风过“沙沙”，似有人在呐喊；那高的垄、深的沟，就是岁月的年轮，想告诉行者，漫漫时空里的故事。

我去过几次，很少碰到游人，或许这地方太过“平常”。但海湾外的“姆苏鲁岛”是另一番气象，听说还是度假天堂。

“姆苏鲁岛”实则是一个半岛。如果从陆地绕行，需要走一百多公里，且没有公路。假如碰到涨潮，漫滩后则无法通行。

2015 年的五一节，与几个好友相约去晒晒太阳。快艇穿越海湾，驶向茫茫的大西洋。不多一会儿，隐约看见海洋中的一片绿洲，洋面上停泊着一条条游艇，游艇的豪华在行走欧洲时曾经见过。

好久没有见过如此通透的海水。沿软软的沙滩，一些小鱼快速地游走。游客在海水里追逐，快艇划过洋面驶向远方，拖着一条条水“垅”，而草棚下则是一个个懒洋洋的过客，似乎享受着慵懒的时光。

风有点儿大，吹得椰树沙沙作响。绿荫中一幢幢别墅掩映其间。每户的院落都面向大海，偶尔有人在整理院子，更多的人在沙滩椅或吊床上散坐。院内院外有许多不知名的小花，迎风摇摆，蜜蜂不停地来回穿梭，“嗡、嗡、嗡”地跳着欢快的舞蹈，似乎告诉人们，如果忘掉烦恼，这里就是天堂！

我踩着软软的沙滩漫步，不远处传来节奏强烈的非洲音乐，不知从哪里蹦出不少泳装少男少女，扭动着腰身，欢快地跳着舞蹈，一会儿又哄笑着扑向大海。

“饺子”与“面条”

每每有人离开安回国，不由自主地会想起“青山横北郭，白水绕东城。此地一为别，孤蓬万里征。浮云游子意，落日故人情。挥手自兹去，萧萧班马鸣”（李白《送友人》）。这一首诗，或许在外乡时体会更深。

吃饺子不仅在北方有特定的含义，在安的公司里也有着隆重又特殊的仪式感。

公司总部在罗安达有三个驻地。“行政中心”与“葛嘎陆”是经常迎来送往的地方，四川的厨师与无锡的厨师各自给驻地人员带来家乡的味道，或许是食材，也或许是调味品，不管怎么样似乎都缺少了什么，怎么也觉得不太地道，但在安已是不错的家乡味。

来来往往是经常的事，万里之外，远离故土却别有一番滋味。每当厨房里传出诱人的香味，桌子上总会端上满满的一盘饺子，有时还会加菜，还有家乡的老酒，三杯刚过，就会敬要回家的同事，一杯又一杯，眼睛里却含着同样思乡的情感，调侃、笑闹全为那盘饺子，吃完饺子明天就要回家，那份表情只有在外的游子才能读懂。

吃完上车饺子，当然还会吃下车面。同样的隆重、同样的场面，眼神里含有不一样的情感。

有人从国内回安，大伙吃着带来的家乡小点心，都会打听家乡的情况，特别是同乡的迫切表情，打闹取笑充满“思乡、思家”的情调，热气腾腾的面条端上桌子，似乎又复平常。

海边的市场

出罗安达主城区，沿海边蜿蜒的公路前行，热浪从大西洋扑面而来，夹杂着浓浓的海的味道。马路上，人车杂混一起，小贩穿行在车流间，车慢慢地爬行。几块不大的空地是天然的“市场”，各种物品在沙尘中交易，堆的、提的、顶的、背的杂货蒙上满满的灰尘，拍拍尘土就地起价，付钱走人。

杂货市场在一块高低不平的沙砾地上，破旧的“小蓝巴”横七竖八地停在路边，叫卖声、喇叭声、拉客声不绝于耳，风一吹，沙尘乱飞。简易的场地间乱七八糟地一堆一摊，拉一条线、挂几件衣服，或支一摊，或就堆在地上，倒卖着不知从哪里倒腾来的日用品，摩托车、光脚的、穿拖鞋的，乱哄哄一片。我多次路过，场面让我怯步，好似逃一样地离开。

鱼市的场面让人更吃惊，左一堆右一堆，或一桶一盆，挑挑拣拣的每个人手上、身上沾满鱼虾的味道，如买一些，都论堆论盆，好原始的方法，就那么简单。

国人称道的“象牙市场”倒也去过几次，据说早先有完整的象牙出售，野生动物保护法出台后依旧出售象牙制品。说是象牙市场，实为非洲安哥拉的工艺品市场较为贴切。海边的沙砾地上有几排简易的廊棚，一排排简易的木条案上阵列着各种各样的木雕，还有据说是“宝石”制品与少量的象牙制品（据说有些是假的）。几个哥们儿有时闲逛就会到这里走走，大多是有哥们儿回国，挑几件非洲特色的小件送送朋友，或留个念想。

非洲的物资短缺，没有去过真的很难想象，就算在安首都也只有一个稍大的百货商店，物品尚可，国内一般城市随便就能找到，而这市场仅此一家。曾来过几次，原因就是此处还有一点儿特色。

木雕以人物为主，典型的黑人头像或半身像，那女的发型、厚厚的嘴唇、夸张的眼睛，是传神的表达；动物雕塑尤以猫头鹰最为灵动，瞪着大眼睛似乎在找寻目标；我却特喜欢某三个大猩猩的搞怪表情，一只捂着耳朵、一只捂着嘴，一只捂着眼睛，为什么猩猩也“不听、不说、不看”？

沙画也是此地特色之一，主题大多是反映安的风光，辽阔的大西洋、美丽的岛屿、粗硕的面包树、壮观的瀑布，远远看看有点儿意思，收一二留个纪念。

飘泊在异乡

从江南小城来到大西洋边，此刻，家乡已有深秋的斑斓，而安哥拉是那么酷热，日头真的非常毒。晚上，时不时地游走在海边，城市灯火阑珊，跳舞的、跳操的、跑步的，似乎与我毫不相干，远远地感觉，夜风里，颤动的棕榈树不知是为谁而歌？波光粼粼的海边，常常有孤零零的白鹭，不知在寻觅着什么。似乎空气中也弥漫着怅惘的气息。

工作闲暇经常呆呆地站在窗前，眺望茫茫大西洋，一望无际。落日下，波澜不惊的洋面有时有着幻彩，但却不觉得那么多姿。罗安达老城、半岛、海滨处处留着葡萄牙殖民地的影子，红顶、白墙、黄墙还有它们相间的坡顶建筑，散落在山坡、海边，院落里的椰树、棕榈树、金合欢露出墙头，与海相形，有着独到风情。

初来时，住临街旧式葡萄牙式小楼，窗下是街头公园，从公园内虬劲的树干上，似乎可以读到安的历史。小楼内曲里拐弯，如初入，你肯定不知门在哪里。房门外，有两个小天井，也不知什么时候封了一个，有时从外进入，让人感到不知是热还是闷，说不出的感觉，想着“躲进小楼成一统”，有时是静得寂寞，有时窗下的音乐让人难熬，安人却能彻夜地狂舞；想逃想快点儿离开，

似乎一天也待不下去。

换了一个小院后似乎找到了一点儿感觉，但也不是家乡的小桥流水。窗外是议会的穹顶，窗前是总统的花园，院左前耸立着独立纪念碑，院内是合欢树、芭蕉树，处处有着小花。傍晚海风吹拂，树梢荡漾着落日柔光，有着清新的意趣，好久不曾有过了。

好多时候躲在自己的小天地，读读从家乡带来的散文集、南怀瑾先生的选集，又或者正念瑜伽，偶尔也随思来点儿小作，此时真的有许多感叹。老家的来人似乎特别特别亲切，闲聊间旷然感觉已离家许久。

陪H与G去罗新城，其实还是一个谈不上新城的地方。雨季的早晨，沿大西洋而行，天始终是灰蒙蒙的，似乎不会给你烈日的感觉。出罗老城的滨海，一串串棚户区或许让初到此的人大为惊讶，铁皮的、草顶的、杂木的，满山遍野地挤在一起，灰灰的土路、满地的垃圾、偶间的杂草，不时穿梭的人群、跳皮筋的儿童、站着蹲着闲聊的妇女……脑海里跳出夫子的话“质胜文则野”，或许此地真的如此。

出城的堵初来乍到真的难以承受，H与G大感意外。慢慢地行驶，满眼都是路旁、路中穿梭的小贩，卖水果的、卖水的、卖衣服的、卖电话卡的，说不出的感觉，不知怎么去描述。

记得小时候国内也穷，但村里都是整洁的平房，宅前宅后都是自家培栽的绿植，莲树、椐树、杨树，还有宅旁的竹林。小树苗从集市买回，再在有机肥中泡一下，栽种上，年年看着树苗慢慢成长，或许是一种希望。垃圾在特定的坑里堆放，变成有机肥，河道每年挖泥做肥，水清清的，常常看到游动的鱼虾。炎炎夏天都会聚集在河边绿荫下做手工、聊天，微风一吹，满满清新。偶尔从河面上划过麦钓的菱桶，悠悠然收着鱼线，不时收起钓上的鲫鱼，渔翁脸上荡漾着收获的喜悦。那小村、小河、小桥流水已变成一片浓浓乡愁。谁知，“枯藤老树昏鸦，小桥流水人家，古道西风瘦马。夕阳西下，断肠人在天涯”。

出罗城又是一派景色，片片原野，处处耸立着开花挂果的面包树，不时还有芒果树、腰果树，那绿色是青翠欲滴的帷幔，让人驻足，陡觉神清气爽，其间飘着一阵阵青草的香味。

车停海边，树上挂着的是不知名的果实，谁都不知是什么，却是那么新奇，拍一下让朋友们猜猜那是什么。

岁月的冲刷让大西洋边的碱性砂岩留下幻彩的地貌，远远的大海是那么的宁静，波光粼粼；海滩舒缓地伸展，似一弯星月；陡起的海岸却是五彩缤纷，冲刷形成的斑斓沟壑，或深或浅挂满陡崖，有的似烽火台，有的似怪兽，而沟边似爬满了变色龙，从上到下缓缓地伸向海滩，两侧又似月牙磅礴展开，不知谁给的名号“月亮湾”，太多的遐思。

不知怎么，如此的风景不曾有丝毫的兴奋，心中陡生的是满满的飘泊感。

静静地坐在宽扎河边，呆呆地凝望着沙滩上挂满盐霜的棕榈树，虽不知经过了多少岁月，却依旧高高耸立。“看，椰子树上挂的什么？”“枝条上一串串的，看，不是有小鸟吗？”归来的小鸟围着一个个鸟巢，不知是不是倦鸟归巢？

脚　印

来了这么长的时间，经常遥望大西洋的茫茫海面，让我感叹的总是每天变幻着的落日霞飞。

好多次去过玛丽亚半岛，它从军事博物馆的一角伸向广阔的洋面，突然间又停在那里。外海总是有货轮停泊，夜幕里泛着点点星火，偶尔有快艇划过，不知是为谁忙碌。我常喜欢呆呆地坐在澳门餐馆的阳台，看这里的景色，听脚

下波浪搏击沙滩的柔柔声响，观波浪的星光粼粼。

有几次驻足半岛湾，夜色天空繁星点点，眨着眼睛，那是儿时曾有的记忆。霓虹下的罗安达城一片安宁，掩盖了白天的浮躁与不安，我却不停地感叹，异乡的陌生。

沿海的无序让我再次感受什么叫掠夺。经常去外海海湾，只知道遥远的对面是景色迷人的姆苏鲁岛，海湾里有灯塔的沙岛是旧时贩卖黑奴的中转站，那岛、那沿海突兀的别墅、铺天盖地的贫民窟，不知是否和谐，也不知安人是何感想。不得而知也不想去探究。

虽然心里对安的治安发怵，却对异域的景色与人文有特别的联想。W邀去姆苏鲁岛就有一点儿冲动，正值雨季与旱季的交替，晨曦间总是厚厚的云层，不曾想刚到码头就碧海蓝天，火辣辣的毒日让游客穿衣戴帽涂防晒霜，不亦乐乎！

当快艇激起浪花划向茫茫洋面，溅起的飞花落在面上，却有点点惬意。穿越停泊在洋面上的豪华游艇之间，感受的是此刻此间的浮华。“看灰色的那游艇多豪华！”“白色也特气派，这哪里是安哥拉？”“姆苏鲁岛是富人的天堂，你到了就能感受。”叽叽喳喳地议论着。

长长的栈桥通向平展的沙滩，高高的椰王棕迎风耸立，茅草小亭有序地排列在沙滩上，三三两两的游人或坐或卧，或躺或靠，或笑谈或眯眼晒太阳，又或品着小点心。我沿沙滩而行，看层层逐浪波涛涌动，激起点点浪花；看摩托艇迎着波峰飞越，划出漂亮的弧线；看游客或仰或划或潜，不时还相互嬉戏。一阵浪涌来，轻拂着我的双脚，浪退去留下串串脚印，浪又一次涌来，轻轻地抹去刚才的脚印，又还原成原来洁白无垠的沙滩，我继续漫步。

一幢幢西班牙风格、葡萄牙风格、现代风格的别墅掩映在绿树、花丛之中，围栏上爬满五彩的小花，轻轻地点着头；高高的椰树高耸挺拔，点缀着院落；泳池、躺椅、太阳伞，还有秋千，满满的生活气息，就是户户的保安显得太过突兀。

静静地驻足在沙滩，蓝天白云碧海，倩女靓仔的剪影留在每个瞬间，而他们留在沙滩的脚印，被碧蓝碧蓝的海水拂过。近处的富有、远处的贫困间弥漫着的社会躁动，不知意味着什么。

回望那沙滩上的脚印，不论是谁留下，都会被轻浪拂去，只留下曾经的曾经。

北部拾零

闲暇时间，偶尔在罗安达（Luanda）老城、半岛散步，小得可怜的老城中，遗留着仅有的几处葡萄牙殖民时期的建筑，也仅仅只有海湾转角处，高地上的军事博物馆值得一看。或许几十年的内战，摧毁了原来丘陵地上完整的老城，现在只能在斑驳间依稀窥之一二。2015 年 4 月，我与小 Z、翻译随安钻石公司负责安置房建设的负责人（Ribas）去北隆达（Lunda Norte）省查看现场，此次真正感受到安哥拉民间、政府的事里事外。

乘坐去绍里木（Saunmo）的航班约 1 个小时到达，俯视茫茫荒野却是葱郁一片，盘旋降落见不到任何建筑，远远看到一个“大坑”，还有不多的车辆在坑边穿梭，Ribas 介绍这是钻石矿。下机后，走向一幢矮矮的小房，那是候机楼，既没有座位也没有任何设施，作了简单登记就走了出来，由于下雨的原因小小场地上布满了水坑，车一过水花飞溅，坐上等候的汽车沿蜿蜒的林间小道前往敦多（Dundo）。

刚到安的时候，心里是有准备的，非洲荒野，原始、贫穷，但毕竟只是粗浅的认知，虽曾去过南非、肯尼亚、埃及，却也只是停留在旅游的角度。当你沿罗安达大西洋边的滨海路漫步，有人在打球，有人在做健身操，有

人随着音乐跳肚皮舞，给你的感觉是他们的幸福感满满的。环视四周，半岛伸向海中，绿荫里有红瓦白墙的建筑，偶尔有现代的玻璃房，与海湾里的游艇相映。海湾山丘上是安葡式建筑军事博物馆，沿海湾延伸到码头，远远看还算整洁的多层房子，或许会给你好的印象，城市不错。沿码头拐一个弯，道路突变成坑坑洼洼，坡下垃圾遍地，坡上满山遍野的土房、铁皮房，既没道路，许多地方没电没水，小弄里到处是奔跑嬉戏的孩童，让你更惊讶的是，土房、铁皮房是随处可见，放眼望没有边际。据说是内战结束后，外省人潮水般涌入的结果。假若你到过姆苏鲁岛、滨海湾，又会让你吃惊，别墅、绿树、花园，泊着的游艇，似乎步入世外桃源。曾去过乡野、森林、泽谷里的部落、村庄，一条弯弯的土路伸向远方，木栅栏（树丫枝条）围起一个村落，茅草房、木条墙（也有垒土墙）围起的就是家。室内大多没有家具，也大多没有水没有电。

此行是为了安政府主导的安置房建设，或许持着使居者有其屋的理念。路过绍里木拐进公司项目部，简易的四合院，一侧是办公区，对面是宿舍，另一侧是食堂。院子里种蔬菜，小小的茄子、番茄，还有四季豆，但果实少得可怜，或许也是水土不服。小邓陪我们看了坡上上百幢安置平房，房屋边已杂草丛生，水（深井）电（发电机）也基本配套，却迟迟未验收入住，而原野上苍茫一片。是原居民喜欢生活在丛林还是其他原因，不得而知。又经过五个多小时的颠簸，到达敦多已是下午。简单整理后，拜访市长，一排平房内部却也整洁，登记、介绍、交流，市长又热情地带一帮人，前呼后拥地察看安置房现场，规划、计划、设想娓娓道来，希望公司投资建设，或许也是招商引资。随后几天又走了卡米松博（Camssombo）、卢卡帕（Lucapa）、坎布洛（Cambulo），程式化的“流程”，让我对安北部的地理环境了解了一二。热情好客或许是他们的天性，却与国内的隆重招待差异太大，显得格外简单。但整洁的台布、干净的餐具、临时拼凑的桌椅，让人感觉舒服。不过当闻到浓浓的香水味、多是混搭的菜，还有清烧的毛毛虫，还是让我目瞪口呆。

宽果则是安北部的一个小城，真的很小，就那么几户人家，或许其他的隐藏在丛林之间。出发前一晚，由于下了大雨，预计从敦多到宽果的部分道路可能被冲毁。当进入丛林，原本的土路似乎消失一般，变成好多的冲沟，泥泞间忽上忽下，爬出来到达宽果已是晌午。简单地拜访作了交流，原本以为此地属偏远小地，就我们几个中国人，却有政府人员告诉我们，此地还有一所中方援建的希望小学正在建设，遥远的异乡能碰到中国人内心有点儿激动。翻过一个小土坡，三排平房正在建设，或许看惯了塔吊如林的国内工地，场地上施工工具极其简单，简易的吊架、木质脚手架、原始的工具，十几个劳作的工人，闲聊中得知他们来自河南、山东、徐州。走进他们的营地，让我感到莫名的纠结——铁皮的工棚、简易的水缸、发电机连着简易的电灯、长满杂草的小院，还没有电话，也没有信号，只有三条乱叫的野狗。

雨季的安哥拉天气说变就变，又下起大雨，原计划到绍里木乘坐飞机回罗安达，改去马兰热，次日回公司。穿行在林间蜿蜒道路，雷雨间黑漆漆一片，偶尔有来车的灯光，周围寂静，只听见雨哗哗的声响。已是晚上八点多，雨渐止，眺望原野，远远地有点儿灯光，绕过一个山岗。“看，应该到马兰热了。”“小Z，问一下今天住宿订了没有。”简单沟通后才知还没有预订。“真不靠谱。”不知谁嘟囔了一句。仅有的三个星级酒店早已客满，好不容易找到沿街的客栈，匆匆放下行李，找一餐厅填了下早已饥肠辘辘的肚子，回到房间。昏暗的灯光、不知哪个年代轰隆隆响的空调、灰灰的一股霉味的被子、破损的桌子……走进卫生间，没有水的马桶、掉落的水龙头，整个人有点儿崩溃。仅刷了牙，实在太困，和衣靠在床上等天亮。

一轮旭日东升，推门到露台，空气格外清新。

附：近来，听阿明说，安哥拉发展很快，原先不安的情况已好多，值得庆幸。

安哥拉

2014年至2015年

游走纳米比亚

游历得多了就会有感悟，经历得多了就会有积累，与自然接触多了就产生敬畏。走过了非洲几个国家，曾觉得对它已有所了解，但一次次的游走，感受到一次次的不同。偶尔读过《我的野生动物朋友》，蒂皮（Tippi）与世界是这么相处的：骑在柔软温暖的鸵鸟背上飞跑，让小狮子穆法萨吸吮着手指午睡，赤身在河边以象鼻的喷水洗浴……她生活的纳米比亚这个国度，是真的存在吗？

一

盘旋在温得和克（Hosea Kutako）的上空，俯瞰大地再次感受非洲辽阔的旷野。机场精致、小巧，提着简单的行李就出关，完全没有安哥拉海关的压抑，心情顿感轻松。

捷行在舒缓的原野小径，蓝天、白云与微微发黄的草地（刚进入旱季）、树林，似乎已经见过却又一次亲密接触，自然的原野大地。“快看，路边树丫上一串串挂的是什么？”“是鸟巢，还有小鸟呢！”

温得和克是谷地间的小城，几百年里，被荷兰、葡萄牙、英国、德国先后入侵，变成殖民地。殖民文化的变化，让城市建筑显现多元文化的特征。德国统治时期的咖啡色市政厅具有浓郁的欧式风格，坡地高高耸立的哥特式福音路德大教堂，绿树丛中各种风格的居家小院……无不让你感受文化的融合。

城市的道路不宽却有序地在坡谷间穿越，不多的车流、三三两两的行人、偶尔骑行的车手与洁净的街道、明显的标识、各异的建筑，让我感

受此城的幽静与安宁。

暮色里，登上古城堡，微风徐徐。远眺绵绵山峦，挂满红红的晚霞，近处的整座城市被暮色笼罩，不多的几幢高层建筑却显得有点儿突兀。此刻，坡地上的福路德大教堂传出的钟声，是那么悠扬动听。

去大西洋边的滨海城市斯瓦克普蒙得（Swakopmund），或许是在非洲的原因，并非对它抱有多大的期待。而路过稍作驻留的 Okahandja 与 Karibib 小城的洁净、路人暖暖的笑容、小商小贩的热情、高耸的绿树，改变了固有的非洲印象。慢慢地，绿色从视野中消失，眼前戈壁、沙漠与远处的海洋混为一色，拐过一个沙丘，看到海边的斯瓦克普蒙得。

漫步小城，颠覆了对非洲的印象。小城是那么的精巧，低层的欧式小楼让你仿佛驻身在欧洲，楼宇上显现的年代感让你读到小城的历史，而每幢建筑仍显得活力四射。幽静街道上，店旁桌椅上散坐闲聊的居民，绿树与高耸的棕榈，精致布局的小院，那么多不知名的花草，感受到人与自然和谐相处的意境。

隔日起早，天灰蒙蒙的阴沉，茫茫的戈壁，全然不见色彩斑斓的苔藓花毯，也不见奇异的沙丘、色彩丰富的峡谷火山岩地貌，只有冷冷的劲风、灰蒙的山峦、突兀的沙丘、散乱的石头……一切的一切是冷冰冰的，与其名“骷髅海滩”多么一致。传说“骷髅海滩”的来历：古时有船从茫茫的大西洋航行至此，船员发现灿烂的阳光下茫茫海滩嫩绿一片，山峦间变换着色彩，似一片丰饶大地，船员上岸找寻淡水与补给，却陷入荒芜的茫茫戈壁，不少人付出了生命的代价。

越过荒芜的海滩，风一阵阵劲吹，风声里夹杂着“咩、咩、咩”的叫声，此起彼伏。“荒野里什么在叫？是羊吗？”“不是，是海豹。”马上到今天的目的地十字角，那是 1486 年欧洲的 Diego Cão 到此，发现成千上万只海豹而闻名。

洋面上浪涛翻腾，蜿蜒的海滩上，黑压压的一片海豹，有的在睡觉，有的在嬉戏，有的在翻滚……“看黑黑的小海豹在吃奶！”“挂在围栏上的是海豹的毛！”“海浪中追逐的也是海豹！”看着大多懒洋洋的海豹，或许此地是它们的乐园，静静地离开，让它们自由自在。

二

沿大西洋而行，一边是茫茫的大海，一边是茫茫的沙漠，天地间，薄雾轻绕，朦朦胧胧，似乎一切凝固在天地之间。

穿行在薄雾间，惊喜地发现，公路的两侧成排的棕榈树，在一片荒芜里，显得那么的孤独。但也感到已慢慢地接近大西洋边的鲸湾（Walvis Bay）。

薄雾从海面还在不断地升腾，偶尔从它的缝隙间挤出一丝阳光，洒向海面，波光粼粼，长长的栈桥伸向游船码头，等待着出海的时刻。“看海里舞动的红色是什么？”像伞状，在飘着。“是水母。”或许是第一次所见，真的令人惊叹！

与约翰（John）一家一起出海，他们的一双儿女胖胖的很是可爱。游艇激起层层浪花，感觉阵阵凉意。吹着海风，脑海里空空的，浑然间不知有什么期待，也不知能否看到海豹、海鸥、海豚，又不知怎么接触。

刚出海不久，天气还是雾蒙蒙的，大家闲坐着望着大海。只听“咕咚”一声，“快来看海豹上船了！”海豹昂着头，摇着尾，几根山羊胡子还滴着水，眼睛滴溜溜地盯着大家，又轻轻地摆尾，见船老大手中的鱼，海豹又摇头又摆尾又挪动胖胖的身子，真是可爱！大家逗着玩着与海豹互动，一会儿它跳入海中，一会儿又跃上船尾，身手真是敏捷。

或许海鸥也闻到了鱼的气味，当船老大刚扬起提鱼的手，海鸥伸展着翅膀，俯冲叼住了鱼，又展翅高飞，停在船篷上。它洁白的羽毛、棕黄色的脚，还有倒钩的嘴，小小的黑眼睛是那么有神。

大家一会儿与海豹合影，一会儿与海鸥来个亲密接触。突然又来了一个不速之客，扬着大大的口袋。“鹈鹕，鹈鹕！”它大摇大摆地移动着身子，又不时拍打着翅膀，似乎在抗议：“我的鱼呢？”有人提着鱼逗着它玩，却又来一只鹈鹕，场面一下活跃，玩的、拍照的，不大的游艇有点儿摇摇晃晃。

当接近鹈鹕岬时，海上、滩上满满的海豹，一会儿潜水又一会儿浮上海面，更多的懒洋洋晒着太阳。“看海豚鱼跃翻滚的姿势太优美了！”不知谁感叹着。

“快看、快看，滩地上的火烈鸟！”曾见过火烈鸟的照片，真正的近距离目睹，却让我惊呆了！高高的、红红的细脚似乎齐唰唰地跳着舞蹈，红红的小嘴不停地从沙滩中寻觅，不时扑腾的翅膀露出红色的尾羽，一片片飞过似彩霞又似激荡的白云，真的真的很壮观！

自然界是如此的神奇，也如此的有意义。当野生动物与人有了亲密接触，和谐的相处就有了快乐的蕴味。

三

去三明治湾（Sandwich Bay）冲沙，因为曾在阿联酋的阿拉伯大沙漠、内蒙古的塔敏查干沙漠都有过亲身的体验，没有太多的向往，却对它的名称有着遐想。

大漠孤烟、苍茫、胡风……无不描绘它的荒凉。穿过红红的洋边盐田，车行进在茫茫的大漠戈壁的峡谷地带，奇异的沙丘连绵，沙丘上的沙荆与沙漠藤蔓远远的似建筑的层顶，升腾轻绕的薄雾中，让你感受似城镇的海市蜃楼。

风撩起浪花扑向沙滩，让我们饱受刺骨寒冷。车前方，洋边平展的沙滩冲向绵绵的沙丘，沙丘的沙峰逐渐展现出它们弧线的美丽，当阳光慢慢地驱散雾气洒向无际的沙漠，惊艳的还有它的苍茫。

车继续捷驶，沙丘上突现建筑的废墟，那是沙丘的突然移动，让整个村庄瞬间消失，可见大自然的力量。

浪一次次直扑沙丘，沙海一色，风阵阵紧吹，不多的水鸟在浪花间游逸。越过沙峦，眼前绿色一片，噢！三明治湾——大海、绿色滩地、沙丘。

沙丘的沙峰划出的惊艳弧线让人按捺不住激动的心情，平展的沙面不忍去触摸。“登上沙峰去感受绵绵沙峦的美丽，沙面的无暇或许还有另外的感觉。”有人在鼓动着。

看似不高，但陡陡的沙坡毫无借力之处，走半步又退半步，鞋里灌满柔软的沙子。沙打在脸上微微生痛，手脚并用地狼狈，好不容易登上了沙峰。展现看，风吹着沙面似孤烟掠过，呜咽地回荡；飞沙推着弧面改变着优美的曲线，那么舒展；绵绵的沙峦展现着它的沉厚，猛间又想起“大漠孤烟直，长河落日圆”，心情陷入孤寂。

返程车驶入沙谷，两侧环抱着波浪起伏的沙峰。越野车明显开始发力划向沙面，“注意车越过峰峦的瞬间，是最刺激的。”“为什么?”“因为峰后的坡面，你不知道有多陡。”刚说着，只听“啊、啊”的尖叫声，眼前是高高的陡坡，车似乎挂在沙壁上，冲下坡谷。“不要怕，睁眼看看车侧的沙。”“好似车随沙一起滑向下面?”“真聪明，其实此类沙毫无黏力，车停在峰顶稍微倾斜，车就随沙而下。”“感觉特别刺激，感觉马上要翻了。”车又一次次翻越，速度越来越快，似乎车荡起秋千。突然间车在峰顶倒向陡坡，“怎么啦?”都不知所措，随着“啊、啊、啊”的尖叫，紧张地闭上眼睛，手心也冒出了冷汗，一会儿车就停在谷底。

“接下来去沙漠大厅休息，用大餐。”一望无际的沙漠戈壁，哪有大厅？正纳闷，只见前车转一个 90 度角停下，司机调了一下头倒向前车，车厢间的夹角挡住了风沙，慢慢地铺开简易餐桌与餐具，喝着香槟吃着生蚝。“主意真绝，味道真美!”

四

非洲的原始文明始于何时，不得而知，只知道尼罗河流域的古埃及文明。其他区域的有形的物质遗存却不甚了解，只感受到它的质朴、狂野。

“颓废方丹”(Twyfelfontein)，不知道是谁翻译的，让人有点儿遐想。只知道是世界遗产地与布须曼人的史前岩画，是画在悬崖上、峡谷间还是山坡上？多么精美还包含哪些历史信息？多少有点儿期待。

驻足在接待处让你更加惊讶建筑的创意，圆圆的废旧油桶盖相互搭接形成墙体，展开的铁皮却用作层顶，偶尔再加一点儿叠石作过渡，似乎建筑从褐色的山谷间自然生长而成。

不远处的山谷间一片荒凉，褐色的山石似山峦崩塌散落在坡谷间，烈日下酷热扑面，沿规定的路线或许能目睹最精彩的岩画，穿行在“乱石”之间，“看那块石头上有画，好像画的是动物，有长颈鹿、牛、狮子……”“还有各种脚印，看，不知是不是生活场景。”“或许通过画还在交流着什么?”“还有几何图案。”对我们来说是一个谜，却或多或少感受着原始文明的点滴。

离开“颓废方丹”，穿越在茫茫的非洲原野，前往北部的奥普沃（Opuwa)。当满天繁星挂上黑夜的苍穹，那么透那么纯，一个个亮晶晶，眨着眼睛。原野里，偶尔传来不知是什么动物的叫声，听得那么真切，有点儿骇人。车慢慢而行，灯光里，有动物在车前方掠过，或停下看看我们，那么机灵。

深夜到达奥普沃（Opuwa)，灰暗的城市灯光里穿过城市街道，感觉街巷有点儿破败，有点儿杂乱，与海边的小城迥乎不同。灯光越来越少，路边尘土四起，爬坡穿过树林，旷然间驻足在奥普沃度假酒店（Opuwa Country Lodge)。茅草的坡顶、石木间或的小屋，散落在山坡上。大堂内隔断装饰原始又质朴，芦苇、原木、原木雕像……让你似乎置身在非洲部落之中。坐在室外餐桌边，点了份牛排，慢慢品尝，遥望着一轮明月与繁星点点，此间是那么幽静、清新，倾耳交流着几天的感受，享受着远离城市喧哗的超然。悠然间感觉，微波轻摇月满池，怎禁得清风扑面来。

是欣赏原始还是对浮华与浮躁的逃避。辛巴部落（Himba）最吸引人的或许就是他们原始的生活。接触过，也路过、看过散落在原野中的非洲部落，感观上予人的是贫困、脏、乱，有时无法了解为什么他们如此满足，是质朴还是没有诱惑带来的贪婪。

游走其间，三三两两的红泥人在茅屋旁聊天，一群群小孩在嬉戏，有的在石臼里不知捣鼓什么，有的做着手串……因为我们的到来，更多的人在东张西望，奇怪的是，部落里很少看到成年男子。当向导把带去的食物送给他们，人们拥了过来，跳起了舞蹈，个个脸上洋溢着欢愉的笑容，是那么灿烂。

五

蒂皮（Tippi）的野生动物朋友，是我此行最想感受的际遇。遥遥地眺望无际的旷野，期待着去接触她的朋友——大象、狮子、长颈鹿、鸵鸟……

旱季的到来已使路旁遍地的野草枯萎，随风摇曳。埃托沙国家公园（Etosha National Park）让我有更多的期待，宿埃托沙酒店（Okaukuejo Lodge）是茅屋却那么洁净，让我感受什么是对自然的尊重。

酒店的围墙是一片垒石，外侧是一汪池塘与旷野相连，夜幕下的墙边静悄悄地蹲坐着人群，似乎不想惊动什么。当看到池边的大象，条件反射地惊叹，“看大象、犀牛、长颈鹿……”“嘘、嘘……”

此时，晚霞挂满天空，苍劲古树上巨大的鸟窝让倦鸟忙碌地归巢，叽叽喳喳。几头长颈鹿一边饮水，不时又警惕地昂起头，四处观望，狐狸悄悄地来到池边，斑羚也挤了进来，只有三头大象踱着方步，一边饮水一边相互嬉戏。夜幕降临，大象消失在夜色之中，长颈鹿也悄然不知去向。夜深了，一头黑犀牛还在池塘边，人们静悄悄地还在观望。

清晨寒气逼人，披着斗篷的我们蜷缩在观光车上，目光

随探照灯扫动。“看长颈鹿，树枝间。”“前面一只狐狸在跑。”车行驶在原野上，天却是出奇的冷，远远地又看到几只鸵鸟游走在戈壁，盼望的太阳从地平线升起，红彤彤的一片朝霞。

过了片片灌木树，是一片开阔地。晨光间一头长颈鹿高昂着头，远远地盯着我们，“看一头狮子，伏在地上”。“原来长颈鹿是在盯着狮子。”“看几头大象过来了。”“它们的神态是那么悠然。”偶尔有飞鸟掠过，瞬间定格在“动物世界”里。

拐了一个弯，车停在路边。“看，两头狮子，就在左侧。”“母狮好像睡着了，公狮守护着。”“公狮还在舔着它。”一会儿母狮扭动了一下身子，摇晃着尾巴。冷不丁躬起身子竟然尿尿，翻一个身，它们似乎打趣地交流着什么，一会儿摇头摆尾，一会儿相互亲昵，我们的驻留似乎不曾有任何影响。

继续地穿行，树丫间飞鸟匆匆地忙碌着，狐狸也不安分地眺望着什么，一群斑羚从远处飞奔而来又消失在原野之间，大象、长颈鹿、斑马在树丛间忽隐忽现。“一片自由的天地，任凭飞翔，是多么和谐。”不知谁在感叹。

日上竿头，又回到那片池塘，静静地守着，远远地看到野牛、斑羚、大象，而水塘边孤零零地只有两只小羚羊独自警惕地饮水。“看一大群斑马似乎在走过来。”“是的，等一会儿。”“可能有百多头，从来没有见过这么多，这么近。”“多么壮观！”

虽然没有蒂皮（Tippi）与动物的互动，让人明白人与自然、野生动物共存的意义，但仔细地观察野生动物的行为，时时警觉的神态，感受到自然法则是多么残酷，生存必须“高高地昂起头”。

纳米比亚

2015 年 6 月 1 日

游转泰国

“走马”看泰国

你看过电影《安娜与国王》吗？你还记得剧情中暹罗国王对安娜说“佛祖说：活着只求意义，不求成就”吗？不知怎么就有了心灵的触动。闭上眼睛，蓝天丛林，处处是香火飘绕的寺院、披着袈裟诵经的僧人，还有慈祥的微笑……

慵懒地躺在克里夫酒店的阳台上，任凭暹罗湾吹来的湿湿海风吹过，听着海浪拍着沙滩的声音，还夹杂着椰子树的沙沙声，不知是迷醉在海湾的阑珊灯光还是旅途的困顿，有点儿迷迷糊糊，感觉有什么叮咬。“该死的蚊子！”

晨间，听到“拍拍、拍拍”的声音，似乎是什么轻轻地敲打，推开阳台的玻璃门，一群鸽子飞过。啊，霞光已拂上海湾，一只鸽子却在阳台的耳墙上不停地张望，似乎就是为了与我这陌客打一招呼。

天是蔚蓝，海是碧蓝。前往真谛寺的路上，三角梅娇艳盛开，这边那里不知名的花儿争相摇曳，空气中弥漫着清新的草香。

花园里，绿树里一座小小的石屋寺院，被粗硕的藤蔓缠绕，似乎述说着历史的故事，新枝伸展，满满的活力四溢。“听，悠悠的风铃声。”“是不是还有海的声音?”“好似真谛寺中的佛音。”“看，矗立在海边的就是真谛寺。”看到真谛寺的第一眼，是真的被“震撼”了。

什么被“震撼”了？白茫茫的海面上，微风轻拂起层层涟漪，光闪闪的；一群海鸥驮着阳光飞来飞去，叽叽喳喳；树梢上挂着的鸟巢轻轻地摆动着，好似在舞动，矗立在海边的真谛寺却显得那么宁静。慢慢地走近，岁月的年轮已挂上木质的瓦轮，门廊边的木质守护神也已披上风霜，却瞪着大大的眼睛。拱形廊中挂着的风铃轻轻摆动，传来声声清脆。瓦脊飞檐上活灵活现的诸神传递着守护的信息。寺里传出诵经的声音，让人顿感安宁。

步入木质台阶，灵动的诸佛比丘故事环绕着厅堂的穹顶、墙壁，述说着佛佗出家、悟道、传道的件件伟业。释迦牟尼佛慈祥地端坐在厅堂之中，似乎永远地给众生布道赐福，吟诵着：“观自在菩萨，行深般若波罗蜜多时，照见五蕴皆空，度一切苦厄。……”

耳旁絮绕着梵音，许多许多的佛道却是不甚详尽，我真想蜷伏在厅堂的什么角落，每天看窗外晨曦、阳光、晚霞更迭，与微明的烛光相映，听回荡着的悠悠佛音，悟一个个墙壁与穹顶里的故事，悟诸佛的形、姿，个个场景的真谛，不在乎变幻的朦胧世界，只要看到来回人群的沁心微笑，会释然欢心。

水是柔情的，水是灵动的。当你有了经历，有了娑婆世界的历练，或许就会慢慢地觉得自然恩赐的重要，也有了更多的怀旧。

“四方水上市场”或许就是昔日暹罗生活的缩影，绕着水环着水，草顶木倚楼毗邻，拱桥、廊桥、亭台串起了生活的每个角落，飘香的鱿鱼、大虾、河鱼烧烤，小姑娘甜甜微笑叫卖：“很好吃的啊!”冷不丁一句中文；沿着吱吱呀呀的木质廊道，什么清凉油、什么醒脑膏、什么减肥剂……不知道是否就是原来的土方；汗衫、短裤、披肩随风飘摇，游走的人或许是留个念想或许是经不住诱惑，挑挑拣拣；水面上飘来荡去地穿梭着小乌子船，游人撑起的五彩雨伞似飞过的花朵，不时还从雨伞下探出灿烂的脸蛋，调皮的船家轻晃木船，引起阵阵尖叫；有的小乌子却靠在台阶旁，叫卖着什么海椰子、什么菠萝卷、什么芒果米团，还有叫不上名字的水果，三三两两地围着，谈笑间嘻嘻哈哈，而戴着斗笠的汉子、围着头巾的姑娘微笑着叫卖，演绎着人生哲理“知足长乐”。

“东芭乐园”是否在芭提雅的东边，没有去求证。天是那么的蓝，偶尔又见白云朵朵，园内各种奇花异草争奇斗艳，沿着空中廊道而行，极目远眺，树木葱笼，鸟儿追逐着叽叽喳喳，却是那么欢快；各种亭台塔榭掩映在树丛中，是否想传递特定的文化信息，或许需要去解读；成群结队、活灵活现的动物、昆虫模型，穿插在山坡上、树荫下、灌木中，让人惊奇地觉得十分的可爱，挡不住与之来个合影；听着一声声尖叫，原来一队大象沿着广场而行，“看，那头小象的憨态太可爱了！”随着锣声、鼓点，大象或跳或跑、投篮踢球、杂耍喷水，让你感觉大象的可爱、灵气，怪不得它们在泰国是那么的有“地位”。“看，小象在讨要东西？”“还要的是小费。”大家一阵大笑。

远远地看到大皇宫、玉佛寺耸起的金色尖塔，阳光下熠熠生辉。穿着白色礼服的卫兵从拱门间列队前行，或许是一种仪式，或许代表着一种庄严。

拉玛一世到八世一直居住在大皇宫，建筑是暹罗式风格，也夹杂着维多利亚时代的建筑艺术，满园是鲜花盛开、树影婆娑、绿草如茵，建筑细部可谓精、细、贵、美；庭院内建筑旁，个个雕塑如神话故事里的面目，神态严肃地守护着这里的庭院内外；佛塔旁灵动的众体雕塑，则是在讲述佛教故事，神韵不可侵犯；回廊的壁画描述着《罗摩衍那》史诗，如果不了解就无法知道它的内涵……

香火缭绕，空气中弥漫着幽香，沁入心肺。耳旁萦绕着诵经的梵音，传递着佛的意念。脱掉鞋放进背包，随着摩肩接踵的人流渐次进入节基宫（Hakri Maha Prasad）、律实宫（Dusit Maha Prasad）、阿玛琳宫（Amarin Winitchai Hall），严谨的布局、宏伟的气度、精美的绘画与雕塑、华贵的装潢，环绕四周，无不感受到皇家重要礼仪的场面，虽没有机会参加，可以想象加冕、昭见、皇室主要成员的丧礼等仪式时的庄重场景，俯身礼拜。

虽没有进入玉佛寺，却知道供奉的玉佛在泰国民众心里的地位，迎着蓝天白云，专程到四面佛礼拜祈愿。

夜幕降临，湄南河两岸灯火阑珊。

清　迈

自然与文化慢慢地变成了一道魔咒，随着时间，一发不可收拾地催促着我的行程。年前小晗回家推荐了一本《泛若不系之舟》（傅真），让我毫不犹豫地敲定了此次的线路。到泰国北部（清迈），也是上次来泰国的未涉之地，是一次亏欠的补课，而到柬埔寨，吴哥窟、巴肯山落日、“高棉”的微笑……让我期待已太久。

抵达清迈没有去找背包客的客栈，阿森直接送我们到清迈夜市旁的“Suriwongse”酒店，嘴里嘟囔着：这里很热闹，今天太晚了，明晚逛逛，真的很有意思。怕我不相信，脸上带着夸张的神情。

到达一个地方，还是那个习惯，早早地起床早早地去溜达，拿着地图走进曲里拐弯的小巷。

清迈的早晨格外幽静，坊间弥漫着清新的空气，透彻着心肺，完全摆脱了昨晚喧嚣的压抑。路过晚间灯红酒绿的酒吧、按摩店、小吃店，一片清静，偶见一欧美旅人落寂地坐在拐角，支着

仰起的头，或许还想着昨日的心思，不曾放下。红色 TUKTUK 车停在街边，司机笑眯眯慢悠悠地擦着他的爱车。一条狗也懒洋洋地躺在街头，爱搭不理路过的行人。只有一个孤单的早餐摊，发出吱吱的响声，飘出浓浓的咖喱香味。

泰国是神奇的国度，神与人并存、传统与开放融合。不去聆听佛教故事，膜拜供奉的佛，就算没有到过泰国。而清迈源起兰纳王朝，自 13 世纪孟莱王定都，慢慢地到提洛卡拉王的鼎盛时期，佛教从印度传到清迈，寺院遍地兴建，素贴山双龙寺、隆昌寺、紫尤寺、柴迪隆寺……满城飘着香火，叮当叮当的风铃声悠悠地传进小弄坊间，诵经声也飘进寻常人家。

沿着盘山公路，放眼远眺清迈古城尽收眼底，回转在素帖儿双龙寺，聆听着佛舍利由高僧护送，象驮佛弃千里迢迢，供奉到寺院的途经故事。绕金塔三圈祈福，塔光灿灿，信众无不跪地膜拜。院前千年菩提树郁郁葱葱耸云霄，树旁白象是曾经的纪念，弘扬着从善扬德的佛道精神。

天是那么蓝，蓝得不掺一丝杂光。绕过护城河，穿过古城门残垣，再一次驻足清迈旧城。

已不知是哪个年代的洪水冲毁古寺丛立的城市，慢慢地随时光湮灭，又不知在何时，发现了埋在地下的残壁，渐渐地又告诉人们那段历史、那段时光，只有那棵菩提树，或许它的年轮就是永恒久远的记录。

又去了普拉辛寺、柴迪隆寺，光着脚回转厅堂内外，听阿森讲着神、佛的传说，凝视着具象的神的造型，让我有点儿疑惑是真是假，但有一点我坚信，因为世界本是娑婆，佛祖期待人间和谐完美。

树荫下，品着带来的龙井茶，一片清香。阿森逗趣的语调：在清迈一定要逛夜市吃大排档。

当再次走出酒店已华灯初上，不知何时，摊位占据着大街小巷。一群人也开始莫名兴奋，尝尝鲜榨水果汁真新鲜，看木雕工艺品猫头鹰很灵动，买买大象T恤太便宜，看那肥皂雕真的似鲜花盛开……

有点儿走不动了，耗不住街边小摊的热邀落座，点餐后却只能盯着盆子发呆，上菜那个慢，慢得没了脾气，还自我安慰道：清迈的慢生活就是这样的。

寻找心中的香格里拉——拜县

离开喧嚣，从清迈一路向北，穿越茫茫田野，一次次停留。

家乡早已冷冽难耐，未曾料到泰北气候的“跳跃”。晨起游逛里弄乡野，需穿着薄的棉衣，午间则酷热异常，躲进树荫才会感觉一丝凉意。

不论泰北的清迈、清莱，还是拜县，晨起坊间是舒爽的宁静，晚间则是热闹的夜市，而我更喜欢夜市外、阑珊下的街边小院、小巷。

喜欢上清迈、清莱，或许始终伴随着佛文化的神秘，以及渗透进泰国人骨髓里的精神信仰。而到拜县，不曾想到是原真、质朴，未经修饰的甜美乡野，完全把人迷倒了。

高山里的拜县，是要经过700多个急弯才能到达，怪不得有个广告“吐了几次才来到拜县”。拜河穿小城而过，沿河散落着乡间休闲小屋，满园不知名的花随晨风摇曳，薄雾从林间袅袅升起，弥漫在河面、林间、屋间。随意的小亭中，挂着吊床，早起的已悠悠地荡起，感受闻着花草香的惬意。

小城不大，晨起薄履回转，每个小院丝毫不曾刻意修饰，篱笆上、阳台边、小院里，随意的三角梅、鹰爪花……飘起阵阵香气，夹杂着草的清香。偶尔有早起的人骑摩托而出，不时会碰到不知是否是久待的欧洲人、阿拉伯人、印度人，一脸慵懒的样子。不知怎么的，泰北的狗也学会了懒散，懒洋洋地躺在街边，不叫也不理。

昨晚还是热闹非凡的夜市，晨光里，却是舒爽清幽，享受着乡野的质

朴，回转于小院、小巷。不一会儿来到街尾的拜河边，桥却是吱吱嘎嘎的竹桥，河对面走过来背着大包的几个旅人，穿着拖鞋，球鞋挂在背包上，蓬头垢面的样子，步履却是异常轻松。

晨曦里，轻雾飘荡，河面洒满金色柔波，倒映着桥面匆匆而过的旅人。薄雾掩着河岸边的村舍、树林，揉入山峦的黛色之中。

我没有看过《爱在拜县》的电影，却对此间的场景格外喜欢。“Coffee in Love”“Lam PAI”就在小城边，远处的山轻雾弥漫，谷地森林葱郁，鲜花与绿茵坡地相间，高耸的一棵大树挂着秋千，你知道吗？这就是“大树秋千”，一对对情侣摆着 Pose 喜上眉梢，或许就是找那种感觉。

路边停的摩托车慢慢多起来，旅人大多租摩托周转在此乡野间。随意停车找一间咖啡屋看书、看景、闻香，也可到草莓园的垄间采摘，也可在树荫下、乡野里的躺椅里慢慢聊天，处处悠时光、慢生活。

我也喜欢树林里的草舍。离开了喧嚣的城市，逃离了欲望无限的现实社会，避开了纷争的“舞台”，不曾想拜县却是如此质朴。坐在草舍的平台上，泡一杯清茶，继续读着《旅行与读书》。

树林中传来鸟儿的叽叽喳喳，如此悦耳动听。花草香弥漫在林间，小溪上波光莹莹，是否这就是传说里的香格里拉。

逛夜市

大年怎么也感觉不到曾经乡里乡亲的热闹，街灯上高挂的红灯笼，在凄厉的寒风中也缺少了些许的热情，曾经摩肩接踵的人流似乎消失，此时有点儿无奈的惆怅。

到泰北已经几天，早晚的凉意与午间的酷热交替着，逛了清迈夜市又逛清莱夜市，再经过720弯，折腾着考验着人的意志，吐着来到拜县。

住进乡间茅草小屋，花香阵阵飘过，悠悠地躺在廓下的吊床，消融了满身的疲惫。踏着铺满鹅卵石的小径，跨过茅屋间的小溪，不小心碰得花粉一脸。华灯初上，已蠢蠢欲动，按捺不住去夜市的心情，穿街融入热闹的街市。

曾记得苏东坡在诗中云：“龙津观夜市，灯火亦煌煌……不知京国喧，谓是江湖乡。”游走在泰北夜市的喧嚣里，不时想起家乡寺后街的夜市。从华联的灯火下，往后游逛，琳琅满目的小商品或放地摊，或挂在货架间，衣服、鞋袜、皮件、床上用品一应俱全，拣拣挑挑与阵阵吆喝的叫卖，也为一景；小片的吃摊，有豆腐脑、豆腐干、粉丝煲……后来也夹杂着烧烤，点一杯小酒，坐在摊边观涌动人流，是寻常百姓的最爱。一路从寺后街转到琴川河旁，曾是热闹非凡。现今已成抹不去的旧事回忆。

想着想着不由有点儿伤感起来，家乡为何容不下那个夜市，让市井烟火湮灭在时空里，净了街市却失了市井文化。

在泰北的夜市里闲逛，摩肩接踵的人流间夹杂着四方口音，英语、俄语、阿拉伯语、中文……当然还有泰语，比比划划间相互交流，微明的灯下一欧洲人点了啤酒捧着书若有所思，路边小桌边两个老人配着小菜喝着小酒，不知何时来的阿拉伯人地摊上卖着他的小画，炒粉摊前两个俄罗斯小姑娘站着狼吞虎咽甚是开心，几个欧洲人排队在买香喷喷的烤肉。

街边、桌边坐满慵懒的人们。小店、小摊里挂满木刻、衣服、围巾、银器、纪念品，不少店主边卖边制作着待售的商品，织机的吱呀声、皮件的敲打声，夹杂着轻轻的叫卖声。

假如走累了，找一家泰式按摩小店，半敞开着门、小椅一张又一张排列着，一敲一按，满身活络起来；假如喜欢纹身，找一家小店，把最爱纹上去。

游逛在街坊里弄，此间飘荡着活色生香的市井生活，演绎着地域文化的真谛，留住了人，留住了生活，留住了生生不息的市井文化。

或许来了会离开，或许也会留下来，待下去。

清莱原真的洁净

热闹的夜市里，街边一个摊边，传出轻柔的琴声，弹琴的小姑娘忽闪着灵动的眼睛，清澈得似她的琴声。每当有人驻足打赏，那甜甜的嫣然一笑，给人的感觉是那么清纯。在这纷扰的街市里，她却独守着那份恬静。

去清莱的路上，我还在想着夜市一幕，好似突兀却又在情理之中，是否是摆脱欲望与浮躁后的坦然，而此间的包容却让这情景真实存在。

蓝天白云间又从晨起的凉爽再次感受烈日，阿森建议稍作休息，泡泡脚消去乘车的疲惫。

坡地间的温泉上，蒸汽袅袅上升，溪间细流涌动，慵懒地散坐在石头上，感受热流从脚上慢慢回转，不论来自何处的人，谈笑着晃动着双脚，确是一番情趣。

穿过葱葱郁郁坡地丘陵，处处盛开着鲜花，紫色的小花晃动着脑袋与篱笆墙上的三角梅打着招呼，冷不丁高枝上的凤凰花也摇摆着想凑个热闹，飘荡而

下。听，枝丫间还传来吱吱喳喳的鸟语，感觉是那么逍遥。

到清莱主要是要到白庙，看白庙就是为了那份洁净的“白”。那兰式寺庙的浓烈色彩似乎是一种定式，而超然的洁白，是否代表着质朴、原真、纯净的佛理？

曾记得毛姆说：“一个人的生活不同一般并不会令他非凡，与此相反，要是一个人非凡，他会从乡村牧师那样单调的生活中创造出不同一般。”我相信崇猜大师就是非凡者之一。

虽然白庙没有了传统那兰式风格的浓烈，却满满地渗透着泰式风格的精髓，在蓝天白云下得到艺术升华。敞开式的设计是否寓意入世与出世并无突变，原自心灵顿悟的一瞬？

走过前庭，大地间的无数双手似乎拼命地想抓住什么，是那么的悲伤无奈，莫非这就是婆娑世界？慢慢地拾级前往，廊柱上、桥栏上、庭院间，诸佛、诸神渐展慈容，周边的云纹（或许是火焰纹）增加了意念上的祥瑞，让群体建筑好似徜徉在蔚蓝的天空里。双手合十，心顿宁静开朗，穿越间似乎又一次荡涤了心灵，回归质朴的原真。

坐在大树下，草地上满地光斑碎影，天地间纯粹的洁白变得那么纯净。恍惚间，想起特蕾莎修女的一段话：“即使你友善，人们可能还是会说你自私和动机不良，但是不管怎样，你还是要友善。”

泰国

2016 年 2 月、2017 年 2 月

感觉希腊

驻足雅典卫城的门口

风从爱琴海吹来，凉意和着细雨，拂过雅典。低沉的层层雨云，慢慢地翻滚，偶尔撕开一些些裂缝，漏下点点飞霞。2月的雅典忽晴忽雨，没有家乡浓烈的年味，淡淡地透着一股清新。年味像陈醋，浓又烈，清新像橄榄油，清又淡，是不是很贴切？

曾经的希腊文明横扫地中海，影响着欧洲文明。当踏上这片土地，是那么陌生。起伏的丘陵间，层层叠叠的低层房屋布满山丘，看惯了规矩有序的城市，恍惚间，不禁怀疑：这里是雅典吗？当透过宙斯神庙前的残垣城门，小丘上耸立的科林斯柱式的帕特农神庙，噢，是雅典卫城。

没有急着赶去卫城，利用除夕晚饭前，穿城观光。道路两侧的树上，挂满了似橘子的果实，据说很酸很酸，切片泡蜂蜜里还是不错的，是不是有点儿像柚子茶？走到大学街，有片不大的广场，三组新古典建筑有序布局，科学院、

国立图书馆、雅典大学。科学院建筑两侧有两根高耸的立柱，一侧是阿波罗，另一侧是雅典娜，是它们的守护神，两侧的雕塑是柏拉图、亚里士多德。你仔细看，柏拉图托腮的样子，是否在深深地沉思？是否在思考希腊文明衰败的原因？

雅典很小，围着卫城转圈，雅典又不小，沿着爱琴海一路铺展开来。

宪法广场与总统府、议会连在一起。希腊宪法于1843年由奥托一世制定，据说自此后，历经屡次修改，只增不减，维护了几百年的希腊。

无名烈士墓就位于总统府楼前广场，两名士兵默默地守护着，无论广场鸽子如何飞舞，他们纹丝不动，只有眼睛默默地注视着前方。我不知道那墓前墙壁上倒下士兵雕塑意味着什么，他在何处倒下，可能这就是一种纪念。

整点换岗，仪式感十足，齐步、口令、抬腿、举枪……吸引着不多的游人驻足、拍照，人们目不转睛，似乎被仪式吸引，其实是为其蕴藏的尊严而停留。

不知道什么时候，刚才游走的神父也默默地站在人群里，嘟囔着嘴，是否在轻轻地祈祷着什么？

雅典与希腊文明、希腊神话紧紧相连，也与现代奥运会的起源、延续、发展息息相关。历届奥运会前，从奥林匹亚山采集神火，传递至1896年的首届奥运会体育场，是一种象征，也是一种精神。当来到这个大理石的运动场，仰头而望，虽经百多年，满是岁月流痕，却依然发挥着它的功能，唤示着现代运动的顽强精神。

我默默地听着故事：雅典与波斯战争中的菲力普斯，如何从马拉松镇出发，回雅典传递获胜的信息，纪念此事诞生了马拉松比赛；奥维罗夫如何克服困难，筹资建造首个体育场……

体育场一侧竖立着奥维罗夫雕像，昂首挺胸注视前方的雅典卫城，不知当初雕塑家的蕴意是否是，卫城虽残，却文明永恒。

厚重的罗德岛

罗德岛或许太过陌生，去希腊前，一直做着比较，选择不同类型的岛屿，看不同的人文与风景。查阅一些资料，慢慢地发现，罗德岛有着忒尔喀涅斯的神话，曾经的太阳神雕塑、圣约翰十字军骑士团等，承载着不同时期希腊文明的重要源点，渐渐地喜欢上罗德岛。

冬季的希腊，雨、阴、晴变换，总感觉凉丝丝、阴阵阵。时不时，云层低低地漫卷，时不时，又阳光乍现。这样的天气，我感觉到特别适合去罗德岛。

罗德岛位于爱琴海与地中海的交汇处，距离雅典约430公里，距离土耳其东岸约17公里。特殊的地理位置，让它在风雨飘摇的历史里，承载着特定的人文足迹。马其顿亚历山大大帝，十字军东征，奥斯曼500年统治，土耳其占领，意大利人赶走土耳其人，二战后又复归希腊，上下两千多年不知有多少故事，让罗德岛载上史册。

从雅典到罗德岛的飞机上，还在念叨忒尔喀涅斯的神话，念叨品达诗里关于罗德岛是太阳神赫利俄斯和女神罗得结合的传说，这些神话让罗德岛披上神秘的色彩。

天阴沉沉的，似乎有山雨欲来的感觉。掠过罗德市，葱葱郁郁的树林里散落着零星的房舍。透过它们，似乎看到的是十字军骑士团城堡。没有停留，前往林都斯卫城。

林都斯卫城位于罗德岛东

端。穿行在起伏的山丘间，雨雾里散落的村庄，似世外桃源的寂静，曲曲弯弯的公路蜿蜒延伸，质朴的乡野有点儿迷人，或许城市太多的喧嚣，还真怀念乡土气息的田野。

远远地看到山峦上的林都斯卫城，陡崖上高高城堡、几根耸立的科林斯柱，山坡下白色的科都斯，还有此刻阳光荡过，有一份急切的心情，去攀上卫城，一探究竟。

科都斯白色小镇静静地沿坡展开，曲里拐弯间串着一个个小院。院墙上旮旯边，一盆盆小花娇艳，几枝藤蔓爬上围栏。小猫懒洋洋地晒着太阳。偶尔碰到居民走出小院，不知去哪里闲逛。小镇冷冷清清，或许是冬季的原因。

爬上满是嫩嫩小草的石头路，刚下过雨的缘故，有点儿湿滑，地中海上吹来阵阵凉风，阳光下清清爽爽。穿过窄道上的拱门，售票口仅有一个笑眯眯的老人，靠海的围墙上也爬着一只花猫，或许是这个季节常见的画面：一个老人、一只猫。

陡崖下，拐过一道弯，岩壁上的雕塑已残破，依稀能看到船的轮廓，传说这船曾是参加特洛伊战争的战船。轻轻地拾级而上，不要去惊动希腊众神。

驻足在卫城的拱型入口，城内一片残垣，城外茫茫大海，试想曾经年代，谁能攻陷如此险要的要塞？抚摸着不知是谁搬进拱门的部分雕刻残片，似乎感受到曾经留下的故事，感受到岁月里那场惨烈的战争——穆罕默德二世之孙苏莱曼发动的罗德岛围攻战。

地中海陡崖上的雅典娜神庙，仅存几根科林斯柱，虽经岁月风风雨雨，依旧矗立，不论怎么变幻，它们在，众神就在。

静静地坐在神庙前的广场台阶上，望着茫茫的地中海，不知哪里是尽头，远远地海天一色。

临近罗德市郊，天又阴云翻滚，海边紧风捷吹，沿着高高的十字军骑士团城堡的城墙而行，穿过城门，进入古城，仿佛回到中世纪。古城的街道，是石子铺成的小路，有点儿湿滑。两侧的建筑是圆拱型与梁柱组合。不知是源于罗德岛人的圆弧浪漫情怀，还是为防御频繁地震的实用而建。流转于城堡，几乎没有行人，空空的街道、寂静的院落，与满墙的斑驳、门头上的盾徽，似乎凝固在中世纪。试着探入骑士宫殿，华丽而恢宏，不知曾经的墨索里尼和国王以马利三世是否真的来过此地度假。

细雨又开始飘荡，紧走慢赶，走上海港大堤，急雨打在脸上有点儿生疼，撺一下雨水，听着那些破旧的风车吱吱呀呀，快步到海堤尽头的城堡。不知城堡何时已经废弃，挂锁也有点儿锈迹斑斑，一只小狗躲在门洞内瑟瑟发抖，或许等着主人的归来。港湾内停泊着不少游艇，那个出海口是否是当初立太阳神雕塑的地方？而今，高耸的柱端矗立着城徽的梅花鹿，或许就是一个念想，海天间曾经恢宏的那个太阳神。

雨云那么低那么阴，海港、海湾、灯塔、城堡……拂上岁月间的厚重。路过卫城的那些沟沟壑壑，莫非还是苏莱曼一世发动的罗德岛围攻战中，奥斯曼军队挖的壕沟与地道？

海湾边的老城灯火阑珊，小酒馆里三三两两的旅客轻轻地笑谈，石头马路上几多过客驻足在仅有的几片小店，挑挑拣拣着什么，或许就是想找到历史的片段。

沐浴爱琴海的阳光

去爱琴海的米克诺斯（Mykonos）岛，想收获独有的那份蓝天碧海和纯洁与无邪，有人戏称米岛是最接近天堂的地方，或许是指夏季的那个天体海滩。若你有纯洁的心灵，这里是无邪的地方。

刚下飞机，肆虐的风吹得人摇摇晃晃，缓缓的坡地上，你会发现一盘盘码放有序的干柴，假如没有人提醒，你怎么也想不到是冬季的葡萄藤。远眺起伏的小岛，散落着洁白的房舍，或许是季节的缘故，显得有些寂寥。

虽然是冬季，还是想去看看传说里的那个海滩。越过几道缓坡，驻足在波涛汹涌的一弯沙滩，无法想象，夏季的那份喧嚣。我们沿着细细的沙滩，相互追逐，有点儿忘情，没有太多在意一浪紧一浪翻卷的浪花，一个急浪，真的很是狼狈，海水灌进我的鞋袜。

放眼海天之间，蔚蓝的天空划过条条白色的飞机云，似洁白的哈达，与起伏山丘上的房舍相映成趣。翻过一个山丘，弯月形的海湾边，层层叠叠的白色房子，蓝的、红的窗户，夹杂着教堂红色、蓝色的穹顶，似浓烈的油画，在辽阔蔚蓝的爱琴海的拥抱下，格外妖娆。

顶着狂风，慢慢步下沙滩。海面涌起层层巨浪，拍打着小威尼斯港的五彩排屋，海浪飞花，轰轰巨响。

岸上 16 世纪遗留下的风车，早已只剩下风叶的骨架，却与蓝天形成一道亮丽的风景。

空荡荡的海边，狂风夹着沙粒，砸得脸上生疼，人也有飘浮的感觉。拐进小巷，别有洞天。小巷似迷宫，曲里拐弯，有的仅容一人通过，稍大一点儿的也只能二三人并行而已。道路全部由块石铺垫，石与石之间有白色沟缝，并夸张地形成白色的网状，甚为独特。

蓝色、浅蓝、红色、绿色的楼梯、窗户，让白色抹去了单调，一下呈现缤纷色彩。而户门旁、旮旯边虬生的藤花让小巷充满激情，墙上铭牌则告诉你它的昨天、今天、明天，客来了，又走了，还会再来，这就是米岛。

回转在左巷右巷，失去了夏日的狂欢，静得让你感觉没有生活的烟火。据说，米岛有一只鹈鹕，一直独来独往，此时不知飞向何方。此时冷清的沙滩上，却有两只依偎的白鹅，悠闲自在。

坐在酒店的阳台，静望大海，晒晒透彻的太阳，喝一杯茶，捧一本书，发发呆，真的很棒。

走出米克诺斯小镇，漫山的黄色小花，摇头晃脑地迎着风，增添了此间的活力。我光着脚，奔跑在维纳斯沙滩，迎着奔腾的蔚蓝海浪，感受着爱琴海的温情。

而圣托里尼（Santorini）岛，公元前1500多年的一次剧烈的火山喷发，形成独特的悬崖小镇的风貌。

险峻的崖壁上层台屋榭，曲曲弯弯的小巷串起洁白的房舍。假如你坐在平台上，邀一知己，撑一把太阳伞，泡一杯咖啡，面朝大海，看天空飞机划过，看海上游艇飞驰，是何等惬意洒脱。

感受了米岛上阳光灿烂，圣岛却是或晴或阴，少了些许晴空下的碧蓝。但别样的风情让我顿感美的享受。

火山造就了奇特，走近了，就知道沙滩也有缤纷。红沙滩（Red Beach）、黑沙滩（Ag Georglos），阳光下风姿妖娆，当透蓝的海浪涌起，锗红一片、亮黑一滩，诱得来客摆着Pose，留下一瞬。

圣岛最吸引人的东西，是悬崖下碧蓝碧蓝的大海，是高高崖壁上锗红与亮黑交叉的火山岩，是躲在崖顶“挂”坡的白色房子，是从崖顶向右向左那点缀的蓝顶教堂，还是蔚蓝的天空飘过的白云，或许这些都是理由。

这个季节圣岛上不论Oia小镇还是Fira小镇，悬崖酒店全部关门落锁，以国人的眼光，这么好的景观，是多么好的发呆地点。而欧美人是冲着夏日酷热，伴着沙滩的热烈，才会光临。毫无疑问，为何曲巷里只能碰到不多的国人，还有淡季维护劳作的阿尔巴尼亚人。

圣岛小镇游转观景不会迷路，一条顺着蜿蜒崖边的主路（仅容二三人并列），局部收放有致形成空间，或许此地是教堂或服务处所。向崖坡下是去各个悬崖酒店的支路，但必须原路返回主路，难以想象，住客如何远远地提着行李到各个酒店？景观却是独到，崖弯上的白色累榭、大海、蓝天，还有据说世界上最美的落日，没有理由不住崖壁上的酒店。

走一段坡转一个弯，或许那蓝顶教堂忽现在你面前，这里就体会到“点睛”的重要，换个角度捕捉步移景移的意趣，我能肯定旅人追逐到此的缘故，就是为了一幅幅“油画”。

艳丽又纯洁的小城，又有多少人来此想留住青春的激情、浪漫的爱情，或许就是这无暇的洁白，象征那份爱情，一对又一对来到崖边栏杆前，锁住心里浓浓的那一份情那一份爱的永恒。

我来到圣岛，假如有什么遗憾，或许就是没有看到落日飞霞，却在忽晴忽阴还有细雨里的小镇，感受到另一种情趣。

闭上眼睛，深深地吸着清新空气，听檐口雨丝滴答，闻到了江南家乡的味道。

残垣之述说

有一次与朋友闲聊，聊到旅行中的感悟，他说：“不知怎么的，我钟爱文明积淀丰富的地方，背后有故事。”停了一下，继续说：“到这些地方，心感觉酸酸的，五味杂陈。”“是不是看到残垣断壁，感觉悲凉，看到残垣上的精彩故事，却又欣喜？”“真是这种难以言表的内心触动。”“我曾去过希腊，踏进雅典卫城，不论山门、帕特农神庙、伊瑞克提农神庙、雅典娜神庙……残垣好似在述说2500多年的那些崇拜、神教、政治。”“而我感觉，去这些地方做一点功课，那么残垣故事就更传神。”“希腊文明像一颗流星，慢慢划过爱琴海的上空，雅典卫城是它最耀眼的一瞬，在希腊波斯战争毁于一旦，渐渐隐入历史夜幕。”聊得热络，我这才定下目的地希腊。

眼下来希腊已一周多，漫游在爱琴海的罗德岛、米克诺斯岛、圣托里尼岛，心情闲逸。想到要回雅典，膜拜雅典卫城，心里默默期待。

走进那座山门，脚步变得小心翼翼，透过残垣断壁，似乎看到了昔日的辉煌。轻轻拾级而上，不想惊扰沉睡几千年的众神。

眼前的一切，恍惚间让我想起圆明园那一点点残垣，百年多的岁月，孤零零的，仅存几个残柱。

卫城曾经的城墙不知什么时候已经塌陷，绕过前门的右侧，抬头是雅典娜胜利女神庙，传说雅典娜战胜海神波塞冬后，市民竟为胜利永驻，砍下了雅典娜的双翼，让她守护着这座城市。

假如雅典娜铜像仍然矗立在高耸的石台上，是何等威风凛凛。铜像、山门、神庙有致布局，孤寂的多利亚式、爱奥利式的众柱，传递着崇高、威严、敬畏的信息，当你爬上坡阶，能感受到巧妙的建筑布局及其所蕴含的思想。

岁月里，大理石地面磨去了轮廓，坑洼间满满的沧桑，原有的精彩浮雕，被一拨一拨的“强盗”掠夺，墙上、柱上留下了人们叹息时的“眼泪”。

穿过山门，满地乱石嶙峋，怀着复杂心情注视着曾经的搏击留下的满地斑驳。巨石上，那些文字、那些残雕述说着伊克蒂诺斯等描绘的希腊神话，宙斯、雅典娜、波塞冬、维纳斯……

这些人物渗透进哪些场景，战马嘶吼、海浪翻腾、众神搏击……可惜只是一些残痕，却也透出对美的追求、对生命理性的思索。

放眼右侧是灿烂的帕特农神庙，粗硕的立柱，似乎昂着斯巴达人不屈的头颅，菲亚达斯充满理性思索的浮雕不无遗憾地“迷失”在岁月里，多利安式柱的精美是那么传神，似乎在宣示它的精神。

北侧的伊瑞克提翁神庙（Erechtheion），吸引人眼球的是六尊亭亭玉立的女像柱（复制品），细腻的雕刻充满着灵魂，守护着这座神庙。

阳光透过迤逦的白云，轻风吹过满地的残垣，依稀看见昔日的辉煌，虽有萧瑟凄凉之感，但让人有不舍的眷恋。是否可用“独留残垣笑西风”来形容眼前的卫城？

残垣里去找寻阿尔忒弥斯神庙（Artemis Brauronia）、埃雷赫修神庙（Erechtheun Temple），只留下点点印迹，消失在往日烟尘里，莫名给人太多的遐思。

当晚霞飞满雅典卫城，簇拥着卫城的橄榄树随风轻轻摇曳，硕果挂满枝头。而披满霞光的老城，依旧阑珊。

希腊

2018 年 2 月 16 日至 20 日

游历南欧

苏黎世的傍晚

从上海直飞苏黎世，飞机慢慢地下降，远处已见白雪皑皑的阿尔卑斯山峦，俯视，见葱郁的一派田园牧歌景象，森林间蜿蜒的羊肠小道，坡地上红顶白墙的院落有致地散落，坡地上、森林里、村落间，方格田地仍然绿茵茵一片，不时见有牛羊二三。

机场到苏黎世老城不远，车窗上留着一条缝，透进清新的空气，白云似乎不高，荡在天空，不时有条缝让蓝天露出笑脸，让那温煦的光线洒向大地。

苏黎世沿着湖岸展开，夕阳西下，变得静谧。高耸的双塔教堂与圣母教堂遥遥相望，锁定时空间的过往。湖中停泊着各种游艇，或许刚才还游弋在湖上，此刻静静地躺在山水之间，落下的船帆轻摆着，与我们打着招呼。

虽然轻风有点儿凉飕飕的，那长椅上仍有人依偎，守着慢慢落下的夕阳，看着渐浓的幕色阑珊。

不知道当初小住的爱因斯坦、沃尔弗同·波里是否沿着这条小路散步，也不知后来又拐进哪条小巷。更不知乔伊斯是从哪里获得灵感，写就了名著《尤利西斯》。

我刚到，也喜欢上夜幕下迷离的苏黎世。

醉在山水间

穿越瑞士，感受这山这水这城这

乡里坊间，是此行的目的。离开苏黎世，沿高速前往莱茵瀑布，越发惊叹自然之美，激起内心对自然的膜拜。山峦、丘陵、农庄、田园、森林……深秋的森林不时披上彩衣，在山头、涧坡、屋边、垄上，铺展着秋意语味，让人不忍惊扰；田园总是田垄相间，整整齐齐似乎经过打理的花园，偶尔有一两株杨树挺立在那个角落；坡地上、湖溪边，红顶的砖木房舍，有致坐落，还有窗台上、围栏边、转角旁，那一盆盆鲜花美得醉人；那蜿蜒的道路伸展，那条条溪河激荡，那一展平湖秋月，那或走或卧的奶牛，全都融入此间山水。

奔腾的莱茵河纵横瑞德大地，而莱茵瀑布则是它上游的奇观。群山间湍急的溪水汇集，流向纽豪森，却被两块耸立的巨石劈开，纵然泻下，拐弯流向远方。城堡伴居山侧，观瀑布奔腾，听瀑布怒吼，看河水静静逝去；不必去询问堡垒的过往，静静地闲坐一会儿，喝一杯咖啡，观瀑布、天鹅、游弋的鱼群……别有一番情趣在心头。

沿着山水桃源，你能看到垂钓翁、清澈河水中的翔鱼，也能看到洁净的村舍。车畅行在秀美的山间，天空越发透亮，远处云端露出少女峰的秀容。山底下托恩湖洁净平展的湖水，微风波光韵影，水在光影间变换着色彩，湖边山峦坡地的小镇倒映在此间山水里，试问：是人间，还是天堂？

驻足在阿尔卑斯山脚下的因特拉肯小镇，图恩湖、布里恩茨湖像两颗明珠镶嵌在镇的左右，一条弯弯曲曲的河流穿过小镇，倒映着那山峦、那街景；红红的、金黄的，还有苍翠的树林，与各色小花，相伴着那教堂、那旅店，还有那些人家；那天空中飞翔的滑翔伞，那咖啡吧外散坐的旅友，还有想留住美景的行者，给小镇增添了舞动的音符……而马路边静静的马车，仿佛还原小镇的从前。

到这里来，是想搭乘高山列车，前往冰封的少女峰，目睹她的冷秀容颜。薄雾间搭上前往的列车，车窗外，那坡谷间的村舍、浅秋的艳丽、葱茵的草地、淡淡飘荡的薄雾……迷倒过往的来客。

过了 Grinde Lwald 又到 Kleine Scheideaa，再换乘齿轮式火车，继续前往少女峰。海拔越来越高，茂密的森林被低矮的灌木代替，又慢慢地只留下零星的小草在寒风中摇曳。风一阵紧吹，不远处已是白雪皑皑，火车也钻进山脊，驻足换乘站台，偌大的玻璃窗收纳着众山的冷艳，心也随着窗外萧瑟、冷峻的山峦在云雾间激荡，突突地跳动，一次次按下快门，留住每个瞬间。

车没停稳，禁不住跳下火车，全然不顾高原的不适，顶着冰冷刺骨的寒风，附身贴紧阿雷奇冰川，那洁白的雪、绕着山峦上洁白的云、冷艳的冰川……此间换转的景色，让人动之心魄。

我喜欢此间的洁白，是那么无暇，轻轻地抚摸巍巍的少女峰。

再一次回头看一眼山峦，挥挥手暂别，心中却永记着因特拉肯的短暂留驻，醉倒在此间山水。

拜伦的呐喊

莱芒湖边的西庸城堡（石墉城堡），近千年依然矗立在阿尔卑斯山麓的南北通道。不论是萨瓦时期、伯尼尔时期，还是沃洲时期，一切的一切已湮灭在时空之中，定格在特定的那个年代。

或许很多人专程来此地，是读到了《西庸的囚徒》里的激昂诗句，想到了拜伦，来此寻找他刻在石柱上的“Byron”。

天是灰蒙蒙的，有点儿沉闷。1816年，拜伦离开让他辉煌又沉沦的英国，游走在瑞士、法国还有威尼斯，不知他如何被关进西庸城堡，写就了《西庸的囚徒》。

沿着这个线索，走过城堡外的木桥，抚摸着重重的城门，走过已经锃亮的青石内院及石阶，慢慢地走下曾经是地牢的地窖。石墙高高地从湖中垒起，开着小小的窗，要说它是窗，或许称它为透气的孔更为贴切，只是一个稍大一点的孔，安着粗粗的铁栅，透过铁栅是灰蒙蒙的莱蒙湖。石屋由高耸的高柱托起，内侧是凹凸的岩石，一间间被分割，配上矮矮的铁栅门，石壁上、石柱上刻着一个个名字，“Bryon”是在高高的石柱上。

或许当初的拜伦每天攀着铁窗望着风浪汹涌的湖面，想着窗外世事纷扰；或许听到石屋绞架上囚徒惨烈的嘶鸣，或许看到囚室内囚徒受的悲惨折磨，或许还会聆听囚徒的曾经经历。拜伦发出了《西庸的囚徒》的呐喊：“我的头发已灰白，不是因为年迈，也不像有些人那样骤感忧惶，一夜之间变得白发斑斑；我的肢体已佝偻，但不是因劳累，漫无尽头的歇息耗尽了活力，是地牢的囚居把他摧毁……”

那是激昂的呐喊，定格在石柱上，回荡在悠悠的时空之间。拾级回转，看萨瓦、伯尼尔、沃洲时代的印记，那大厅、卧室、客厅、巡廊，还有那些旧物，西庸城堡虽然只是一个城堡，却如一本翻卷的历史书。

我来了又走了，记住了一点儿西庸的事里事外，远远地别了城堡。

让世界少一些纷扰

莱芒湖（日内瓦湖）畔的洛桑、日内瓦，再匆忙，也不会错过。你喜欢运动吗？奥林匹克总部在洛桑；你关注和平吗？肯定知道《日内瓦公约》。超过200个国际重要机构设于洛桑、日内瓦这两座城市，它们承担着何等重要的角色。当世界发生一些重大事件，全球的目光会聚焦在这里。

翻开洛桑、日内瓦的厚重历史，起伏蜿蜒的曲巷，石头早已被岁月磨得锃亮，沿着历史的脉络，走向洛桑的老城，落叶纷纷飘荡，有点儿萧然、有点儿落寞，不多的行人匆匆。通往洛桑圣母大教堂带屋顶的台阶旁，飘来阵阵咖啡的香气，游客和居民围坐在 Le Barbare 小屋，轻轻耳语。简洁挺拔的洛桑圣母大教堂就在山坡上，仔细观赏它内外的那种质朴，无疑刻上“新教”的烙印。

透过小巷的尽头，丝一般的云彩荡过莱芒湖，点点白帆、掠过的快艇与远处的山峦、红顶白墙的老屋，构成一幅典雅的油画。你看，有一对恋人，沿着这条小巷，慢慢地走向湖边，噢，他们是画中人。

老城、湖面，如此美妙的景色，不由想起尼采的一句话：“没有可怕的深度，就没有美丽的水面。”

帕吕广场（Place de la Palud）的正义女神雕塑，与欧洲的众多雕塑有太大的差异，大胆的色彩让人感觉颇有灵气。当你驻足，听到喷泉后的音乐，若再见那绕行的木偶，就明白城市的雅趣。

到洛桑就会去看一看那个五环，它体现了友谊、团结、拼搏的那份精神，诠释了奥林匹克的灵魂。

同在莱芒湖畔的日内瓦，让我最喜欢的是城市的湖边，那份幽、那份静。

冬季的莱芒湖与江南水乡相比，依旧能感受“春”的气息，鲜花、绿树、青草，到处有着活力。慢慢地走向湖边绿地，湖面伸向远方天际，莫非远远的那个角，是我来时的洛桑？

走上长长的栈桥上，日内瓦大喷泉一柱冲天的雨雾，阳光下，透着飞虹，那气势象征着雄伟的力量，或许是世界人民期盼的团结力量。轻轻地拂去那雨雾，那份清凉让人久久驻足，感受此间的那份祥和。

沿着湖边漫游，穿过英国花园（Jardin Anglais），驻足在那只花钟旁，五色的娇艳，移动的时针，提醒人们珍惜美好的时光，让世界更安宁。

我急匆匆地参观万国宫，两排微风轻拂的国旗，一、二、三……多面不同国家的旗帜，提醒人们世界是一个整体。

不知有多少人停留在那把断腿的椅子雕塑旁，那么高、那么大，红红的颜色。

我知道有点儿夸张，却也知道，世界并不太平。不知怎么的，脑海里闪现出卢梭的一句话："自然界中很少有不平等的现象，当今流行的不平等现象是人类在求生存和进步的过程中，人为逐渐衍生成的。"是吗？我随着自己的思绪，慢慢地走向 Grand Rue 40 号。

阿纳西（ANNCY）

曲岸边，挂满灿烂的花，随风轻轻地摇摆着，映在清澈的湖面。远处的阿尔卑斯山峦，白云轻绕，像轻轻的纱巾，想掩藏它的秀容。山坡上红瓦的村舍忽隐忽现，不时躲进纱幕中，让我好想掀起它的盖头。

湖岸上，高耸的松树旁，曾经的守护者担起了阿纳西的期待。你看那阿纳西湖边停泊

着条条帆船，它们将载着你驶向期待的那个明天。

但昨天的昨天，已刻在城市的斑驳间，已被鲜花簇拥。那一拨一拨来自四面八方的过客，驻足聆听着曾经的故事。

湖面上、河汊间，那悠然的白天鹅跳起优美的舞蹈，好似跟你说着此地的山水桃源；对对鸳鸯相互追逐着，放飞着它们的生活，一会儿又躲进了拐角的汊河。沿着那条从湖中流进老城的河流，我慢慢地与你接近，慢慢地闻到了你的气息，河栏上的鲜花一茬又一茬，随着岁月更迭，书写着曾经，只有那绕着窗栏的老藤，刻上时空的痕迹。

红的、黄的、咖啡色的……毗邻的建筑相偎着几十年甚至几百年，斑驳的门窗上、老墙面、檐角边，细细地寻觅，到处是岁月的流痕。碎石路面早已变得锃亮，仔细听，从弄间传来“滴滴答答”的脚步声忽近忽远，不知消失在哪条巷间。“吱呀”窗响，猛然间一小姑娘笑呵呵地换转着窗栏上的鲜花，或许想给过客一个惊喜。

路过一户户人家，门外的桌椅上，已不知坐过多少过客。拐过一个转角，小桥跨过溪流，桥侧廊房飘出浓浓的咖啡香、面包香，穿着洁白服装的跑堂，提着壶来回走动，笑呵呵地与牵狗的熟客打着招呼……穿过一个拱门，小小的广场，有一个不大的雕像，或许就是当初的“村长”。

远远地听到教堂里传来的钟声悠悠，巷里弄间寂静悄悄，好似只有树枝轻摆、鲜花轻摇。我坐在转角的咖啡店，闻着浓浓的奶香，转眼从鲜花的缝隙间远眺，那毗连的老房、伸展的河栏鲜花、倒影间的斑斓，还有远处蔚蓝的湖面、点点的白帆，还有白云环绕的山峦……

高悬的石头村寨（GORDES）

计划要到法国南部，想到的是普罗旺斯，联想起紫色薰衣草的原野、葡萄庄园，还有塞农克修道院、石头小镇——勾禾德，心情甚悦。

有朋友问我：为什么要去勾禾德？那里有什么？其实我真的说不清，只知道彼得·梅尔曾在此居住，《山居岁月》就在此完成，或许正因为说不清，就来到了勾禾德。

当绕过山地曲径，一座梯次的石头城展现在眼前，就会让人产生联想，当初是谁建的？又为了什么？

据说当初是为躲避战乱而建，而现在或许更多的过客是因为“我是一个匆忙的都市人，享受着繁华，失去了健康与宁静，我哈欠连天，没有胃口，脾气暴躁，没精打采，还有轻微的妄想症。突然间，我想逃，远离这一切……我找到了普罗旺斯，在这里静静地度过了一年，我是幸运的，在别的地方，或许只是一个观光客。但在这里，我感到悠然自得，无怨无悔，喜悦满怀……”（《山居岁月》），在这里，可以寻找一份这样的感觉与情趣。

我悠闲地游走在窄巷小弄，石板咯噔直响，反而显得这里出奇地静。高高的石墙托起错落的房舍，拱门有时与内院相连，有时厚实的木门临着窄巷，又有时高耸的石头围墙内，伸出粗壮的树丫，仰头而望，有的窗台上还挂着鲜花。

我悠闲地继续游走，想寻找当初梅尔暂住的小楼。沿石阶而下，转了一个弯，高耸的大树下有一张椅子，远眺的是普罗旺斯秀丽的沃野，或许梅尔暂住时经常小憩在此。我走过去，静静地坐着，远眺广袤的原野。

穿过岩石上刻出的小径，尽头有些废垣残壁，周边爬满了藤蔓，略显沧桑；又爬上一条小弄，回转而望，坡下红瓦石墙的院落，绿树鲜花相间，透出鲜活的情趣。沿着高高的石壁，转角处有一排廊房，还有放马料的石槽，但已空空如也。

静静的小径曲折迂回，有点儿像迷宫，转角的门边站着抽烟的男子，脚边还放着一台手风琴，笑眯眯地与我打着招呼。拐过墙角有一片小店，挂着各种明信片、薰衣草香袋，店主却慵懒地靠在里面的长桌上。

穿过拱门，是一片小小的广场，战士铜像矗立在中央，听说是纪念参加一战的士兵。

临近中午，广场的临时市场已开始收摊，空气中弥漫着香草的味道，慢慢地整个石头小寨复归平静。窄窄的小巷偶尔有人咯噔咯噔地走过。穿过小巷的尽头，是静秀的普罗旺斯。

听一首民谣（AVIGNON）

“在阿维尼翁桥上，人们跳舞，在阿维尼翁桥上，人们围成圆圈跳舞……”（《在阿维尼翁桥上》）

听着这首民谣，想起圣贝内泽断桥的故事。传说公元 12 世纪的某天，15 岁的牧羊少年圣贝内泽受神灵的启示，决定在罗纳河上建一座桥。他独自一人把一块十几个人才能搬动的巨石移到河边，确定了建桥的位置。在他的带领下，众人合力，用 10 年多建成阿维尼翁桥，可惜的是 1688 年特大洪水，仅存残缺的断桥。

沿着罗纳河前行，风却异常地大，一不小心就吹走了帽子。河边金色秋叶随风飘落，沙沙作响，掩盖了行走者的耳语：“看那断桥，虽仅存几孔，造型非常优美。”“桥孔、桥墩、桥台是中世纪的杰作。”“它与教皇宫形成了完美的整体。”

再说隆河边的教皇宫，曾经的辉煌让天主教徒膜拜为罗马的教廷。公元 1309 年到 1377 年，共有 7 任教皇居住在此。那时罗马教廷纷争，教皇受到威胁，教皇克雷芒五世得到法国腓力四世支持迁都阿维尼翁，从此肃穆的罗马建筑矗立在高高的台地上，俯瞰整个老城。阿维尼翁老城墙伴随着教皇的到来而建，而今高高的城墙、绵绵的城垛、挺拔的城楼依然完整地守护着老城的一草一木。走近，你会发现历经风雨，石墙转角变得浑圆，渗出淡黑的浆液。轻轻地抚摸那墙面，感觉有点儿凹凸，或许这就是它的年轮。

已不知道漫漫几百年，城墙到底抵御了多少外侵，只有高耸粗壮的杨树迎风作响，想告诉我时空里的旧事。穿过城门，拐过窄窄的几条小巷，慢慢地传来阵阵管弦乐声，还来不及寻找，眼前豁然开朗。米黄色的石墙、厚重的拱门，还有塔顶上熠熠生辉的圣母金像，噢，这就是有“小梵蒂冈”之称的教皇宫。

看到那些斑驳，凝重的心情定格在院落房舍，那墙面上原来的油画已成残片，门廓拱门上的浮雕也已残缺不全，顶上局部的绘画模糊不清……到处是湮灭的信息。只有那长眠于此的几代教皇，见证了这几百年的变迁。

走在阿维尼翁的老城，巷弄间的石板地已经光亮，窄巷两侧是厚重的民居，却已注入浓浓的现代生活气息，身边是匆匆回家的人们，走出小巷，偶见小广场的葱郁树下，已有散坐的闲客，闻着飘来的阵阵咖啡香气，寻找一方小桌，翻着菜单。

夕阳慢慢西下，飞霞披上宫殿，品着香香的烤肉，听着回荡于广场的《在阿维尼翁桥上》。

筑巢在孤岩上的小村（EZE）

没有沐浴着地中海的暖暖阳光，却经历了阵阵狂风夹杂雨丝的吹打。或许这就是对掀开 EZE 面纱的考验。EZE 小村建在兀立的陡岩上，建于公元 550 年，俗称鹰巢村，听说是法国最美丽的村庄，冲这一点，就让我心动。

我登上唯一的通道，陡崖上有一拱门，连着残垣的城墙，一侧岩石上有一个径对山道的小孔，据说是当初守卫的瞭望孔，也是射击孔。设计之巧妙可谓“一夫当关，万夫莫开”。沿着“尼采小道”拾级而上，石砌的陡墙沿山势而筑，户门或紧贴小径，或挨平台，或在转个弯处窄窄的空地，房屋相互毗连，让初来的过客很难分清。

窄巷从小径分叉，忽上忽下，曲折迂回，转角大多有石拱门，但不知当初是否还有院门，而今都挂满了老藤，鲜花依旧那么鲜艳。户门口、石栏上，圆形的花瓶、小瓮的花缸长着各种花草，在劲风间“啪啪”作响，似乎与我打着招呼。许多斑驳老墙上爬满了“爬山虎”，一片苍绿，唯独窄门处通红一片。

不多的转角台地上，长着粗硕的树木，假如在炎炎烈日下，定能撑起一片荫凉。登上一座小楼，推窗而望，烟雾紧锁海面，云雾翻滚。又进一个小院，门临小径，室内整洁，推窗临海，宽展的平台还可纳凉，与邻居闲谈，真是“躲进小楼成一统，管它春夏与秋冬”，可谓“窝逸”也。

不知当初尼采在这条小道上走过多少来回，也不知道在哪个平台眺望蔚蓝的地中海，更不知道是什么经历触动了他的灵感，写下了《查拉图特拉如是说》。我走了一圈，似乎

感觉少了什么，又走了一遍，似乎还有角落遗落，匆匆间偶有行人擦肩而过，却总是礼让有加。

EZE 小村筑在陡崖之上，虽小却异常迷人，险峻的山势让人远离那份喧嚣，享得一份宁静。闭上眼睛想着：假如地中海阳光明媚……

只为传说的凄美故事（VERONA）

莎士比亚名著《罗密欧与朱丽叶》的凄美故事，不知让多少人为之动情。听说故事发生地在维罗纳，禁不住要去看看那个院落、那个阳台。

走进砖红色的古城墙，圆弧形布满沧桑的古罗马竞技场里，依稀传出悠悠的音乐声，忽近忽远，时而激昂时而低沉，回荡在淡淡雨雾下。你看，一对情侣手牵着手，拥吻在拱门的转角。轻轻地走过，别去打扰。

环绕着竞技场的是一片花园，一条条窄巷通向四面八方，或许千年来，那马车、牛车还有时空里的过客，让地面上的石钉磨掉棱角，让窄巷里的大理石变得锃亮，丝雨下映着匆匆行人。你看，一对手牵手的情侣，消失在那个花园，步履是那么轻盈。

花园背枪的英俊少年，微笑里透着激昂；芳草广场那慈祥的圣母，微笑里透着安宁；那几条窄巷转角处相互依偎的铜雕，讲述着过往的温馨。你看，长椅上雨伞下，那一对情侣在语依厮磨。

窄巷里的石墙上挂满岁月印迹，阳台上却依旧鲜花簇拥，迎风摇曳，似乎与行人打着招呼；那一个个橱窗更迭了太多的旧物新货，让行人驻足，热情的店主不知疲倦地笑容满脸；那一拨拨南来北往的旅人，行色匆匆，谈笑风生。你看，那一对对情侣手牵着手，行色也是匆匆，不知是否也在寻找那个传说。

听着阿迪杰河的水声，眼前，风雨

间落下满地秋叶，穿过热闹的芳草广场，人流停留在那个院落。走进小院，朱丽叶多姿的铜像矗立在满墙青葱的爬山虎前，面容深沉又略带忧伤。她仰望着那个阳台，似乎向人们述说着她与罗密欧的故事。此时，绿叶尖挂满雨滴，空气里弥漫着一片哀伤，或许这是对凄美故事的深深同情。

门廓里满墙的五彩签名，只见一对对情侣手牵手，还在寻找那一点点空白，写下他们的名字，传说因为这样，爱情就会更加美满。

威尼斯的桥

或许来自江南水乡的缘故，我对桥有着浓浓的情结。

江南小城的街临着河，桥跨着河，沿河筑粉墙黛瓦的小房，推开窗能见到那桥、那些飘来荡去的小船，或许还能听到吱吱呀呀的摇橹声。

而威尼斯的桥有着与中国江南小城相似的形制，一座座桥在石头房、石头街之间，有着别样情调。

到水网如织的威尼斯，坐“贡多拉”去游走，着实比小巷里去认识它来得直接。贡多拉是轻盈纤细、造形别致的尖舟，在窄窄水道里穿行，旅人轻轻地撩着水花，与挤过的小船打打“招呼”；再看着窗台上摆满鲜花的石头房子、“一线天”的流云、推开窗户微笑的老人，惬意间有太多的情调。

船夫轻快地驾着小舟，身旁掠过五彩的房子，似从水中生长出来一样，有的在外墙上，有的在窗台边，有的就在墙角上挂着鲜花、长着绿绿的藤蔓，不知看哪边的风景才好。驶过五彩的小桥，只见两个老人依偎着桥栏，不知在说着什么，脸上挂着微笑。

不知当初的徐志摩在哪个位置看到的“叹息桥”，而我从窄窄的水道中仰望那桥中小小的窗户，一张粉嫩少女的脸探出窗口，挥手打着招呼。擦过停泊的小船，一对激吻的情侣倾泻着满满的柔情。那不是利亚德桥吗？左边右边

的贡多拉缓缓地驶过，游人轻声耳语，指指点点着近的远的景色。桥上闪了一下光，莫非是威尼斯精湛的玻璃工艺品，而窗框间晃动的是那一个个狂欢节的面具。看，那台阶上，走下戴着礼帽夹着皮包的不就是“威尼斯商人”吗？

拐过一个弯，又穿过一座桥，天空挂满了彩霞，洒向刻着历史年轮的街道、坊间，还有波光粼粼的河面。贡多拉慢慢地游荡，放眼而望，桥上有匆匆的行人、驻足的旅客，不知他们想去往哪里。

河面开阔起来，最后一抹霞光染红了圣马可教堂，街道上、桥栏上、建筑边晃动着霓虹，三三两两的游客散坐在小店旁，轻轻地交流，享受着威尼斯的活色生香。

你看，威尼斯桥上的霓虹，那迷离的倒影，闪烁于静静的河面。又惊喜地发现，穿过桥孔的贡多拉也披上那片霓虹，旅人还戴着五彩的面具。

翡冷翠的光与影

到翡冷翠，是晴天的周日。从威尼斯穿过托斯卡纳山区来到这里，山区的天忽雾忽晴，风不算太急，还带有点儿温顺的草木幽香，白云低低地摩挲着稍许有点儿秋色的山峦，空气却是清新温和，在这么一个蓝天下，心情确实不错。

来佛罗伦萨肯定是会到比萨，儿时上物理课，老师介绍伽利略验证自由落体运动，就是在这个斜塔。穿过奇迹广场的城墙，行人摩肩接踵，在这个氛围里，你不需踌躇你的衣饰。洗礼堂、教堂、钟楼（在这里就是斜塔）四周绿草茵茵，假如能支一把伞，再来一壶咖啡，闭上眼睛晒晒太阳，是不是很惬意？如果再来一个梦，是不是还能梦见自己登塔，盯着物体的自由下落？

步道间，有人指指点点、叽叽喳喳，有人摆着 Pose 手扶比萨斜塔拍照，而我则想，比萨这塔还是斜着，才有絮绕的情结，这点可能连波那诺·皮萨诺都没有想到。

在这个光与影鲜明的日子，或许真的能勾起对翡冷翠过往中点点往事的回忆，而今只能去驻足，在城市的细微处，品出点点文化的味道。刚拐过转角，几个调皮的小孩，嬉闹着跑向对面阴影下的窄巷，踩滑板的小孩回头望时，差一点儿碰到墙角，让我惊出一身冷汗，他却一个漂亮的点地，在我的视野里消失。

圣母百花大教堂在阳光下熠熠生辉，三色镶嵌的大理石有序地组合，与稳重的铜门浮雕、立面上雕塑，构成完整的乐章，那个穹隆顶则是完美乐章的休止符。慢慢地仰着头，默默地欣赏着布鲁内莱斯基的作品，内心升腾起对大师的膜拜。在高墙的阴影下，穿着教袍的信徒扛着一顶花轿，口中念颂着经文，与列队手持蜡烛的女信徒，和着节奏，起起落落前行，或许是一种隆重的宗教仪式。

光影间又拐过一个小巷，是领主广场。广场上，挤满游走的人，却又不停地驻足。“噢，大卫，大卫！”不知谁在惊呼，那是久梦的雕塑。是的，真的是米开朗其罗的旷世之作。仰起头左看右看，走近再看，健硕伟岸的男子，怪不得让多少人“痴迷”。左侧是阿曼纳蒂的“海神”雕塑栩栩如生，再左边是詹波隆那的科西莫一世的骑马铜雕威风凛凛，右侧是佣兵凉廊，有“狮子”“强掳萨宾妇女”……件件作品莫不让人惊叹细腻、传神、灵动，似乎能听到它们的诉说。

又走了圣十字教堂，又去了阿尔诺河上的佛罗伦萨老桥，墙面上的斑驳，掩不去曾经的辉煌，更掩饰不住它们诉说的故事。

夜色下，光影间，那街巷、那教堂、那座桥，还有镶嵌在城市间的雕塑更加迷离。

朝圣圣·彼得教堂

去过不少国家，确实也走进过不少的教堂，也听过信徒的诵经，到现在仍然不知道所云。慢慢地翻翻《圣经》，看看一个个故事，慢慢地又知之一二。

有几次在国外，恰逢周末，漫步在幽静的街巷，偶尔随人们走进教堂，大堂内弥漫着悠悠的音乐，人群轻轻地吟颂，是那么虔诚，此时，我的内心也宁静许多。

梵蒂冈的圣·彼得大教堂是天主教视为最神圣的地方。曾去过科隆大教堂，高耸的哥特式塔楼让我惊叹；去过米兰大教堂，周围的浮雕让我迷醉；去过圣母百花大教堂，彩色大理石的巨大穹隆让我叹服。以朝圣的心态来到圣·彼得大教堂。

走进贝尔尼尼设计的圣·彼得广场，感受到一种肃穆与庄严。不得不说说圣·彼得（Petrus）。圣·彼得是耶稣十二门徒之一，原是个渔夫，后经他哥介绍结识耶稣基督，拜于门下。在耶稣基督升天五旬节降下圣灵后，广传福音。后被罗马皇帝尼禄迫害，在罗马殉道而死，死前彼得自己要求倒钉十字架。

圣·彼得大教堂最初是由君士坦丁大帝在圣·彼得的墓地上修建的，称老圣·彼得大教堂，于公元333年落成，呈巴西利卡风格。1503年犹利二世决定重建圣·彼得大教堂，修建长达120年，先后由意大利最优秀的建筑师主持设计施工，首任总监多纳托·伯拉孟特，1514年拉斐尔被委任了总监的职位，1538年为小安东尼奥·达·桑加罗，1547年则是米开朗基罗。1626年11月18日正式宣告落成。听听这些耳熟的大师名字，你是否就有一种强烈的冲动去触摸、去欣赏、去膜拜？

我确实不知贝尔尼尼设计圣·彼得广场的创意与构思，但

当我置身于宽广的广场中间，感受到巨大的半围合式柱廊似圣·彼得张开的博大胸怀，拥抱着天下子民，而围廊上栩栩如生的 142 个教会史上有名的圣男圣女的雕像，神采各异，以各种姿态予朝圣信徒祈祷。

广场上，高高的方尖碑巍然耸立，据说见证了圣·彼得遇难的场景。而对称布局着一对喷泉，传说蕴意是母亲的慈爱。

一切的一切诠释着“普世”的思想，慢慢地感受到广场是在烘托中心的圣·彼得大教堂。按捺不住想膜拜圣·彼得大教堂内部的大师力作，随着人流拾级而上。映入眼帘的是两座巨大的雕塑，左侧是圣·彼得，右侧是保罗，不知怎么缺少了雅各。

进入大殿，教堂内部装饰华丽，华丽到令人惶恐不安，令人窒息。仰望米开朗基罗的杰作大拱形屋顶，只见一束阳光从圆穹照进殿堂，给肃穆、幽暗的教堂增添了一种神秘的色彩。

大殿内有很多巨大的雕像和浮雕。大殿的左右两边是一个接一个的小殿堂，每个小殿内都装饰着壁画、浮雕和雕像。大门右侧就是最著名的米开朗基罗的圣母哀痛雕像，据说在那个飘带上有米开朗基罗唯一的亲笔签名，好多人在找，似乎有点儿模糊。

流连在大殿小厅，光彩的雕塑、绘画迷住了我的眼睛，慢慢地欣赏。或许太多作品主题过于严肃，我更喜欢那一个个灵动的小天使。一次又一次驻足在一座又一座雕塑跟前，纹饰是那么细腻，人物的衣服似乎随风在飘荡，肌肤富有弹性，表情是那么传神，手势在传递着特定的蕴意，一切的一切似乎勃发着生命的灵魂，讲述着一层又一层故事。

一幅又一幅油画，主题是那么的鲜明，《圣经》故事在这里演绎，假如你

看着画，又知道那个故事，那么就会融入情节之间。

远远地看着那个贝尔尼尼设计的青铜华盖，四根螺旋形铜柱纹饰是那么精美，99盏长明灯的灯光闪动，让整个华盖似乎有了生机。

再看圣·彼得镀金的青铜宝座。宝座上方是光芒四射的荣耀龛及象牙饰物的木椅，椅背上有两个小天使，手持开启天国的钥匙和教皇三重冠。

一会儿抬头而望，一会儿驻足而观，感受着一次强烈的文化盛宴。有人会说是精彩，有人会说是耐看，有人会说真的太灵动，而我感觉有点儿无法用语言表达。

不舍地离开大殿，转过去再作一回望，再与神情自若、面带微笑，右手握着两把耶稣送给他的通向天堂的金钥匙，左手拿着一卷耶稣给他的圣书的圣·彼得雕像挥挥手。别了，别了圣·彼得大教堂，有机会一定再来梵蒂冈。

膜拜罗马

罗马是建筑师仰慕的圣地，只要是有一点儿理想的建筑人，不管在何地，总会想去一次罗马。在去罗马的路上，还有一个小小的插曲，竟然还有人不知道罗马是意大利的首都。哈哈！其实这也不重要，因为“条条大路通罗马”“罗马不是一天建成的”这些话耳熟能详，或许在每个人的心里，“罗马”就是“罗马”。

曾经在心里不止一次地梦游罗马，什么“大角斗场”“君士坦丁凯旋门”“卡拉卡拉浴场”，当然还有“威尼斯广场”“罗马广场”“西班牙广场”，对，还有“西班牙广场”上，赫本与派克主演的《罗马假日》里的那个台阶，太多了，或许让我梦萦。

游意大利有很多线路，而此次我选择从北部米兰、维罗纳、威尼斯、佛罗伦萨再到罗马，随车慢慢而行，先闻闻这个古文明国家的气息，领略一下此间的山山水水，最后停留在仰慕的古都“罗马”，似乎像音乐的篇章一样达到高潮。

从梵蒂冈出来，我已按捺不住喜悦的心情，想触摸一下厚重历史积淀的“罗马”，先去哪里后到哪里，似乎有点儿纠结，到了才感觉计划停留的时间太短。

既然赫本主演的《罗马假日》里，公主游历欧洲各国都城后感叹道：“罗马，当然是罗马！”那么就先去“西班牙广场”。

穿过曲里拐弯的巷弄，转眼有一个挤满人的台阶，大都静静地坐着、靠着，莫非就是在寻找赫本的那个感觉，是一种“明快的、悠闲的”惬意。登上圣三一教堂平台，整个广场尽收眼底。贝尔尼尼父亲设计的“小舟的喷泉”旁，一群人簇拥着那片小舟，是不是在聆听“特韦雷河的一次决堤，一只小舟是如何被搁在此地的”？

罗马其实是一座迷宫，小巷串着小街，窄弄小得只能看到“一线”蓝天，忽明忽暗的墙面似乎总挂着历史的印迹，一间间小店透着的灯光却是暖暖的，让人不时停下脚步，什么罗马的冰箱贴、小皮件，还有叮咚的风铃，我也会挑上几件。

拐了几个弯，好似没有了方向，小小的广场上又簇拥着

东张西望的人群，又听见哗哗的水声，噢，原来建筑的山墙就是著名的“许愿泉”。巴洛克的最后一个作品，让我先膜拜一下。据说“许愿泉”是为纪念一个年轻女孩而建，她的名字叫Trivia。在罗马帝国混战年代，一群口渴难耐的士兵快要倒下的时候，碰到了Trivia，询问怎么能够找到水源。她看到为国而战的士兵的样子，非常难过，告诉他们只要在此地挖下去就会找到。挖了不一会儿泉就喷涌而出，士兵转而寻找Trivia，却已不知去向。

听着水声，仔细观察海神群雕，奔腾的骏马、栩栩如生的人物——海神俄刻阿洛斯、大海信使特里同，莫非那年轻的女孩就是Trivia？学着赫本当年的样子，背过身抛一个硬币。

你说哪里都不能错过，特别是曾在血腥的罗马战争片中那个折磨奴隶的“大角斗场”，我却觉得这仅仅是罗马混沌年代的一个印记。而当我站在它面前，建筑的细腻与规整、韵味，虽残败却又那么雄伟，让我惊叹不已。

已无法探究韦斯巴芗与图提斯当初建造时的想法，大角斗场（Colosseo）高度达57米、外围527米、长轴188米，宏伟的尺度、完美韵律的几何造型、功能与导流明晰的布局着实让现代建筑师惊叹近两千年前人们精湛的建筑技艺。富有韵律的拱券、多立克、爱奥尼、科斯林柱式、凝灰岩与石灰华的灵活应用，曾经让多少的建筑人傻着发呆，来此，寻找一点儿启迪与灵感。

游走在残垣断壁间，已不见地下室放出的猛兽与奴隶，闻不到血腥的气味，看不到残暴的杀戮，听不到死亡的嚎叫与看台上放荡的笑声，这些已随着罗马帝国的没落，湮没在那遥远的历史时空里。而留下的点滴，让人去解读它高度的庄严与十足的罪恶，如《腓尼基的女人们》里的一句台词：“罪恶能与高贵高度统一吗？帝王集权正是最高贵的罪行……”

踩着已没有棱角的巨石地面，已听不到当年恺撒大帝骑着大马行走的马蹄声，也看不到两侧狂热的夹道场面，但你是否发现，巨石上凹凸不平的坑洼，就是刻下的年轮。

满是斑迹的君士坦丁凯旋门已用围栏隔开，没法轻轻地抚摸那片片浮雕，仔细端详细节与手法。

君士坦丁凯旋门是纪念君士坦丁皇帝战胜马克森提皇帝统一罗马帝国而建。上部的浮雕记述安东尼等皇帝的生平故事，而下部是君士坦丁率领的战争场面，呐喊的、舞刀的、倒下的，还有腾起的战马……

围着凯旋门走了一圈，想找到那根穿过门洞的轴线，似乎有点儿迷茫。是没有轴线，还是已经改变了当初的原貌？

当走上一段坡地，踩着柏油马路时，想起那年的墨索里尼修建帝国大道，把曾经的罗马广场深深地埋在地下。沿着高高的帝国大道，左侧是于公元206年开始兴建的卡拉卡拉大浴场（Terme di Caracalla），虽已看不到古罗马拱券结构的最高成就的主体建筑，残垣间的尺度、残片上的精美图案、仅存的券拱，莫不印证了古罗马建筑师维特鲁威在《建筑十书》里说的，一切建筑物都应当恰如其分地考虑到“坚固耐久、便利实用、美丽悦目”的原则。但想起建筑的奢华及曾经发生在此的“阴谋与血腥”，也会联想到它的建造者就是臭名昭著、嗜血成性的暴君卡拉卡拉。

慢慢地游走，望着残存的卡斯托尔神庙的三根耸立的圆柱，在想一个问题：假如这些建筑与广场还都保留着，还有什么念想吗？

尽端的威尼斯广场（Piazza Venezia），或许让你感受历史厚重的叠加。阳光下，我坐在维克多·埃曼纽尔二世纪念堂前白色的台阶上，盯着左侧威尼斯大厦（Palace Venezia）咖啡色建筑的那个阳台，上面空荡荡的，却让人想起墨索里尼那著名的“阳台演说”；有一群鸽

子飞到右侧的科斯美汀圣母教堂的屋顶，一会儿又慢慢地回转飞翔，似乎想停留到“真理之口”的那个井盖；听着哗哗的水声，寓意第勒尼安海与亚得里亚海的两组喷泉，托起一个高台，中央骑马的人物塑像就是完成了意大利统一大业的维克多·埃曼纽尔二世，而高台下是无名战士墓，由两名士兵纹丝不动地在这里守护着。

帝国大道的右侧是图拉真广场（Foro di Traiano），高高耸立的图拉真纪念柱屹立在一片废墟中间，满满的沧桑之感，后面是文艺复兴时期的两个小教堂衬托着广场上乌尔皮亚巴西得卡的断壁残垣，破碎的台柱不规则地横倒在地面，莫非它们的姿态，诉说的就是那段曾经不堪的经历？慢慢地向前，脚步实在太过沉重，努姆广场（古罗马广场）可谓支离破碎，假如没有资料的记录，你没法想象昨日的辉煌。

穿过条条小巷，寻找着历史积淀的一页一页，却以郁闷的心情，经历着时空间的穿越，或许这是历史的玩笑，让后人无限地追思那个完美。

匆匆地来，却又留着一点儿缺憾而回，怎么就没去万圣庙？或许下次的到来就会直奔此地。

瑞士

法国

意大利

梵蒂冈

2016 年 10 月

漫游西葡

如果你从未走出你自我的圈子看世界，你大概永远不会知道，这世界真正的模样，这世界未必是你以为的样子。（You will never know the real world until you step out your own life，then you' ll find that the world is much different from what you thought.）

土酒的醇香

曾经在安哥拉待过，就知道“阿米哥”是葡语“朋友”的意思，想着，如有机会去葡萄牙，看看是否是哪年的亨利，越洋到了非洲，殖民了安哥拉。假如到葡萄牙，肯定会到它的兄弟国西班牙，慢慢地搜寻它们的历史、人文、地理，品味文化交融留下的“卡门”“弗拉明戈”“斗牛”……古希腊人、古罗马人、摩尔人、古哥特人……来了又去又有人来，不曾停滞过。这样的文化交融，似乎闻到一杯浓浓的土酒散发出的醇香，酒里透着阳光，谜一般醉人，恍惚间让人心驰目眩，假如慢慢地品尝，回香定难忘。

记得林达在《西班牙旅行笔记》里曾写道，古希腊人教西班牙人学会了酿酒，古罗马人让西班牙人酩酊大醉。这些过往到底如何，时空里又有哪些印迹？或许当我站在安达罗西亚的塞维利亚老城，仰望塞哥维亚的输水渠，游走格拉纳达，俯视托雷多古堡……就会明白“土酒”的味道，是否浓与烈。

历史是一面镜子，透过它能窥见过往里的纷纷扰扰。去西、葡不得不提到曾经的“航海家”，亨利王子、克里斯托弗·哥伦布、斐迪南·麦哲

伦、达·伽马、巴尔托洛梅乌·迪亚士……他们越过大西洋、印度洋、太平洋，登上非洲大陆、美洲大陆，到达印度，是探险？是掠夺？不知应从什么角度去评判去理解，不管怎么说，假如去翻阅一下1494年的那份《托尔德西亚斯条约》，西、葡曾意图将世界瓜分为二，那么在那个世纪是何等强盛？500多年后还留下什么？这是我的念想，去看看还有的印记，或许能给人启迪。

曾经拥有庞大舰队的西、葡，就在直布罗陀海峡惨败。直布罗陀被英国占领至今，或许这么多年过去，仍是西班牙的痛，或许"西班牙的命运是，欧洲还没有结束，非洲就已经开始"。古希腊人、古罗马人、古哥特人、摩尔人横扫西班牙，文化与文明呈现出异彩。或许去之前，你必须读一下米格尔·德·塞万提斯·萨维德拉的《唐·吉诃德》《训诫小说集》，胡安·拉蒙·希梅内斯的《诗韵集》《悲哀的咏叹调》《三个世界的西班牙人》，若泽·萨拉马戈的《失明症漫记》。特别是《唐·吉诃德》里的人物与描写，是否能看到西班牙人的影子与特质？去走一走塞万提斯走过的城镇，或许像推开了一扇窗，看过去，这就是真实的存在。也许看了巴勃罗·毕加索神秘的"超现实主义"探索——撕裂的造型《格尔尼卡》、内斯特·米勒·海明威（Ernest Miller Hemingway）的《永别了，武器》《丧钟为谁而鸣》，这些掺杂在一起，勾勒出一条线，还有点儿模糊，似乎要透过那杯土酒迷离的光，了解一些。

文化的交融，在西班牙这片土地上绽放它的独特光彩。假如你欣赏过"卡门""弗拉明戈"，这就是西班牙，那份节奏、舞步、唱腔，富有野性的奔放，深歌节奏的"急"衬托"顿"的张力，"缓"夸张了"密"的能力，这些富足的元素，已融入西班牙人的血液，一嗓子歌喉，让听者的灵魂慢慢回到胸膛。假如你去的是古城窄巷里的小酒馆，充斥着浓浓醇香的土酒味，想必你也会踏上那个节奏，扭动起来。

或许你还会在意，充满激情及野性的斗牛，已不在古罗马留下的斗兽场，而是在特定的窄巷、广场，那份热烈、奔放、勇敢，或许就根植在伊比利亚半岛，是民族性情的释放。

这些那些都是去的理由，当然还有高迪的杰作，圣家堂、米拉之家、巴特罗之家……那充满灵魂的线条、细腻的雕饰、变幻的色彩，让人仰望遐思。当然这次会遗憾地错过去毕尔巴鄂，观赏古根海姆博物馆。记得林达写道："寓言永远在城堡里，谜底没有泄露。”

慢慢地寻觅着西、葡的脉络，已闻到散发在过往时空里的醇香，微微地有点儿醉了。

“陆止于此，海始于斯”

“如果你从未走出你自我的圈子看世界，你大概永远不会知道，这世界真正的模样，这世界未必是你以为的样子。”回味着这句话，慢慢地游走世界，真的发现大千世界的奇妙不同，会停不下来，变成阅历，变得豁达。

从浦东出发，看看书，看看电视，品尝品尝空心粉拌金枪鱼酱，不知不觉间，已过十多个小时的飞行，停留在阿姆斯特丹。记得去年的大年夜，也在这里转机去希腊，驻足在那片郁金香店，鲜花欲滴依旧，时间匆匆又过一年，而今转道去里斯本。

时间流转，家乡的新年钟声已敲响，眯眯瞪瞪地踏上去里斯本的飞机，睡意袭来，闭上眼睛小憩了一会儿。睡梦里，广播说着什么，揉揉眼，突然发现舷窗外惊艳的美丽，那幽夜里的城市灯火，晶莹纷呈，四射迷离，嵌在夜色大地，耀辉的美丽纹饰，好似上帝打翻了珠宝箱。

你可曾想，伊比利亚半岛上的葡萄牙是否是一串珠宝？或许曾经是，它在世界潮流浩浩荡荡的大航海历史上，曾独领风骚。

特茹河入海的贝伦塔（Belem Tower），是那个年代的标志，宏伟独特。它是葡萄牙国王若昂二世（João II）

最早提出的防御计划的一部分，也是纪念圣文森特（St. Vincent）。弗朗西斯科·德·阿鲁达（Francisco de Arruda）被任命为贝伦防御工事总建筑师。

贝伦塔的建造始于1514年，由皇家工程大臣迪奥戈·德·波伊塔卡（Diogo de Boitaca）主管，于1520年完工，一年后加斯帕·德·派瓦（Gaspar de Paiva）被任命为该塔的第一任长官。

随着地理大发现时代的到来，至15世纪末，里斯本已成为欧洲海洋探险中心。人们重新建造贝伦塔，用石头代替了木制，使用摩尔人和阿拉伯人的艺术元素，比如说岗亭顶端的胡椒粉盒形状的炮台，塔上装饰了许多曼努埃尔式的象征物，厚的石绳环绕塔身，点缀石结、浑天仪或是耶稣十字和一些其他动植物元素。其中一座石雕犀牛相当引人注目，它在岗亭的底座上，显示了葡萄牙航海家探索海外的功绩。

岁月虽已过去600多年，蓝天下的贝伦塔拂着大西洋吹来的轻风，依旧那么庄重宏伟。

特茹河慢慢地向内陆延伸，蓝天下，红色大桥横跨海峡，它就是著名的425大桥，经典的红色就是为纪念曾在4月25日的那场“丁香革命”。在赢得最终民主胜利的时刻，将Salazar大桥定名为“四月二十五号大桥”（2278米，斜拉桥）。

远眺大桥另端山丘，高高地耸立着一尊雕像，或许是守护神，是葡人的信仰。

听着一曲悠悠的歌，抬头而望那一风帆的高耸建筑，不用怀疑，它就是发现者纪念碑。“请注意脚下。”不知谁叫了一下，阳光下显现出一幅咖啡色世界地图。“你们在寻找什么？”“噢，在寻找曾被葡萄牙殖民的地方。”一个、两个、三个……当看到澳门时，内心五味杂陈。绕过那风帆雕塑，看着立于船头、手拿帆船模型的亨利王子，他凝望远方的大海，幻想着遥远东方的神态，浮想联翩。或许跟随着的就是达·咖马、迪亚士、麦哲伦，是那段大航海时期的风云人物。罢了、罢了。

闻到一股浓浓的香味，顿感有点儿饥肠辘辘，不约而同地说：“葡萄牙蛋挞。”穿过广场左侧就是1837年的老店，或许我们幸运，没等多久，就品尝到传说的蛋挞滋味，外面一层层松脆，内浓而清香，真的别有风味。

听着蛋挞的传说，躲过一辆叮当而过的电车，驻足在曼努埃尔式的热罗尼莫斯修道院。几百年的变迁，气魄宏伟，雕刻华丽，揉和着哥特式、摩尔式及印度式的建筑，平凡间又见不凡，内外透着信仰的气息，或许有航海家达·伽马和著名诗人卡摩安兹长眠于此的缘由，修道院里人来人往。

沿自由大道两侧的小巷漫步，想体会葡萄牙人所说没有看过里斯本的人等于没有见过美景。酒吧、西餐店外一排排餐椅，想象着如在夜晚灯光的阑珊里，是多么有烟火气息。穿过曲里拐弯的街巷，不知为什么那么多人在等坐那部著名的开降梯，或许就是为了目睹那片“槁之海”、这片老城，这景象能让人忆起当年的黄金时代。而我想在古老的“诗人学会”咖啡屋，喝上一杯浓缩咖啡，看看正从身边经过的世界，或者在瑞巴多罗吃些刺手的龙虾，或者到“吉祥瞭望台”，边喝葡萄酒，边听甜美而忧郁的“法多”悲歌，或许这就是老城的一份情结。

穿过奥古斯凯旋门，歌声随海湾的微风，拂过贸易广场，眼前的这份祥和，何塞国王（雕像）已经看了几百年，脸上盈着淡淡的微笑。

到里斯本的还有一个理由就是到罗卡角（Roca），那是陆的尽头。绕着面向大洋的十字架，注视着碑上，以葡萄牙语写成的著名的一句话：“陆止于此，海始于斯”，内心涌起海阔天空的豪情。

借着中国新年的吉祥，蓝天透又碧蓝，风或许等着我们的到来而暂停；冬天里盈满春的气息，摇摆的黄色小花，似乎张开着拥抱的胸怀，等着我们。让我们分享天地间的蓝天、碧海、翠绿，这场景，呈现人间的祥和，却少了一份“海草满头，海鸥在肩”的情怀。

去辛特拉王宫（Palacio Nacionalde Sintra）要穿过山丘里的小村，坡地上的村庄散落在绿荫之间，灵动间充满童话的味道，那曲径、那小巷、那交错的房舍，还有多姿的色彩，充满童趣。

佩纳宫是国王离宫。轻快的粉红色和如发射火箭般的顶层塔楼，使它看上去像一座乐园式的城堡，着实充满童趣，不是吗？这或许就是辛特拉。这里山峦起伏，宫殿、城堡和别墅，人文景观与自然风光揉合于碧空蓝天之间，难怪诗人拜伦把辛特拉喻为伊甸园。

童话式的城堡佩纳宫，建于1840—1850年，距今一个半世纪，是辛特拉比较新的宫殿。它充满耀眼、奇特、矫饰的身姿，是多种建筑风格的大杂烩，揉合哥特式、文艺复兴式、摩尔式、曼努埃尔式（Manueline，曼努埃尔一世在位时的建筑风格），还有19世纪葡萄牙女王玛丽雅二世的丈夫费迪南德（Ferdinand）之情结所思。拾级回转于厅堂之间，似乎停留在那段时空里，只是物是人非，让游转的人多了些许遐想。

站在城堡平台，遥望着茫茫大西洋，透过摩尔人城堡，似乎看到了曾经的大航海时代的千帆竞舟。

喜欢摩尔人的西班牙

里斯本一路向东，跨过425大桥，朝塞维利亚而行。虽是冬季，起伏绵绵的丘陵，葱葱郁郁，远处的山峦隐藏在淡淡的雾气里，多了些许迷离。掠过一丛丛橡木林，偶尔在逶迤的坡间，出现三三两两的悠然牛羊。宽阔的原野间，偶见白墙红顶的农舍，好似镶嵌在茫茫的丘陵间。

车窗外，你是否有些惊讶地发现，一个个绵绵山顶，屡见旧时的城堡，让你勾起曾经战事的联想。

思绪刚从佩纳宫的童话里跳出，脑海里却又在搜寻塞城那段摩尔人的故事。

塞维利亚公元 8 世纪前先后被罗马人、西哥特人占领。公元 712 年遭阿拉伯人侵入。公元 11 世纪，摩尔人的一个部落在此建立独立王国。而后的 500 多年信奉伊斯兰教的摩尔人，建城墙，造清真寺，修王宫，构建城市轮廓。现存的大部分古代建筑系该时期遗物。1248 年，卡斯蒂亚国王费尔南多三世在“光复战争”中夺取该城，赶走摩尔人，设为都城。

当沿瓜达尔基维尔河进入塞城，看一个个遗址与建筑，你会明白摩尔人如何影响着塞城的灵魂。

一艘艘游轮从瓜达尔基维尔河驶过，水面波光粼粼。昔日的货轮早已不见踪影，也不见了摩肩接踵的南来北往的商客。只有孤独的黄金塔依旧矗立，或许目睹了曾经的辉煌，把那些故事在时空里变成了深深的斑驳，默默地向世人诉说。

绕过黄金塔，沿逼仄的小巷前行，远远地看到高耸的塞维利亚大教堂的那个塔楼，我正寻找角度，想定格教堂的剪影。耳边听到“嘀嗒、嘀嗒、嘀嗒”的马蹄声，不知从哪条街上传来，一看是一辆漂亮的马车，缓缓地驶来，一位漂亮的女游客优雅地微笑着，轻挥着手驶过，向黄金塔方向而去，或许也是去找寻大航海时代的印迹。

从小巷穿出，小广场边就是塞维利亚大教堂。环视、仰望那些门楼、那些屋檐上成排的尖塔、那些拱窗，虽然墙面布满了历史岁月的沧桑，有的几何纹饰已少了线条，有的浮雕只有残部，整体却是那么完整。柱子、拱门、穹顶满是文艺复兴的风格，而在细部的几何图饰、雕刻及高耸的钟楼，明显具有伊斯

兰式的建筑风格，文化的碰撞产生火花，展现在大教堂的里里外外。

塞维利亚大教堂虽经伊斯兰教、天主教、基督教几度更迭，文化的融合与包容让教堂显得更挺拔、干净、典雅，具有风度。

去过许多著名的大教堂——圣·彼德大教堂、米兰大教堂，但还是被塞维利亚大教堂的华盛所震撼。繁复绝伦的主祭坛耀着光芒，默默向人传递着耶稣的普世故事；布满精美纹饰的管风琴，耸向穹顶，仿佛听到了优美的唱诗乐章，那么沁人心脾；十字肋拱撑起华丽的穹顶，与排柱形成呼应，透过高窗上彩色玻璃的阳光，厅里金碧辉煌；你再默默地游走，看那些侧殿，安提瓜圣母、圣东尼奥的幻觉、哥伦布墓，还有银祭坛、克雷门西亚的基督……都有一个个故事，假如静心去领悟，不知有多精彩。

有时真的只能那么匆匆，穿过主厅登上希拉尔达尖塔，听着一声声悠远的钟声，看蜿蜒的瓜达尔基维尔河穿城而过，塞维利亚风光尽收眼底，似乎透过时空，看到塞维利亚的前世今生。

有时不得不思考，塞维利亚的西班牙广场为何如此闻名，且已列入世界文化遗产。它建于1929年，是新文艺复兴建筑。古罗马式回廊，外加阿拉伯风格，建筑外部由各种瓷砖镶嵌而成，代表着西班牙原58个省。壁画描述各城市的万种风情。楼群拱围着一条人工小护城河，上面建有数座小桥，气势不凡，别具一格。西班牙广场在蓝天的衬托下完美地诠释着西班牙多元文化的包容，是那么精彩。

夜色轻轻地拂上塞城，街道呈现暖色的静谧。或许对塞城来说，时间尚早，不多的食客坐在街边的桌边，悠然闲聊。或许他们就是在等待那酒吧里的弗拉门戈（Flamenco），欣赏它热情、奔放、优美、刚健，还有它展现出的愤怒、哀伤、隐忍和爆发，舞蹈里透着特有的西班牙民族气质。

或许只能留点儿遗憾，听着悠扬的钟声，驻足在街边小店，吃一片西班牙火腿，就算来一点儿回味。

为什么来到龙达

海明威在《死在午后》中写了一段话："如果你想要去西班牙度蜜月或者跟人私奔的话，龙达是最适合的地方，整个城市目之所及，都是浪漫的风景……如果在龙达度蜜月或私奔都没有成功的话，那最好去巴黎，各奔前程、另觅新欢好了。"禁不住诱惑，想领略一下悬崖上小镇的风光与风情，就马不停蹄地赶到龙达。

晨曦的雾气，尚未在安达罗西亚的大地上褪去，淡淡的雾幕让峡谷之巅的小镇有了些许迷离。

你眺望，远山、幽谷、摇曳的漫山梅花，越发感觉静怡间透着悠然的浪漫。

虽是冬季，小镇曲巷却充满春的气息。窄巷的转角，门边的墙沿，鲜花轻轻摇摆，红的、粉的、黄的争奇斗艳。

曲巷里，传来滴答滴答的脚步声，渐行渐远，不知消失在哪个门洞里。我好奇地轻扣那个门环，"吱"的一声，门微微打开，玄关内又是一盆鲜花。我探了一下身，是一个内院，精致细腻，两棵藤本紫花伸展在那片白墙、红窗上，窗棂边一个姑娘微笑着，煞是迷人，或许是来此地度假的新人。

我退出那个庭院，又沿曲巷而行，一片斑驳的老墙挂满风霜的年轮。抬头看，那座钟楼，看那些纹饰、拱窗、柱式，它们揉和了伊斯兰、文艺复兴与哥特式的元素。这座古老教堂，或许就是在罗马帝国时代，由那一批风尘远来的旅人，爬上这座七百五十公尺的峭壁，开始建造。

漫长岁月里，罗马人、摩尔人、穆斯林……信仰的变换，多种元素融入教堂的里里外外。或许就是信仰的

宽容，让追梦的旅人一批批到来。

拐过那片广场，遁入静谧的小巷，在那个转角或在一个稍宽的树荫下，几把椅子、几张小桌围成一片小店，店内咖啡幽香四溢，充斥坊间。你看几个老人、几对情侣，散坐其间，不去在意偶尔匆匆而过的旅人，窃窃私语，笑意满脸。

不知从哪条小巷过来几个年轻人，打闹间从身旁掠过，停留在挂满艳瓷的小店，或许想挑一些饰品，装点他们的新居。

驻足在横跨埃尔塔霍峡谷，越于万仞峭壁之上的龙达新桥，有置身梦中的错觉：一幢幢白色小屋矗立于岩壁之巅，脚下便是如同刀砍斧削的万丈深渊。倘若坐在桥边层叠的咖啡店里，听着幽谷间溪水幽鸣，享微风拂面，看白色小屋变换间的景致，心情或许洋溢青春的激荡。再透过那个桥洞，远眺安达罗西亚的辽阔原野，似置身于世外桃源之间。

沿那个蜿蜒曲径，走入梅花盛开人迹罕至的空谷，回望那新桥与悬崖上的白色小屋，处处充满浪漫的情调，或许当初的海明威也游走幽谷，花香满地的曲巷，感叹此处是全世界最合适私奔的处所。是吗？不曾想，但不用置疑，假如夜色里进入旧城，走在灯光昏暗的石板路上，空无人烟的寂静加上古老的建筑，就好像进入中世纪的西班牙，透露出诡异与浪漫的气息，那也会是令你难忘的经历。

漫步旧城新城，倘若有机会坐在中世纪的斗牛场里，看一场惊魂的斗牛；或走进教堂来一次祷告；或去一次“欧洲人的阳台”，晒一晒太阳……这就是来龙达的理由。

老桥边，Parador 酒店的围廓咖吧里，坐着一对不知是否来寻梦的眷侣，或许刚游走过小镇，悠悠地喝着咖啡，轻轻地私语着。

宫殿与教堂

走进宫殿与教堂，似乎翻阅着厚重的史书，那么沉那么厚，又那么广，有时几乎承载着某段历史的全部。塞万提斯在《唐·吉诃德》中写道："历史孕育了真理，它能和时间抗衡，把遗闻旧事保藏下来。它是往昔的迹象，当代的鉴戒，后世的教训。"那么，这些宫殿与教堂蕴含着的许多历史信息与真实的印迹，让来来往往的旅人感觉它的内涵，予今人之启迪。

到格拉纳达（Granada），怎么也不会错过去看内华达山山麓上著名的摩尔人皇宫——阿尔罕布拉宫。

沿途，冬日的暖阳已摧开早春粉红的梅花、黄色的迎春花，缀在嫩嫩的翠绿间。远眺绵绵的内华达山的山顶，依旧白雪皑皑，银装素裹。山腰间飘起的雾气，似一层层面纱，给阿尔罕布拉宫增添了些许神秘。

阿尔罕布拉宫是我在伊比利亚半岛的一份执念。阿尔罕布拉是阿拉伯语"红色之城"的意思，也称"红堡"。711 年北非的摩尔人越过直布罗陀进犯西班牙，在此建造要塞。山腰的位置能俯视安达卢西亚的茫茫原野，也能背靠内华达山的高峰，是可攻可守的绝佳之所。该要塞便是阿尔罕布拉宫的前身。1238 年左右，西班牙国王扩建这座要塞，把它建成了一座伊斯兰宫殿。直到 14 世纪后期，尤素夫一世及其儿子穆罕默德五世几次改建和修补，阿尔罕布拉宫变成了我们现在看到的样子。可以说阿尔罕布拉宫是当年饱受战争之苦的西班牙王朝濒临衰亡之际用自己的最后一口气建成的。整个红宫依山而建，就岩起屋，有凌空欲飞之势。殿宇亭阁鳞次栉比，各有特色。正殿豪华无比，由三个具有阿拉伯宫殿特色的院子及建筑组成，其核心部分用来办理司法和公共事

务，还有两部分分别是国王御座和私人住宅所在地。除此之外还有大使厅、御花园、化妆室、浴室等。这座宫殿最后的主人——穆斯林国王布阿卜迪勒战败后被迫逃离西班牙，当他越过西班牙内华达山脉远远看着阿尔罕布拉宫时，哀叹道："丢掉一个西班牙不可惜，可惜的是再也见不到阿尔罕布拉宫了。"而西班牙诗人弗郎西斯科·德·伊卡扎也有过类似的感慨："在格拉纳达，没有比双目失明更痛苦的事了。"

游走在阿尔罕布拉宫，或许只能慢慢地去领略每个区域的精彩。梅迪纳、卡洛斯五世宫、阿尔卡萨瓦城堡、纳萨利宫、帕塔尔、赫内拉里菲构成完整的宫殿区域，有些已成残垣，大部却仍能完整地诠释过往的故事。

据说狮子中庭曾经发生过一次严重的血案，36 名年轻人的鲜血将房间的大理石地面完全染红，整个中庭充满了血腥味。当时，在王国拥有绝对势力的阿本塞拉赫斯家族的一个年轻人与国王的一位妃子坠入爱河。敌对家族获知这个消息，便把妃子的私情告诉了国王，盛怒之下的国王以举办宴会为名，把阿本塞拉赫斯家族的 36 名年轻人召集到狮子中庭。席间，乘他们不备，将他们一一斩首。

沿着曲径，听着曾经的故事与介绍，那个角楼、那些城墙、那些遗址、那个门楼，还有那些繁复细腻的装饰，以及它的陈设，或许一切的一切已融入历史的时空。

到科尔多瓦（Córdoba），绝不能错过科尔多瓦大清真寺。跨过瓜达尔基唯尔河，踩着罗马桥，时空似乎被穿越。听着哗哗的河水流淌，似乎也听到拉菲尔来到科尔多瓦的脚步声。眼前的凯旋门、拉菲尔尖塔、清真寺、王宫还有四面八方的小巷，与匆匆的行人，一起来到曾经。

公元 786 年，阿卜杜勒·拉赫曼一世欲使科尔多瓦成为与东方匹敌的伟大宗教中心，在罗马神庙和西哥特式教堂的遗址上修建了这个清真寺，后经拉赫曼二世和哈卡姆二世扩建，到 1236 年已建成一次可容纳 2 万多信徒从事宗教活动的规模。哈利发希什姆二世时代，大臣曼苏尔又扩建了斋戒室，到哈里曼三世，建筑工程达到最高峰。

该寺虽经多次扩建，但建筑风格和特色并没有变，只是建筑面积越来越大，装饰越来越丰富。寺院是按阿拉伯清真寺的传统风格修建起来的。整个建筑为长方形，长 180 米，宽 130 米，巍峨雄伟，可与耶路撒冷和麦加的大清真寺媲美。该寺主要分宣礼楼、桔树院、礼拜正殿、圣墓等几部分。宣礼楼是一座尖塔状的建筑物，寺内的宣礼员可按时登楼呼唤信徒做礼拜。18 世纪时，这座宣礼楼被基督教徒们用一座巴洛克式的塔楼所替代。桔树院内有一水池，是穆斯林在礼拜前履行净礼的地方。礼拜正殿建筑宏伟，装饰极为豪华，由斑岩、碧玉和各种颜色的大理石石柱构筑而成。这些石柱或掠夺自法国的尼姆和西班牙的塞维利亚等欧洲城市，或从迦太基的古建废墟上精选而得，作为拜占廷皇帝利奥四世献给拉赫曼一世的礼物。初建时，利奥还曾从君士坦丁堡派遣熟练工匠参加，并运来 16 吨各种玉石和象牙镶嵌图案（也称马赛克）。经加工，石

柱统一成科林思建筑的柱头和4米的标准高度。现在殿内尚存的850根石柱，将正殿分成南北19行，每行各有29个拱门的翼廊，每个拱门又各有上下两层马蹄形的拱券。整座正殿玉柱林立、拱廊纵横。西班牙占领科尔多瓦后，于1236年将其改为天主教大教堂，象征着伊斯兰教的殿堂被封闭。

16世纪初，阿隆索·曼里克主教代表卡洛斯五世国王全权主持清真寺的改建工程。正殿中的石柱和拱门近三分之一被毁，从中建起了一座文艺复兴式的大教堂，包括主座堂、王家小礼拜堂、唱诗班等几部分。唱诗班的椅子全是带有华贵的巴洛克雕饰的精湛工艺品，两个讲道台是用桃花心木、大理石、碧玉等镶嵌制成。但因对原有的珍贵建筑破坏过多而引起了卡洛斯五世国王的不满，他对改建者们惊呼道："你们为建起一些在我国到处都能见到的东西而破坏了再也无法找回的东西。"正因为卡洛斯国王及时制止，这座伊斯兰教的大清真寺才得以保存至今，并因此而成为一座使伊斯兰教文化与基督教文化并存的特殊建筑物，成为西班牙最著名的宗教旅游胜地。

穿过桔子庭院，漫步小径曲巷，不知曾经的塞万提斯是否在此散步穿过？如今的里弄生活，依旧活脱脱地呈现在眼前。路过那个百花小巷，回望高耸的钟楼，似乎听到了那一声声清脆的回响。

王宫的一切早已人去楼空，宽敞的后花园却依旧繁花四溢，驻足于那些残垣，抚摸着斑驳流痕，透过它，看到它的前世今生。

登高眺望，山峦绵绵，细细碎碎的银灰色树叶的橄榄树林漫坡伸展。蜿蜒的瓜达尔基唯尔河，流过众神脚下的莽莽荒原，依旧奔腾不息。

把岁月哼成歌

托莱多（Toledo）是一首老歌，随着漫漫岁月，歌声荡漾。它是一首弗拉门戈（Flamenco），展现出热情、奔放、优美、刚健，伴随着愤怒、哀伤、隐忍和爆发，浅吟低唱充满张力，慢慢地成为世人耳熟能详的乐章。

我随着那个音律来到托莱多。蓝天下，它是那么静谧，只有绕城的塔霍河是它在天地间的伴奏，轻缓间幽鸣。

我慢慢地游走，似乎在时空里穿越。耳旁随着音律，不停地变换场景，我似乎听见阿尔坎塔拉桥上，古罗马人的脚步与马蹄声，那么仓促，那么散漫。目睹桥上的“吾造此永恒之桥”，似乎见到西班牙辉煌的帝国时代。而始建于13世纪、14世纪完工的哥特风格的圣马丁古桥，桥头矗立着防卫塔，斑驳的外墙仿佛诉说着历史沧桑，当披上落日余晖，是那么惊艳。

老城里的逼仄小巷从苏格德威尔广场、市政广场沿坡缓缓地蜿蜒曲折，时窄时宽，或猛一转身，是上坡或下坡的一两条窄巷。漫步老城区，托莱多老城的现代建筑甚少，至今保持着16世纪的样貌。石板路经历时间的洗礼，磨得锃亮，就像穿越回文艺复兴时期的西班牙。

蛛网般密布的斜坡与窄巷里，上上下下四处游走，就算是迷失在其中，也不会觉得无趣。鳞次栉比的古建筑，总是能在转角处给你惊喜。托莱多大教堂、圣胡安皇室修道院、犹太教堂、基督之光清真寺，就位于这个或那个拐角。当你经过它们，不经意间留意外墙上的十字架，不难想象曾经的岁月里，当钟声响起，多少人拥向寺堂，又多少人只能挤在巷弄，面壁弥撒。

一批批一拨拨，南来北往的罗马人、西哥特人、阿拉伯人接踵而来。直到11世纪，卡洛斯五世将这里定为西班牙王都，到16世纪迁都马德里的这500年中间，托莱多达到辉煌之峰。

似乎这首弗拉门戈应到了尽头，却一次次峰回路转。托莱多在1936年9月的摩斯卡尔多上校之变，差点儿完全被摧毁，而阿尔卡萨王宫城堡也成为残垣断壁。是托莱多人让它一次次起死回生，慢慢地又恢复成原来的模样。

里弄里充满着生活烟火，一个个小店灯火间那么迷离，那么诱人。西班牙火腿的诱香、烤面包的脆香，还有调料百里香的淡香，弥漫其间。游走间肯定还会驻足兵器与甲胄店，或许就是这些，让你见识它刚毅与不屈的一面，这也是为什么今日仍见托莱多本来面目的缘由。

古老与现代的同在，惊奇于那些让人重回历史的曲径幽巷，惊奇于一个个令灵魂静谧的隐匿角落，惊奇于那喧嚣的人群、酒吧、商店，这就是托莱多。

穿越时空里，还听着的那首弗拉门戈，却一次次停留在某个音节。我来回地游荡，一次次经过高大宏伟的阿拉伯风格建筑的托莱多太阳门，连接着河西岸与城内的犹太人区的坎布隆门，石刻有卡洛斯五世国王的标志的双头鹰比萨克拉门，猜测着它们存在的蕴意，回味着刻着的故事，闭上眼，抚摸着它们，感受它们的厚重，它们的事里事外。似乎见到那一幕，做着骑士梦的小说人物唐·吉诃德提着长枪骑着瘦马从比萨克拉门走出去，走向西班牙开始他的骑士生涯。

回味着托莱多的前世今生，像回味着那首弗拉门戈的老歌。

游走间的思考

游走在伊比利亚半岛，多元文化的交融，这杯谜一般醉人的土酒，越发感觉浓郁，慢慢地品出了味道，轻轻地晃着，闻着它的醇香。

驻足在马德里的广场、街巷，聆听着那些独特的故事，好似完全没有关联，却让我感受到这些就是西班牙的风骨。

塞内加在《论心灵的安宁》中说，思辨的推理和完美的哲学诠释是一回事，可现实中，理性常常显得如此脆弱，根本无法抵御惊涛骇浪般的生活浊流，也无法约束人无可抑制地涌动着的欲望。回味着这句话，真的很有意蕴。

西班牙广场对西班牙的城市来说具有特殊地位，而马德里的西班牙广场或是精神的灵魂。广场简单质朴，周围散落着几株葱郁的大树，一方水池上飘着几多枯叶，微风里随波逐流。水池边，矗立着米格尔·德·塞万提斯·萨维德拉及《唐·吉诃德》里的两个主人翁唐·吉诃德·德·拉曼恰与瘦马、桑丘·潘沙与驴的雕像。背后高耸的纪念柱上，顶上是有五个女性在看同一本书（据说是《唐·吉诃德》），头上顶着一个地球；下部的人像是《唐·吉诃德》里的人物。漫步而行，细细地品味着这些那些，顿悟是唐·吉诃德“复活”的灵魂。

《唐·吉诃德》里唐·吉诃德、桑丘是多么可笑，思辨地回想那一则则故事，却透着深邃的哲理。塞万提斯在《唐·吉诃德》中，一方面针砭时弊，揭露社会的丑恶现象，另一方面赞扬除暴安良、惩恶扬善、扶贫济弱等优良品德，歌颂了黄金世纪式的理想社会目标，揭示了人生中永远解决不了的难题，理想和现实之间的矛盾。假如静下心再品读一下《唐·吉诃德》，或许对人生与社会会有更深刻的思考。

这尊雕塑后面是西班牙

大厦，是一幢简约对称的新文艺复兴风格的建筑，只建成几十年，悠悠时空里简直是短暂的一瞬，或许不值得一提，但曾由一位地产商购得后要拆，引发民众抗议，争论不断。当我站在它的面前，建筑干脆、简洁，细部细腻流畅，有明显的时代特征。民众的保留建议，真的来之不易，真的很欣慰，这就是西班牙人对文化的热爱。

太阳门广场的熊抱树，有一个美丽的传说。很早很早以前，一个男孩出门玩耍时遭遇棕熊，他急中生智，迅速爬上一棵草莓树以躲避熊的袭击。就在那只熊准备攀爬草莓树时，寻子心切的妈妈走到树的附近，却没有发现身后的棕熊。情急之下，男孩大喊："mad rid! mad rid!"（西班牙语的原意是：妈妈，快跑！妈妈，快跑！）。他的喊声引来了猎人，保护了妈妈。为了纪念他的勇敢和机智，人们将他向妈妈呼喊所使用的两个词连在一起，作为这个城市的名字——Madrid（马德里），草莓树熊也因此成为马德里市徽的图案。这则优美故事却有人不停地争议真假，我深深地发出疑问，有这个必要吗？" Mad rid"不就诠释了善良、机灵、纯朴的实质吗？

天有点儿冷，紧吹的风慢慢地拨开厚厚的云层，让西方广场沐浴在阳光下。我流转着，欣赏着马德里全景，错落间有着丰富的轮廓。转一个身，却看到一座小小的埃及古神庙，不就是林达在旅行笔记里描写的："站在那里，你会感觉，只要这一圈柱子还在，神庙就还在，那淡青色天幕之后，诸神还没有离开，这就是罗马柱式的魅力。"外来的移建古神庙，能放在如此重要的广场，是否就是文明、包容、气度的体现？

曼萨莱斯河左岸山岗上的西班牙皇宫，代表着一个时代，它的奢华与华丽，让人不能忘怀。马德里皇宫是菲利普五世（Felipe V）于18世纪下令建造的，是仅次于凡尔赛宫和维也纳美泉宫的欧洲第三大王宫，是世界上保存最完整也最精美的宫殿之一。法国安茹公爵的菲利普五世（法国"太阳王"路易十四和西班牙公主玛利亚·特蕾莎之孙），从小在凡尔赛宫长大，是西班牙波旁王朝第一位国王。

马德里王宫内部金碧辉煌。当我慢慢地从一个厅到另一个厅，历史的故事在内部层叠间展开。菲利普五世与历代国王都根据自己的喜好对皇宫进行装饰，使得王宫带上了浓厚的个人印记和时代色彩。比如，卡洛斯三世布置的寝宫，卡洛斯四世建造的镜厅，阿方索十二世所钟爱的豪华餐厅，都表现出了极具个性的装饰风格。皇宫直到 1931 年阿方索十三世退位前一直为皇室使用。一次次驻足，还可以欣赏到委拉斯凯兹（Velázquez）、戈雅（Goya）、鲁本斯（Rubens）等大师的画作，似乎让人沉迷于意大利神话的传说之间，是文化的享受。

时光女神眷顾的地方

到塞哥维亚（Segovia）不需要其他任何理由，想想一股清流在 28 米高的垒石输水渠里，哗哗地流淌了两千年，就不由地让我怦然心动。

塞哥维亚城不大，位于瓜达拉马山脚下旧卡斯蒂利亚的高原，坐落在埃雷斯马河和克拉莫尔河交汇处一个陡峭的岬角上。缓坡上的城市古色古香，石头铺成的窄街弯曲而幽深，时光驻足在这里，把静谧与安详赐予人们。

远眺瓜达拉马山粉装玉砌，不由想起一个伤感传说：很早以前，塞哥维亚一位公主爱上了一位异教的青年。他们心心相印，偷偷地交往。不料被人向君王出卖告密，君王要拆散这对相爱的青年。公主不从，以死相抗，便化作瓜达拉马山峦。远远地再次眺望蓝天下的瓜达拉马山峦，不就是一位静卧的少女吗？或许她就是塞哥维亚的女神，

眷顾着塞哥维亚，哪怕已过去两千年，依旧典雅精致。

透蓝的天空下，高耸的输水渠拖着长长的影子，似一张网，已网住古城两千年。输水渠宏伟的身躯刚柔并济，上下两层券拱比例适中，在形、影之间，显得温雅。两千多年的风雨侵袭，它被大自然的这双巨手不断洗着，洗出了它的经络，棱角变成圆弧，慢慢地镌刻上岁月的深深印记。

靠着水渠，真的难以想象，当初的罗马人究竟怎么想的？此处竖着著名的“母狼乳婴”传说的雕塑，是否就是文化的侵蚀？

塞哥维亚颇有历史渊源，公元前80年被罗马人毁坏而后重建，又经过一段阿拉伯人统治时期，阿方索六世国王于1088年重新控制塞哥维亚，从此进入了政治和经济繁荣时期。13—15世纪，卡斯蒂利亚几代国王都定都塞哥维亚。伊莎贝尔女王曾于1474年在此登基。其复杂的历史背景展现于城镇的布局、街道及其房屋，反映出不同的文化，摩尔人风格、基督教风格以及犹太教风格，这些文化在中世纪共存于塞哥维亚城。而整体色彩，或许塞哥维亚独特的地理环境与气候，不像安达罗西亚大地上的白墙红瓦，那么轻盈，而是具赭石色调的稳重。

走在街巷，左边右边的建筑虽然相互紧挨，或许上下几百年，轻轻地抚摸这些斑驳苍老的建筑，阅读它们的曾经，交易所、银行、商店、农贸市场，这些构成了塞哥维亚的昨天、今天。

驻足在马约尔（Mayor）广场，幽静安宁，只能想象塞哥维亚大教堂里，伊莎贝尔女王登基的盛况。岁月匆匆已过500多年，而哥特式大教堂见证了那一刻，也记在厚重的史书里。

冬天在塞哥维亚游走，有点儿清冷，那些苍劲的树丫，在蓝天的衬映下有些萧然。慢慢地观赏阿索格霍广场、阿尔卡萨尔城堡、圣埃斯特万教堂，不论风格、形态、规模，背后深深地反映着政治权力的更迭。由于它们的真实存在，让我们读着历史，体会着故事带给我们的启迪。

噢，我明白了，这些都是时光女神眷顾的理由，让塞哥维亚依旧庄重典雅。

海边吹来凉爽的风

一路向东而行，似在时空里穿越，沉醉于一个个灿烂的古城，阅读着一部史书，是文化与文明的交融，惊叹着多元文化的婉约。

多少有点儿激动，到达暖阳的地中海城市瓦伦西亚，真的难以想象，惊现着现代建筑艺术美感的艺术科学城，让我从传统的喜悦中惊醒。艺术科学城是由瓦伦西亚的设计师圣地亚哥·卡拉特拉瓦（Santiago Calatrava）所设计，包括海洋馆、天文馆、科学博物馆以及一座剧院。站在这组建筑的面前，似地中海上吹来的新风掠过，那么干脆、那么简洁、那么刚毅，让我停不住行走的脚步，融入到它的里里外外。

昵称为“朋克鱼”的建筑是索菲亚王妃艺术宫，有着超现实的外形，像外星人的头盔，又像太空船，与水中的倒影相映成趣，不知是刚刚落下，还是等待起飞，让人不停地遐想。

透明网状拱形罩里的球形天文馆，正面看像是甲壳虫，栩栩如生。侧面看，如拱形罩开启，天文馆和水中的倒影合在一起，

就像一只探求宇宙的“眼睛”，是多么灵动。

前看，波光粼粼的水面上，是否倒映着一架庞大的鲸鱼骨？交叠重复的三角形斜拉构架，既灵动又魔幻，真是美得出奇，它是富有魔力的菲利普王子科学宫。

它的背后是一个巨大的扇贝，或许来自海洋，色彩也是那么蔚蓝。假如你俯耳细听，是否听到海洋生物的耳语？这里是小朋友喜爱的海洋馆。

建筑群位于流经瓦伦西亚市的杜利亚（Turia）河床。杜利亚河曾经泛滥，早已被引导到城外。缓展的地形，被圣地亚哥·卡拉特拉瓦巧妙利用，主体白色建筑的艺术宫、天文馆、科学宫、海洋馆灵活地设计在一池碧蓝的海水上，与蔚蓝的天空，划过的飞机云，还有它们的倒影，浑然一体。

我继续穿行其间，点缀的贝壳，或竖立在水中，或好似吸附在池边，非常有趣。那些好似章鱼吸盘的序列，让植物园多了遐想的灵气。

行人里，好多人感叹圣地亚哥·卡拉特拉瓦荟萃了前卫及梦幻之风，欣赏着整体的艺术，似一缕清风，看到文明与文化的延续。

沿着文明的脉络，慢慢地游荡于昔日的老城，驻足在瓦伦西亚大教堂（Catedral）、米伽勒塔（Torre del Miguelete）、圣女广场及图利亚喷泉（Fuente del Turia），观摩哥特式、巴洛克式、罗马式三个不同风格的门楼汇集的大教堂，欣赏传说的“最后的晚餐”里的一个圣杯，倾听火祭节的传说与热烈。

依偎在沉静的地中海岸边的瓦伦西亚，两千多年来，承载着古罗马人的语言和文化，西哥特人在短暂停留后留下的一段至今还未完全被破解的历史，随后而来的阿拉伯人用科学财富把瓦伦西亚变成一座美丽大花园，岁月间交融更迭，而眼前的那座艺术科学城，让人们看到了瓦伦西亚的今天与明天。

一边是山一边是海

沿地中海一路北上，海风轻轻地吹拂，拂着和煦的暖阳，蜿蜒的道路忽沿大海，忽又穿入丘陵之间。坡谷间桃花盛开，昭示着已是春色烂漫。

多日回转在伊比利亚半岛的内陆，当蔚蓝的地中海扑面而来，似乎有点儿陶醉，多想靠近它，闻闻海的气息。见过了西班牙都市的古老与现代，多么想走进那个小村，或去海边寻一个悬崖小镇，听海浪搏击的回响，看海鸥腾飞的雄姿。

车拐一个弯，驶向佩尼斯科拉（Peniscola），白、蓝的主色调，似乎让人联想到希腊、摩洛哥的海边小镇，或许蔚蓝的海、错落的蓝白相间建筑，构成浪漫的地中海风情。

一边是蔚蓝的大海，苍苍茫茫。一边是微风轻吹，白色的轻浪搏击陡峭的山崖，点点繁花。几只海鸥叽叽喳喳，飞翔而过，或许想展示它们的舞姿，那么轻盈、那么洒脱。

陡崖上厚厚的挡墙与堡垒，传说与十字军有关，让小镇多了一些传奇。白蓝相间的里弄里，片片杂货小店、饮食店，充斥着活色生香的市井生活，零零星星的行人踩着闲逸的脚步，穿越在坡间的小巷，消失在这门那院。窄巷里、窗台上、阳台边，鲜花轻轻摆动，似乎微笑着与路人打着招呼。吱呀一声，探出一位少女，摆弄着鲜花，她似花一样迷人。

三三两两的旅客，坐在海边的椅子上，喝着咖啡，聊着小镇聊着市井，或许太喜欢此地的悠闲，谈笑间看海天间飞翔的海鸥，脸上洋溢着生活的满足。

离开佩尼斯科拉，前往蒙特塞拉特山（Montserrta，意为锯齿山）及修道院。蒙特塞拉特修道院是加泰罗尼亚最重要的宗教圣地，也是加泰罗尼亚的文化生活和精神生活的重要支柱。蒙特塞拉特圣母（黑圣母）是加泰罗尼亚人最喜爱的圣人。圣山、圣母，或许这就是去蒙特塞拉特的理由。

相传公元880年的某一天，一群上山的牧童看见神光伴着天籁降临，惊奇之余回家禀报父母。大人们跟着上山，也看到如此奇景。这一神迹马上被传了出去，主教也因此上山探个究竟，于是在一个山洞里发现一尊木质的圣母像。主教本想把圣母像抬下山，恭奉在Manresa城里，但是，一群人刚试图把圣母像抬起来，就发现圣母像突然变得重得抬不动。主教直觉圣母想留在山上，所以下令在此建了个小教堂供奉圣母。

蓝天下，看，蒙特塞拉特山山形奇特，山峦似一群穿着圣袍的修道者紧紧地围绕着神圣的修道院。登上山顶，或沿山峦回转，神奇地耸立着神似的山峦，多么有趣。极目远眺，加泰罗尼亚大地山峰绵绵，消失于茫茫的天幕间。

听着传说故事，多么想目睹蒙特塞拉特修道院的黑面圣母雕像。这尊膝上坐着孩童耶稣的圣母雕像，出自于12世纪末的一位木匠之手，满满地充溢着慈祥和蔼的气息。慢慢地轻步而入，恭敬地驻足在神像前，凝望黑面圣母的面容，轻轻地抚摸着她右手上拿着的球（据说此球很灵），许下自己的心愿，仿佛真的能够感受到一股无形的暖意在心头，期待愿望能实现。

膜拜了圣母，离开蒙特塞拉特山，不远就是巴塞罗那。遐想着一边是海一边是山的巴塞罗那，期待会有更多的精彩。

高迪的巴塞罗那

巴塞罗那有一句话：高迪是巴塞罗那的高迪，巴塞罗那是高迪的巴塞罗那。品味着它的含义，明白高迪不仅仅是那么几座建筑的设计师，而且还是城市的灵魂。

早早起来，赶到巴塞罗那的海边，吹吹风，看看奥体，去老港广场，看看手里拿着地图、站在柱顶的哥伦布，是否想告诉哥伦布手里的那张图已是老图?

没有多作停留，赶着去看高迪（1852—1926）的经典之作。假如你有时间，可一个个去参观，巴塞罗那有许多高迪的作品，而我选择了圣家堂、米拉之家、奎尔公园，很可惜巴特尔公寓整修，稍驻足，透过脚手架看了一眼它的阳台。

圣家堂（Sagrada Família）始建于1882年，是高迪将自己的建筑设计风格揉合哥特式和新艺术运动的风格进行建设的。他将晚年全部投入到教堂的建设，直至73岁去世，教堂仅完工了不到四分之一。整个工程预计到2026年完工。

要明白高迪的设计思想，或许应明白他坚守的自然、曲线、色彩的基本原则，不管有多少争议，有多少质疑，民众的追随与认可，就是建筑存在的理由。

圣家堂有三个巨大的立面：诞生立面，受难立面，荣耀立面，分别对应耶稣存在的三个重要事件——耶稣的诞生，死亡和复活，现在以及未来的荣耀。可惜荣耀立面还未建成。

东立面是诞生立面，为了纪念耶稣的诞生，因此方向朝阳。外部的雕刻精致写实，呈现出了喜气洋洋的景象。中间大门正上方的生命之树也代表了和平与希望。中间的仁慈之门，讲述的是玛丽亚接到天使报喜，然后耶稣诞生，牧羊人和三王来拜。左侧的希望之门，讲述犹太王希律派士兵屠杀与耶稣同时期出生的婴幼儿，耶稣一家人逃亡埃及。右边信心之门，讲述耶稣年少显示出神性，开始布道，接受约翰施洗，还有一个玛利亚怀着耶稣探访表姐伊丽莎白的故事。

受难面是由巴塞罗那当代设计师苏比拉克（Josep Maria Subirachs，1927—2014）所做的雕刻群。受难立面代表了耶稣的死亡。雕塑显得非常沉重，刻画了最后的晚餐、耶稣受难、犹大出卖等情节。而犹大之吻尤其让人印象深刻，犹大是耶稣的十二个使徒之一，但是他却背叛了耶稣，将耶稣以30银币的价格出卖给了敌人。在最后的晚餐中，被耶稣识破他是叛徒以后，他提前溜走，后带领敌人回来捉拿耶稣，并以亲吻耶稣为下手捉人的暗号。雕刻的右下角有一条蛇，代表着邪恶，盘绕在犹大的袍子衣角后面。在雕像的左边，有一个非常奇妙的数字方阵，这个方阵的数字，不管是纵向还是横向相加，都是数字33，而33是耶稣死亡时的年龄。

走入大殿，巧妙地运用阳光的照耀，不同的位置变换着不同的色彩，庄重与辉煌。诞生立面的玻璃窗，映射进来的光是橘色和红色等热烈的颜色，就像耶稣诞生时大家感受到的喜悦。受难立面的光，则显得冰凉冷清。圣家堂的内部由很多经过精心雕琢的柱子支撑起来，柱子的灵感来源于森林里的大树。繁复、细腻、精致、流畅等源于自然的手法，让世人惊叹，源于传统高于传统，无上的信仰。

游转着圣家堂，看着高耸的哥特式塔楼，一些已是百年沧桑，却还有一部分尚未开建。高迪设计完成的圣家堂一共有 18 座塔楼，其中中间较高的 6 座，呈金字塔形布局，代表各自象征的等级。最高的位于中央十字架上方，高达 172.5 米，代表着耶稣基督；它被另外 4 座 135 米高的塔楼包围，这 4 座分别代表 4 位福音传教士；位于后面的塔楼，则代表圣母玛利亚。而外面那一圈，3 个不同立面的 12 座较低的塔楼，则代表 12 位见证了耶稣言行的使徒。或许待工程全部完成，有机会再来膜拜，会有不一样的领悟。

米拉之家（CASA MILà）的独特外观，一直被人称道。波浪形的外观，白色的石材砌筑的外墙，扭曲回绕的铁条和铁板构成的阳台栏杆，宽大的窗户，可让人发挥超常的想象力，有人觉得像非洲世居民族在陡峭的悬崖所建造类似洞穴的住所，有人觉得像海浪，有人觉得像退潮后的沙滩，有人觉得像蜂窝的组织，有人觉得像熔岩构成的波浪，有人觉得像蛇窟，有人觉得像沙丘，有人觉得像寄生虫巢穴，等等，不管你怎么说，形象源于自然，印证高迪的一句名言："直线属于人类，而曲线归于上帝。"

当你步入中庭，拾步弧形楼梯，假如夜晚的灯光投射下，营造出的温柔梦幻的氛围，会让顶部的花朵图案慢慢渐变，仿佛是一幅油画艺术品，站在这里会有穿越旧时的感觉。

而天台的变幻形态，放眼望去，数十座如同外星人般的建筑，让人不禁以为走入星球大战的片场，而这些带来强烈视觉冲击的雕塑，竟然全部都是烟囱。或许你曾经在电影《过客》里看过，当初只认为是场景而已。

不论是哪个细部，门把手、门框、座椅等元素，均与人体曲线有关，温婉而简约。这些或许就是米拉之家的迷人之处。

奎尔公园其实是高迪为艾乌塞比奎尔伯爵计划建立的一个社区旧址。展现在我面前的是社区的公共部分。你可能看过奎尔公园的照片无数次，但真正走进此处，才能感动与惊叹。这里似乎是高迪的游戏空间，他任由想象在此飞驰，而以建筑师的专业将它实现。奎尔公园的入口处是两座覆盖着亮丽釉彩，如同童话里的糖果屋。看到这两座建筑的可爱模样，就已止不住好奇，一个公园这样开端，其他部分该是如何展现？

拾级而上，你会看到自然洞穴似的斜柱高架廊，有的分为上下两层，均可走人。廊柱多为斜立，看似随时将会倾覆，似海浪翻卷，多么神似；百柱厅，有 86 根陶立克式立柱支撑。中空型的立柱，除了支撑屋顶之外，兼具导水泄洪功能。立柱支撑起的屋顶上是著名的观景台，有堪称世界第一长度的座椅。椅面用马赛克碎片随意拼贴，图形各异且隐含寓意。说它是长椅并不恰当，它打破了公园长椅的印象。高迪利用百柱厅屋顶边缘，结合围墙与座椅，做出如同蕾丝滚边的曲折座位，并以彩色瓷砖拼贴，创造出丰富的视觉感受。在此或坐或躺，弯角处可以是单人座、情人座，霸占整个圆弧，就成为了五六个朋友聊天的空间。看起来坚硬的座位，其实是根据人体力学原理设计，靠背弯度恰到好处，让坐的人都很舒适。

站在观景台前，地中海一览无余，城市、大海、远处的山峦尽收眼底，似一幅徐徐展开的画卷，让人充满遐想，这就是高迪的巴塞罗那。

葡萄牙

西班牙

2019 年 2 月 6 日至 15 日

素履暹粒

失落的文明　永恒的微笑

吴哥窟是我仰慕的地方，但说不清为什么。偶闻元朝周达观曾有《真腊风土记》，城郭、宫室等内容记述得颇为详细，更让人有一种触摸它的冲动。

吴哥王朝究竟留下了多少遗址，估计谁也说不清道不明，究竟要去多少地方，着实也让人纠结。怕漏掉精彩的篇章，更怕假如不了解一些印度教、佛教、柬埔寨的历史，就等于去看了一堆“破石头”。

要说吴哥文明必须要提到罗洛斯遗址。公元881年，扶南国国王因陀罗跋摩建都罗洛斯，建普利科寺。因地势低洼，常受洪水侵扰，于公元907年耶输跋摩（Yishodharapura）迁都巴肯山，建108个塔的巴肯寺。12世纪苏利耶跋摩建小吴哥，吴哥王朝逐渐达到鼎盛时期。

素履而至，站在吴哥窟的护城河外，菩提树下，是何等兴奋。当真实地能触摸它时，似乎很远又感觉很近，那长长的引道从寺庙中心一直向西延伸至护城河外，而桥侧的守护神七头蛇（Naga）近千年始终高昂着头，看淡了近千年的岁月，却记录着真腊王朝故事、信仰、崇拜的吴哥窟。

阇耶跋摩七世崇信北传佛教，兴建大吴哥城。当去过吴哥窟，

再到吴哥城，是震撼、欣赏，再慢慢地品味发呆。

沿吴哥城南门而行，护城河内莲花朵朵，随波轻摇。桥栏上两条 Naga、众神（菩萨与阿修罗）向人们诉说着善与恶的角力故事。抬起头，城楼是一座高高的佛塔，佛陀微笑着凝视过往众生。那微笑是否就是“高棉的微笑”？

慢慢地接近巴戎寺，众塔错落矗立（49 座），千年岁月年轮已刻满寺庙内外，风霜挂满众塔，满是沧桑，心情也变得凝重起来。

走过破败的引道，柱边浮雕是那么灵动，一个个 Lakshmi（吉祥天女）跳起优美的舞蹈，舞姿是那么轻盈。那华丽的璎珞、头饰、腰带的珠片，似乎传来节奏的韵律，是那么欢快。

阅览着那些浮雕，品出活生生的市井生活。你看那赤着胳膊的男子似乎要远走从军，那妇人是多么不舍，拉着他的腰带，塞给他一只鳖，让他补补身体；你看那一帮男子为了过节，生起了炉子，抬着一头猪，大伙忙着劳作，一男子想早早品尝烧好的肉串，仰着头深深地闻着，露出笑容；你看这家子是否碰到什么事，男子推着装着家什的独轮车，臂上骑着一孩童，妇女提着包裹跟在后面，手上还牵着一孩童，旁边两条狗好像是他家的宠物；你看那店铺里扬手招呼的明显是宋人装束，旁边堆着货物，似乎在交给前面等着的扶南人；你看那牛在产崽；你看那人俯着身吹着灶膛做饭。慢慢地看，想着阇耶跋摩七世是多么开明，在如此重要的场所，描绘的却多是芸芸众生。

微微地抬头凝望，一个个佛陀的笑脸，是多么慈祥。无论你怎么回转，都在佛陀笑脸

里。你会感觉一股强劲的力量，似乎佛陀在给众生开示，传递着智慧的信息——苦难会渡过，祥和会到来。我似乎领悟了这些微笑的内涵，是否就是西方人称的“高棉的微笑”？

游走的众生或许感受到此间的氛围，轻轻地交流，不停地驻足。偶见有人坐禅礼佛，或许想得到佛陀的开示，面容宁静，内心或许真的如一汪清水。

离开巴戎寺，还在回味。几只活泼可爱的猴子在林荫间玩耍，甚是调皮。母猴捡拾着瓜果，小猴拉扯着母猴，钻进母猴的怀里，一会儿又蹦蹦跳跳地躲进乱石间。

步道旁，参天大树撑起一片荫凉，游走间，少了些许酷热。林间地上，不知是从何处散落的石头，仔细看也有不少浮雕，不知是岁月还是人为摧毁了曾经的辉煌，仅存的残垣让人浮想联翩。

吴哥城西北是巴本宫，是 1060 年为供奉湿婆神（Shiva）而兴建。元人周达观亲眼见过如此宏伟的宫殿后，描述“国宫在金塔、金桥之北，近门，周围可五六里。其正室之瓦以铅为之，余皆土瓦。黄色桥柱甚巨，皆雕画佛形。屋头壮观，修廊复道，突兀参差，稍有规模。……”登上台基，沿廊而行，高台宫殿已完全塌残，仅存四周不多的孤零零石柱，廊顶也已透进阳光，照在精美的浮雕上，似乎向人诉说着曾经的辉煌。

沿长长的引道出东门，登上半象台，高高的台基由雄壮的狮神、鸟神托起，守护神狮神高扬着头，神圣不可侵犯。台基的转角，鸟神（Yama）稳稳地托着，神情是那么洒脱。

广场还是那么宽广，却是那么宁静，当初象队出征的喧嚣，早已湮没在时空里。

左侧的那个台基是法院，对面的塔群（十二生肖塔），完全与华人的生肖没有关系，据考证，曾是千年之前的囚牢。注意，别用现在的逻辑思维去观千年之前的真腊国。

穿越在丛林间，去塔布茏寺（Ta Prohm，母亲庙）的路上，左右茂密的树林中，不时有残损的庙院、塔基，完全被树木缠缚。旅伴阿陈也道不出所以然。其实谁都想了解真腊繁华的面容，却又无奈，岁月已消殆了那个曾经，耗尽了几乎所有的存在，只留下这些残破让人遐思。

塔布茏寺庙门上的佛陀已微笑千年，透过庙门，Naga 引道蜿蜒地伸展，慢慢地消失在茂盛树林里。沿引道默默地前行，碎石满地，偶尔还能分辨出曾经引道的台阶。凹凸不平的地面里布满虬劲的树根，宣示着生命的顽强不屈。

已记不清《古墓丽影》里的场景，却依稀记得大树盘绕残垣的震撼。驻足回转，你看那树骑在高高的围墙，树根紧紧地抱着，任凭岁月的流逝；你看那树从门楣上高高耸起，树根从两侧顽强伸展，似巨蟒匍匐；你看那树躲在高高的建筑上，树根似织造的巨网，撒向大地；你看那树从墙角慢慢地攀爬，是那么粗壮，显示着它的力量；你看那片墙上的丛林，那交织的树根，还有树根间 Apsara 的微笑……我已无法再完整阅读那精美的建筑与浮雕藏着的故事。

这些看似“断垣”，却让我明白时间与空间交融的不朽，诠释着共生不灭的哲理。透过这些已修复或尚未修复的残垣断壁，似乎了解了一丁点儿鼎盛高棉王朝的历史人文，都刻下了“永恒微笑”的寓意。

膜拜神的居所

湖，对于出生于江南水乡的我，太过熟悉，有名的西湖、太湖，家乡的尚湖、昆承湖。印象里，水的温柔、水的烟蒙浩荡，几多诗情。听说洞里萨湖有着别样风情，还是想一窥究竟。

凉季（旱季）的暹粒，久旱无雨，车过简易的公路，尘土飞扬。晨曦里，村舍隐入腾腾的雾里，融入片片田野，几棵蔫蔫的凤尾竹、芭蕉树，告诉旅人旱季的渴望。

车停在高高的土坡上，听说就是湖堤，有点儿纳闷。放眼远眺，一望无际的森林，葱葱郁郁，混沌的河流蜿蜒流淌，消失在林间。走进几间简屋，邋粒的小纪念品店、杂货店，还有游船的售票口。透过窗户，河边停着几条机船。“别发呆啦，雨季的水位才漫到湖堤。”“一会儿坐船，大约一小时后，到达湖区。”

“哒哒哒”的机船声，惊起林间宿鸟，“叽叽叽”扑着翅膀，掠过树梢，不知又落在何处。不经意间发现，树上的枝丫间，挂满杂物干草，或许是雨季湖水的缘由。

拐了几道弯，看到几个渔民站在河滩浅水处，手提渔网，慢慢地转动身姿，抬手投网，圆弧形抛出，轻轻地又拖回渔网。“看，好像网里有鱼！”“身手还挺敏捷！”

视野开阔，水面茫茫无际，轻波逐浪，几条渔船停泊在水面，或许是准备启航的渔家。慢慢地驶过，几个孩童游戏于船面，船舱上有几个柬文。“是渔民小学。”“挺有意思！”

登上不多远处的几艘稍大的渔船，顿然明白，餐厅、商店、游戏厅、观光台，竟然还有几条霸气的鳄鱼，或许这就是洞里萨湖的不一般吧！

临近午后，热浪滚滚，或许太想早些目睹吴哥窟的曾经，素履而至。

你知道吗？12 世纪时，苏利耶跋摩二世兴建石窟寺庙，供奉毗湿奴神，动用 1.5 万人，用时 35 年，建成精美的小吴哥。假如你细想一下 1.5 万人、35 年、炎炎烈日，那么就知道为“神”的付出，小吴哥美丽背后的厚重。

护城河外，毗湿奴神的坐骑七头蛇，高昂着头已守护不朽的小吴哥近千年。远远地眺望须弥宝塔，蓝色的苍穹下，高耸的群塔身披岁月的厚重，依旧那么雄伟。跨过城桥，慢慢地走近，那岁月的风霜沾满小吴哥的里里外外，让它显得那么苍老，而右门廊柱上布满的弹迹，听说曾是那个“革命”年代的伤痕。

门堂内香火袅袅，慈祥的毗湿奴佛保佑着八方来客。环视四周，墙面上雕刻着姿态各异的佛像，或许传递着不同的佛教信息。你是否注意，右窗的外墙上小吴哥唯一的露齿佛，笑容多么灿烂。

沿内城中轴而行，左右各有一座巨大的藏经楼，承受不住千岁风霜、人为毁坏，已严重塌陷，只剩残垣，相应的两座莲花池，碧波依旧，开满鲜艳的莲花，但不知已是多少轮回。

走上一层须弥台。围廊内的千尊佛像大都不知去向，几尊残缺的佛像，依稀还能看到它们昔日的慈祥、庄严，看着看着有一种莫名的悲伤。

绕围廊而行，墙上、柱上挂满斑驳的印迹，通体微微的黑迹似岁月的外衣，消蚀了当初的细腻浮雕。露在烈日下的精美转角，大多只留下残垣，只能从偶尔留下的群雕上，一窥曾经的壮丽。

带着莫名的悲悯，回望一层须弥台，破败的小藏经阁、干涸的四座小莲花池，曾经的礼佛场景，不知遁入何处时空，留给今人太多的遐想。

沿主轴慢慢登上二层须弥台，欣喜地看到三角形石屋面内壁上，依稀存在一些上色浮雕，那么多姿灵动，演绎着佛教故事的事里事外。

烈日下，蜿蜒的长队等待着爬上三层须弥座，想去膜拜那五座供奉毗湿奴佛的佛塔。仰望那些台阶，是那么的陡峭，是否意味着，只有历经艰辛与磨难，才能获得期希的幸福？

沿着三层围廊，墙面精美的佛像是那么婀娜多姿、舞姿轻盈，千年过往里，笑容依旧。望着这一幅幅场景，似感受到“大肚能容，容天下难容之事；笑口常开，笑天下可笑之人”的异曲同工之妙。

驻足在内院仰望，佛塔高耸雄

伟，融入蓝天苍穹。

慢慢地回转在内院外院，回廊里一幅巨大的浮雕吸引着我，似乎在翻阅吴哥王朝兴盛的史书，场景回味悠远；另一幅是《罗摩衍那》，不妨慢慢地听些情节，诠释着一些永恒的哲理。

淡淡的霞光已布满天穹，回望小吴哥城，眼前水池里，小吴哥的倒影是多么迷离。那一个个须弥台、一个个回廊、一个个藏经阁、一个个莲花池……特别是那些浮雕，浮雕里的故事，透着佛教文化信息，是一部完整的史书，是神的居所，看到如此精美的文化遗址，由衷喜悦，内心膜拜。

残垣　遗址　文明

还在回味着吴哥窟、吴哥城的精美绝伦，路上，阿陈已开始嘟囔着女皇庙的精彩、崩密列的残败，吊足了我的胃口。

脑海里，纠结着一个困惑：千年之前，已如此繁华的柬埔寨，为何随着岁月，慢慢落寂消沉？

女皇庙不是女皇的居所。那一年，法国人寻觅此间，看见四周壁雕上天女的微笑，惊叹不已，或许迷恋这份情缘，起名女皇庙。

女皇庙是国师（Guru）的僧舍，于罗真陀跋摩（Rajendravaman）王朝始建，供奉湿婆、毗湿奴神。

去过著名的吴哥窟，又来到女皇庙。慢慢明白，当初的宏伟寺院，为何总是那么门廊窄小、引道漫长？文明已荡过千年，却依旧传递着一种信仰的力量，远远看到“神”的所在。不论过往里的是何人，弯腰穿过门廊，谦卑地膜拜；烈日下、酷暑里、大雨中，一步步走过长长的引道，那份执着与坚定，是内心虔诚的恭敬。

女皇庙不大，浮雕繁复、精美、传神。假如要用文字来描述，感觉文字的苍白。观又思，用心来领悟。

引道两侧是藏经阁，漫长的岁月摧毁了它原有的完美，门楣却依旧完好。你不得不注意，那些繁复的卷花代表着翻滚的浪花，绵绵又灵动，烘托着雕刻的主题。右侧是湿婆爱神骑着 Nandi 从沧海中复活的故事，非常可惜，不知谁把 Uma 的雕塑毁了；左侧是战神克里希纳战胜甘刹的故事，栩栩如生。

沿长长引道到主神殿，你会感到惊讶，如此精致奇巧的花纹图案覆盖了整个建筑。

大门的山形墙上，雕刻着印度教中守护东方，端坐于长着三个头的白象上的因陀罗。低头穿过窄窄的大门，靠近，尽可能再近，一边听讲解一边脑海里翻出仅知的印度教故事——《罗摩衍那》《摩诃婆罗多》，对照着红砂岩的浮雕，慢慢地诠释。你看罗摩王子手持弓箭帮助猴王射杀其兄弟的场景、舞蹈的湿婆神、恶魔掠走罗摩的妻子悉多、湿婆神降水灭火……每个场景都有舞动的卷花包围，多传神，烘托着信仰的主题。

你看那门边灵秀的舞女，是不是就是 1923 年法国作家马尔罗从女王宫偷走的四件女神像？那微笑是多么妩媚又多么慈悲，聚神凝视，这也是“高棉的微笑”，怪不得马尔罗这么喜欢，要偷偷地运走。你再看神塔边的守护神猴子，姿态是多么传神。看着看着，你不得不惊叹，这真是“吴哥艺术之钻”。

去崩密列的路上，还在不停地探讨、回味女王宫的精美。阿陈却说着推荐崩密列的原因——残破。从一条稍宽的柏油路转到一条小径，车一过，扬起不

小的灰尘。路旁的树林开始茂密，不远处一堆石头似乎杂乱地叠在一起，阿陈说：这就是崩密列的大门。

穿过这堆石头，满目疮夷，隆起的土路，布满纵横的树根，不时有参天大树挡住去路。透过漏阳下的森林，

留心残存的蛇头（五头）与栏杆，依稀能辨出原来长长的引道。

沿着长长的引道，四周是参天丛林，慢慢地又是一大堆石头，乱石间爬满了错纵的树根。一棵棵大树或在石间，或在墙上，或钻过窗间，伸展至天际。细观倒伏的石头，有精美的纹饰，不知原来在诉说什么故事。沿着拍摄电影《虎兄虎弟》的栈道，爬窗户，走屋脊，穿房屋，景致不停地变换。慢慢环视，那墙上骑着的大树，根似乎是撒出的一张大网，网住了过往的岁月；透过那个廊道上的漏窗，参天大树又从对面的墙上爬到原来的殿堂，根隙间露出微笑的佛陀；从院落间走向那个偏殿，那个石棺据说是国王的棺材。沿着一个个曾经的回廊，遐想着曾经串起的座座殿堂，过往间默默地走过多少信徒。沿游道爬到倒塌的顶，看一堆又一堆石头，那是主殿，那是佛塔，那是僧侣的禅房……不论你怎么回转，一片苍凉残垣，掩不住曾经的辉煌。

崩密列不像已修整的吴哥窟，无情的岁月消蚀了昔日的殿堂，处处是荒芜悲凉，无处不透着寺庙的神秘色彩。望着茫茫的丛林，真正领悟岁月无情，生命却是生生不息。

柬埔寨

2017 年 2 月 7 日至 9 日

尼泊尔

飞往蓝毗尼

沿喜玛拉雅山一路南行。

远处，巍巍的雪山绵绵，洁白的云朵轻绕着山峦，让我感觉一切是那么纯净、那么美好。

蓝毗尼，路是那么远，心却是那么近，佛祖的智慧与慈悲，让多少人为之感染，为之动容，也让多少人一路想触摸佛陀曾经的足迹，或许能多一点儿启迪，多一点儿彻悟。

虽然还是在6月，特莱平原已是酷热难耐。穿行在乡间公路上，偶见有人在村舍间的树荫下闲坐，原野上、田陇间，晌午见不到一个劳作的塔鲁族人，只有几头老牛躺在浅浅的河水里，露出亮闪闪的大眼睛。

待在乡间客栈，望着窗外热浪翻滚，等待着傍晚去朝拜佛祖的出生地——蓝毗尼花园。似乎老天知道我们的心思，接近傍晚，天上开始飘来一些云彩，

早已按捺不住，兴冲冲地前往那个有故事的地点。

路旁有不少不知名的小花，白色的小花格外引人注目，朵朵小花似一个个儿时玩耍的小风卷，让人浮想联翩。穿过一片树林，远远地看到白色方形两层的摩诃摩耶夫人庙，庄严肃穆，清秀典雅。光着脚踩在火热的大地，慢慢地走进庙堂。一条条一垄垄的红砖，不知已承载着多少岁月的风雨，难以想象2000多年的境况，也不知有多少信众走过曾经的红墙内外。

默默地回转，厅堂内轻轻地回荡着诵经声，我盯着佛祖出生的脚印，虽然已不再清晰，却遥想着当初佛祖脚下出现的莲花，一朵、二朵、三朵……是瑞祥，是福音。抬头而望，那一块石刻，不就是迦毗罗卫国的玛雅黛维王后扶着蓝毗尼园中的娑罗双树，生下了王子乔达摩·悉达多的故事吗？

一队僧侣不知是朝拜还是刚进行完什么仪式，从那棵苍翠葱郁的娑罗双树下走来，驻足在方形水池边。水还是那么清澈，静静的水面倒映着这队僧侣，耳边传来他们嗡嗡的诵经声。

有人在那里指指点点，或许就是在讲述那个传说——相传这个水池是玛雅黛维女神沐浴和释迦牟尼幼年时代洗澡的方形水池。

我绕着水池、绕过水池边的红砖残垣，眼前的无忧树间挂满了飘扬的经幡，水池边的一棵无忧树冲天而起，根部的树洞里供着一尊佛像，一只调皮的松鼠在树洞边跳跃，似乎在告诉我什么。烈日下，树下却是荫凉一片，或许就是心的宁静，不知是哪里来的几个比丘，盘坐在无忧树下，微微地闭着双眼，脸上挂着淡淡笑容，或许来此地也是想寻找一点儿彻悟。

那根阿育王柱矗立在摩诃摩耶夫人庙的尽端，斜阳下耀着光芒。柱上的行文记录了阿育王的一次朝拜，也告诉后人，此地是佛陀的诞生地。

看着高高的阿育王柱，望着辽阔的特莱平原、遥遥的山峦叠嶂，是信仰，是信念，让众多信徒前赴后继过沙河越葱岭，西行求法。贞观元年（627）玄奘“冒越宪章，私往天竺”，克服艰难险阻，一路研读佛教经纶，也曾到蓝毗尼参拜，在《大唐西域记》第六卷记载道：“至腊伐尼林，有释种浴池，清澄皎镜，杂华弥漫。其北二十四五步，有无忧花树，今已枯悴，菩萨诞灵之处……”噢，眼前葱郁的无忧树，不知已经历几个轮回。

我光着脚穿行在广阔的树林之间，默念着佛佗从迦毗罗卫城出家到摩揭陀国，从禅修（无处有处定）到苦行（尼连禅河畔），到证觉成道，建立缘起、寂灭学说，历经磨难，到鹿野苑说法，是智慧、慈悲让那么多人皈依佛门……

过了一座桥，桥下莲花朵朵，生机勃勃，桥头佛佗铜像矗立，右手指天、左手指地，似乎在说：天上天下唯我独尊。

慢慢前行，前方长明火轻轻摇曳，远处和平塔高高耸立，东园西园传来诵经声声，我由衷敬仰，愿世间多些慈悲。

听　雨

房间里散发着淡淡的香草味道，朦胧间透过窗户，内院的天井里泛着浅浅的晨曦，或许就是从这里传来的叽叽喳喳鸟鸣与乌鸦叫（印度教神的天使），把我从睡梦中吵醒。

前几年，去过两次西藏，感受了蓝天、白云、纯洁、朴实，还有神秘，一直有一种冲动，走拉萨过樟木，去一次佛的故乡——尼泊尔。

偶然的机缘来到珠峰南麓的加德满都，一切的一切是那么“简单”，当晚入住古老的KTH酒店，庭院间、建筑上、细微处，散着浓浓的印度教、佛教的文化信息，不由让你感悟慈

悲的力量。

已过了随性的年龄，越来越感到读书、旅行着实会让人豁达开朗，不同文化的碰撞，也会感悟诚实活着的意义——不会太纠结某件事某个人，行走间不经意的拾得，满满的幸福所在。

雨季的尼泊尔断断续续洒下细雨，不像江南的梅雨来得那么绵、来得那么悠，而是飘来荡去的洒脱。已习惯早起的我，坐在古老走廊的木窗边，静静地听着这雨，还有几乎吵人的鸟鸣，先发发呆。

Ronnie 与其父亲（内阁 Mr.Lama）一早的到来，着实让我惊喜。落坐庭院间，鲜花、哈达、唐卡，隆重又简朴的欢迎，受宠若惊。感受着此地文化的厚重与博大。

临近傍晚，已摆脱原定的“纷扰”，天空中戛然间露出蓝天白云。走出宾馆小院，拐一个弯，闯入加德满都古城的迷宫里。

窄巷转进窄街又走入窄道，风格“缤纷”的四五层楼硬生生挤在道路两旁，不知是否是因为 2015 年地震的原因，好多墙面还是“清水”的模样。不知是从哪年开始架的电线，一团团、一串串已不知是通往哪家接到哪家；摩肩接踵的行人穿行在拿着气球、挂着小包、轻声拉客的小商小贩间，不时有大眼睛忽闪忽闪的美女轻盈飘过；卖银器的、卖干谷的、卖莎丽的、卖生肉的、卖豆果的、卖香料的、卖咖喱小吃的……店铺家家相连，大多窄窄的却向内延伸，卖货的或坐或蹲，懒洋洋有着淡然的慵懒，不曾掸去飘落在货物上的灰尘；街巷转角的寺庙也不再清静，只有淡淡的香火袅袅轻绕；不知传说治牙疼的方法是否灵验，墙角的树洞边，被钉上一个个硬币。

驻足在马拉王朝（Malla Kings）、沙阿王朝（Shah Kings）的杜巴广场，一根根木头支撑着似乎摇摇欲坠的建筑，似乎想抚平那瞬间的惨烈，让人不忍心再去触摸。

独木寺不再耸立，只留下高高的台基。绕着它转了一圈，想寻找印象中的遗址，空荡荡的，只有阿育王比纳亚克寺金顶依旧熠熠生辉，香火轻绕，庇佑平安。

躬身进入库丽亚女神庙，围廊上、天井内，木雕细腻精致，黑漆漆的洒满了岁月的印痕，众人轻声交流，默默地期待着女神出现的那一刻。此时，只有鸽子在窗棂间轻飞，不知在传递什么信息。当众人双手合十，目光投向楼上雕花的那扇窗，只见女神优雅地来到窗前，投向众人嫣然一笑。啊！等待，就为了这么释然一笑。

不知谁家的孩子跳上湿婆尔瓦蒂庙前的石狮子，又俯着身似乎想与之交流，还是在祈求什么。高高檐下的湿婆雕像轻然间谈笑，庇佑着来来往往的众生。

哈努曼多卡宫（Hanuman Dhoka）还没有从那场地震中“醒来”，披着红衣的猴神哈努曼仍然躲在护墙的架子里，接受信众膜拜且不失威严。内庭（纳萨尔，Nasal）格外清静，内廊依次挂着各王朝国王的画像，孤零零的加冕台或许会让人忆起王朝盛事，只有高高的哈努曼神庙见证了一切的过往。抬头环顾四周，精美的雕塑栩栩如生，传递着文化的气息，而一个个窗户紧闭，更增添了荒芜的压抑感。

普拉塔布·马拉国王（King Pratap Malla）雕塑柱周围依旧有一些倒塌的残垣，三三两两的游客散坐在池森（Chyasin）庙的台基上，情侣们或靠或依，不知是否被精美的木雕蕴意所感染。近处的一角香火缠绕。噢！是著名的黑巴伊拉布（Kal Bhairav）石像，信众叩首祈祷。

望着高高台基上塔莱珠女神庙（Taleju Temple），只能遥遥眺望，一座座宏伟方塔或许告诉人们，此处曾经不凡。一对情侣轻抚着紧闭的精致大门，久久不愿离开，也许有什么情结所系。

穿过纷杂的街市，回到幽静小院，只见独行的背包客闭着眼睛静静地坐在门廊的沙发上，手上依旧拿着翻开的书本。天又洒下雨滴，或许她在听雨。

随行杂记

尼泊尔是一个幸福指数非常高的国度。它是一个内陆国，经济又欠发达，幸福快乐来源于何处？幸福源自内心的满足与博大的慈悲。

无论在加德满都的街巷里弄还是在莱特平原的蓝毗尼，你会遇到、见到、碰到淳厚之风，欣喜之余感觉是那么亲切。

那天傍晚，从蓝毗尼园出来，不知是虔诚还是欣喜，已忘记了口渴难耐，浑身已被汗水彻底湿透。看到路旁的小杂货店，尼泊尔朋友 R 提议是否喝点儿什么。喝着冰镇可乐和不知牌子的汽水，水似乎没有经过身体，满满地从脸上挂下，透彻了，感觉到微微的凉意。

坐在小店外，天气不见转凉，树梢一动不动，风不知吹到什么地方去啦！几人聊着家常，也聊着蓝毗尼的过往，看到三三两两归家的行人，不紧不慢。转过头，只见不知从哪条陇上赶过来几头老牛，懒洋洋地又不太愿意地沿着马路边的水沟，慢慢地拐入不远的村子，而那几个村妇却驻足在村边闲聊，笑声朗朗地传来。

稍歇了一会儿，天色慢慢地暗了下来，我们沿乡间田埂而行，快到客栈时，远远地听到一遍遍童声“Uncle、Uncle”由远渐近，莫非是叫我们？我们停下脚步，见一孩童气喘吁吁，奔到 R 的身边递上刚才遗忘在小店的手机，还来不及道谢，孩童消失在夜幕里。

在加德满都停留的数日，体会着尼泊尔人生活的节奏。不论与什么人谈事，不论与什么人交流，举止言谈间满满的尊重，丝毫不曾让人感觉有何“不适”。好多次随缘用餐，饮食文化着实又给我上了一课——“简洁”。

或许受印度教、印度文化的影响，咖喱似乎是“百搭”。不论是在宾馆、酒店，还是在栈，菜品对我来说惊人地一致，一小碗咖喱鸡或咖喱鱼、一小碗咖喱平菇、一小碗咖喱长豆、一小碗咖喱汤还有一小碗酸奶，外加一杯水，有差异的仅仅是餐厅环境，还有拌饭的那只浅盆，是铝的、不锈钢的还是铜的。

住在老城，闲暇时总惦记着去文化遗址，时常走街串巷，闻着弄间烟火，融入市井生活。

最有趣的是读“脸”，你看粉色妆的护士，脸上挂着“青春洋溢”；你看跳步而行的学童，脸上写着“无忌”；你看杂货铺里的店主，脸上透着“知足”；你看街上交流看报的老人，脸上刻着“淡泊”……街上一行僧侣的步伐也是那么轻盈，这是幸福的表达，与贫富无关。

朋友R在尼泊尔也算望族之后，原先的交往总让人感觉惊诧，穿衣打扮虽整洁却过于简朴，总带的那个钱包破败，让人感觉有点儿“烂”，或许掉在地上都没有人去翻捡，到尼泊尔，让我突然顿悟。

R从美国留学回尼泊尔，成家后独立生活。每天匆匆忙忙地赶工，没见有停歇的片刻，身上满溢着“努力”的影子。一次偶尔的交流，话题是一把传统的尼泊尔锡壶。R说他父亲家有，他家没有，他还要努力工作。这种教子方式是否也印证了林则徐说过的一段发人深省的话：“子孙若如我，留钱做什么，贤而多财，则损其志；子孙不如我，留钱做什么，愚而多财，益增其过。”这话说得何其透辟，又何其超脱。噢！原来是他们简单快乐的又一法则。

到过尼泊尔的城里乡村，房屋朴实却是居者有其屋，没有太大的差别，忙碌间有太多的淡泊，有追求是满满的简单，别人眼里的穷并不可怕，心里是那样富足。

凝固在那个昨天

从帕坦杜巴广场回来，已是傍晚。与Z坐在房间门外的走廊里，抽着烟聊着尼泊尔的点点滴滴。

又停电了，走廊里黑漆漆的，蚊虫嗡嗡作响。窗外，树上鸟儿却在喳喳喳地欢歌，月亮已不知什么时候爬过了树梢。

去过加德满都的杜巴广场后，感觉加德满都是一个情感交织的城市，既向往及欣赏马拉王朝（Malla Dynasty）的宏伟“纽瓦丽”式建筑的精彩，又感叹残垣间的杂乱。回转此间，台阶上、庙宇边、回廊上，那么多淡然的众人，却让

我顿然释悟，不论多少轰轰烈烈，总会回归坦坦荡荡的守望。

帕坦杜巴广场由马拉六世国王的又一个儿子修建。当我驻足在克里须那神庙的那个角落，时空仿佛回到“叮叮当当”修建时的场景，一切的一切凝固了。

许多过客不再在意这庙那寺，也不再抬头膜拜那根柱上盘坐的国王，而我却在释读那一座座建筑的辉煌。

克里须那神庙状如群峰、塔亭环绕，托起二重峰峦，几百年岁月的流痕挂满了块块叠石，让人感觉是那么厚重。皇宫前的那口大钟有点儿倾斜，也不再有人去敲钟鸣冤，或许当初的马拉国王以此表白，他是一代明君；旁边的曼嘉喷水池已几近干涸，也不再有夕阳下“纽瓦丽式建筑”的倒影，残破似乎背负着太多的不堪；哈里桑卡神庙已完全倒毁，那围栏里只传出“叮当”的响声，早已不再是曾经的那个工匠，而今的匠人能否承负昔日的辉煌？那围栏旁的台阶上，悠悠地坐着几个老翁不知在交谈什么。路过纳辛哈神庙，驻足在嘉格纳那扬神庙前，那挑檐是那么博大，斗拱间雕着佛教纹饰，繁复间细腻精致，斜撑上也有那“蕴意”的雕刻，不知是为了什么？跨过还残留的石雕，看见几个欧洲客扒着围栏的那个空隙，向里张望，我感到好奇，顺着那空隙而望。那不是圭师那神吗？噢！这就是著名的黑天寺吗？你看低层廊柱既有韵律又通透，二三层每边三个亭子，状如峰峦层叠，每个顶有镏金圆球，宛如群峰披星戴月，巍峨间透着秀美。用长焦慢慢拉近，想看清墙上“摩诃婆多罗”“罗摩衍那”的佛教故事，内内外外蕴含着印度教的痕迹。回转在嘉格纳那扬神庙、Bhimsen神庙，那蹲坐的雄狮护卫，是那么威严，看着来来往往的八方过客。真可惜！传神的 Manga Hiti 水渠也已残败，只能从围栏间眺望鳄鱼头形的三个出水口，它们还在流淌……拐过几个弯，走进金庙，门道内有佛徒在打坐，神态安详。门楣上是曼陀罗。几个妇人散坐在廊内猜不透来自何方。园内的香烟缭绕，让金碧辉煌的寺庙披上厚重的色彩……

与 Z 品着茶还在回味，商定必去的还有一个广场——巴德岗杜巴广场。

滞留在加德满都已有几天，原定的商事时间一变再变，出门就变得有点儿踌躇。傍晚时分，已知次日上午没有重要的事，就定下早起到巴德冈。

天空灰蒙蒙的，似乎有山雨欲来的感觉。还是沿着窄窄的、凹凸不平的、弥漫着灰尘的路，一路前行。车掠过似城非城、似村非村的加德满都，摇摇晃晃间不时绕过马路中懒洋洋的牛、散步的羊还有到处溜达的狗，空气却透着浓浓的泥土的“香”味。

漫步老城也是一件愉快的事情，会自然而然地融进此处的市井生活。你瞧！步履轻快的挑担老人在赶集，篮子里的蔬菜绿油油的水嫩；卖杂货的货郎笑眯眯地盘坐着，等着顾客光临；做油饼的店家一遍遍在翻动，那香味诱着我停步品尝……还有活泼可爱的学童跳跳蹦蹦地赶学，脸上露着天真无邪。

此时的杜巴广场格外静寂，只有少少的人在佛龛前礼佛。广场上，到处是鸽子，停在这寺又飞往那庙。而我停留在尼亚塔波那神庙，高高的台座上，大力士、大象、狮子、神鹰、希提拉那克希米女神，守护着高耸的神庙，让人们不得不抬头仰望，是否蕴含神的神圣。

坐在苍古娜拉扬神庙前的阁楼，品着浓浓的尼泊尔奶茶，眺望着五十五窗宫。那暗红色的墙，黑漆漆檀香木雕花、饰有宝石的窗棂，细腻灵秀。不知这后宫里究竟有多少悲欢故事。

听着不知从哪里传来的颂经声，悠扬中透着慢慢的韵律。游逛在达塔特拉亚（Dattatraya）神庙、皇宫、黄金门（Golden Gate）……欣赏着细腻的木雕、栩栩如生的守护神、博大的“纽瓦丽式”建筑……试图参悟细微处传递的信息与故事。

围栏内又传出“叮叮当当”的工匠声，此处似乎停留在创造辉煌的那个昨天，内心涌起浓浓的尊重。

难道说，这不是仙境？

山地国度的尼泊尔，除了必去感受马拉王朝的建筑文明，可能也会向往冲出加德满都谷地，选择一座山，冲一杯清茶，遥望喜玛拉雅山的峰峦。

国人对藏地有难释的情怀，而喜玛拉雅山更是有一层神秘的色彩。曾去过两次西藏，走过新藏、川藏、滇藏，是一种超然的回归，那蓝天、白云、清澈的湖水，远处的白雪山峦，云绕耳语，还有那色彩鲜艳的藏房、一步一叩的长头，当听着呼呼的风，彻底拜倒在超脱物欲的精神“裙”下，是淳朴？是信仰？

一直计划穿过日喀则到亚东，想遥望喜玛拉雅山，去膜拜，诠释心里的“崇高”境界，却未曾成行。

北坡或许苍凉、萧杀、贫瘠，完全没有生机，也或许就是这样的场景，让人顿觉高高挺起的脊梁那高大、英武、不屈的内涵。当遥遥地眺望那白雪皑皑的山尖，那白云有时絮绕，有时丝一般掠过，是耳语还是无情地撕裂？那雪尖却始终挺立，想感受那独有的场景，或许这就是已无法抵达的梦境。

而南坡则完全不同，从印度洋飘来层层雨雾，飘飘洒洒地止在南坡，滋润着绵绵的山峦。从加德满都出发，绕过星星点点的村庄，绿葱的树林，田野里摇曳的小花，你禁不住会稍作停留，走走这里的田地，闻闻带着青草味的空气，撕一把玉米，采一把野花，是那么随性。

在从加德满都飞往蓝毗尼的飞机上，一路看到白雪飞花的喜玛拉雅山峦，绵绵起伏，似纯洁的少女，那么美，美得不想让人触摸，也不想去撩开那薄薄的面纱，守着敬拜。

而我绕过一个又一个山峰，驻足遥望喜玛拉雅的南坡。天公似乎有点儿与我作对，层层的雾雨一遍又一遍扫过平台，似乎让人完全失望。而当一丝阳光透过雾雨的裂纹，洒在山峦的那峰这峰，看到它那含羞的美，让人怦然心动，期许着慢慢看到葱翠的喜玛拉雅山。

雨停了，云雾快速地掠过，云雾间洒下的阳光飘到山坳里、坡谷上，淡墨间层层叠叠，近处远处偶散的村庄飘起袅袅炊烟，和着那白云绕过绵绵山峰，充满着生活的灵气。

我依栏而望，被眼前变幻的山景而惊呆，忘了拂去挂在脸颊上的雨丝。喜玛拉雅的脊梁，优雅、纯洁的景致，让人彻底折服，不禁感叹不已，这不是仙境吗？

尼泊尔

2017年6月、2018年4月

轻履澳洲

包容是文化的根植

澳洲远离大陆，漂泊在茫茫大海，是孤独，是特立，还是不凡？它有世居民族，但在1768年，库克船长（Captain Cook）从英国出发前往南太平洋探险，驶过澳洲东部，且在1770年占领东岸一带，称之为“Australia”（南方的陆地）。从此澳洲被英国殖民。

你看过电影*Australia*（《澳洲乱世情》）吗？莎拉（Sarah），一个英国贵族为寻夫，远走澳洲大陆，那么荒芜茫茫，到达后却得知丈夫已离世。无奈与坚守时，与豪放的当地、粗犷不羁的“牛仔”（Drover）相遇，纠葛间，人生脱胎换骨。或许从这些场景里，看到曾经的澳洲大陆。闭上眼听一首*Over the Rainbow*（《跨越彩虹》）。

想弄明白为什么是“骑在羊背上的国家”吗？是羊多吗？对，但不是牛也多吗？不是还有那么多活蹦乱跳的袋鼠、迷离的考拉吗？噢，是不是这些是说明澳洲源于自然，精彩于自然？

一叶知秋的季节，澳洲却是鲜花烂漫。想认识澳洲这块大陆，从墨尔本出发。

走进古朴哥特式建筑的墨尔本大学，高耸的大树、绿色的草坪、簇拥的鲜花，是公园，还是校园？优雅的环境或许会让你产生疑惑，漫步间，遇见那么有朝气、青春洋溢的学子，在草地上交流、在长椅上阅读、在大树下昂首轻吟……透过古典与现代、自然与人工交融的校园，或许你会相信，此处的学子肯定除了获取知识，更有对待自然的博大胸怀。

这个季节注定是伴着春的气息而行，树枝鹅黄嫩绿，鲜花在街边、路旁、院角盛开，不论在哪里，都是满满的诱人花香。电车缓缓地穿行在大街小巷，似乎穿过了曾经的一段段时空。

圣帕特里克大教堂（St. Patrick's Cathedral）堪称南半球最大最高的天主教堂。教堂于 1897 年正式启用，上方的三座哥特式尖塔直到 1939 年才完成。教堂由青石筑成，外墙里面起伏凹凸，颜色深灰偏黑，庄重大气、宏伟醒目，装潢华丽但不失庄严，充分展现了文艺复兴的建筑风格。福林德斯火车站（Flinders Street Railway Station）是澳大利亚最早的火车站。听着清脆的钟声，驻足于非常有历史底蕴的站台上，似乎要从此去穿越，触摸昔日的过往。由英国建筑师威廉·巴特菲尔德设计的圣保罗大教堂（St. Paul's Cathedral），建成于 1891 年，是墨尔本最早的英国式教堂，也是墨尔本市区内最著名的建筑。它之所以闻名还因为它是以蓝石砌成，墙壁上有着精细的纹路。教堂虽闻名于世界，却因在墨尔本，又因用的蓝石，就有了特殊的

历史蕴味。沿蜿蜒的街道而行，左的右的有些不大的建筑，你走近去看，风格各异，欧式的、阿拉伯式的、中式的，还有文艺复兴时期的，那些细部代表着源自何种文化，或许就代表着主人来自何方。你慢慢地看，或许就看到了曾经历史的印迹。再慢慢游走，淘金时的红砖澡堂依旧那么古朴，转角的三座纪念碑是一种理念的表达，植物园边的皇宫没有升旗，亲王今天似乎不在宫里。不论走过哪个街坊，也不论左边右边是什么现代建筑，如此地共容共生，走过它再过另外的建筑，跨过了一步却仍在跨越着时空。

你说是在城市，还是在花园？沿亚拉河的北岸南岸，穿过繁华的街道，徜徉在绿树成荫的街道上。转过圣帕特里克大教堂，游走于菲茨罗伊花园（Fitzroy Gardens），逃离了城市的喧嚣，遁入宁静的桃源。仰望蓝天，有些树丫还未得到春的召唤，依旧萧条；而草坪早已春之盎盎，偶尔有人在长椅上休息，路边红的、紫的、白的，姹紫嫣红，喜极而驻。路过库克船长小屋（Captain Cook's Cottage），就会明白那段历史。库克船长的旧屋，据说是他父母的房子，为纪念那段历史故事而移建于此。

皇家植物园（Royal Botanic Gardens）是个雅致的地方。曲折的湖河，海鸥、水鸟点点飞跃，或游或翔或欢转与草地，与闲憩的人打趣，偶见孩童追逐，鸟儿调皮地飞转左右，抢食着孩童手中的零食，逗得他们手舞足蹈。哈哈，真的有趣。蜿蜒曲折地绕行，花香满园却难得叫出它们的名字。细观吐蕊的、镶边的、纯色的……噢，这是百合花。近的远的大树却有另一番风姿，高耸的、丛生的、虬劲的……各有风骨，给人以阅不尽的自然恩赐。

穿过城市，越过葱郁的乡野，停留在太平洋边的菲利普岛。残阳西下，沙滩散尽了逐浪之人，夜幕降临，听着海涛逐浪的轰鸣，等待着摇摇摆摆归巢的蓝企鹅——澳洲海角的小天使。

躺在草地上吹着风

初春乍寒，海湾吹来的风撩起衣襟，钻进薄薄的衣衫，望着摇曳的柳丝，挂满鹅黄小花的街树，怎么也没法适应“秋老虎”到寒春的突变。

沿一号公路一路向南，摇摇晃晃间闭着眼，想着小付所说的澳洲四怪——无尾的羊、列队的牛、穿衣的马、没峰的驼。感觉甚为有趣，又似乎有点儿奇怪。想想确有道理，人啊人，怎么让它们变成了“四怪”？

澳洲地貌与英国颇为相似，或许是受英国殖民的原因，连农庄的规矩都照抄照搬，桉树或松成行排列，分割着葱郁草地，缓坡下是河谷，清冽的溪水激荡而去。河岸边，粗壮的桉树护着坡搭着荫，初春的漏阳洒出波光粼粼。

停留在 Timboon 小镇，我依傍在一间旧式书屋（1847），抽着烟呆呆地望着蓝天、轻荡的白云，闻着凉风里飘着的奶香咖啡，有点儿陶醉。一阵叽叽喳喳的轻鸣，敲醒呆梦。那鸣唱忽近又忽远，似乎在逗趣嬉娱。我顺着声，轻轻走下坡，盯着一只只鹦鹉，看它们的姿态轻盈，好似遁入桃源之间。

河谷里，溪水激荡，坡谷缓缓伸展。丛丛绿树、雅致小村、错落农舍，点缀在坡谷间。草地上，一群群美丽诺绵羊肆意啃草，或走或卧；一群群奶牛懒懒洋洋，漫步游荡。不论你是否经过，悠闲的样子好似在说“不想理你”。

穿过绿树葱郁、绿草盈盈的农庄，拐过 Port Campbell，沿蔚蓝的南太平洋海岸前行。看，茫茫大海波涛逐岸，岁月间雕琢着蜿

蜒海岸，一半是海一半是山，无情的风雨变幻，让此处变得神奇，就有了时空故事的联想。你看那一块块耸立海中的巨石，传说是耶稣的十二使徒，不知何时跋山涉水来到此地，是为了传道，还是来此观光？如今还留着七个使徒，另外五个是否已去他方？你知道吗？《圣经》记载十二使徒中，彼得性情刚猛，对耶稣忠心耿耿；安得烈是彼得的弟弟，为人忠厚老实。起先是施洗约翰的门徒，听施洗约翰说耶稣是弥赛亚，就和哥哥一起跟随了耶稣；雅各原是加利利渔民，其父名西庇太，故又称“西庇太的儿子雅各”，性格暴烈，耶稣称他为“雷子”……信道的执着，性格的差异，有着各自独特的故事。

有人就问，耶稣呢？我一路寻找，吹着海风拂去偶尔飘下的细雨，来到红帽子灯塔，回头一看，全然明白，那海中坚如磐石的巨岩，酷似耶稣，左侧矮矮的，不就是反水的犹大？耶稣让他远离了其他使徒，两千多年的时空里还在教诲那个犹大。

驻足在蔚蓝海的尽头，一块飞地被海洋无情地隔开，孤独地伫立于海上。据说多年前，孤岛与海岸由巨大的拱岩相连，那巨大的拱岩被称作“伦敦桥”（London Bridge）。一天，一对情侣停留在突出犄角的尽头，看海浪飞舞，忘情地相拥。突然，拱岩崩塌，两人滞留于孤岛，惊恐地看着南边的海、北边的岸，从此有了故事。侧耳听，拍岩的波涛，是否奏着一曲《魂断蓝桥》的韵律？慢慢地回转，再看那座“断桥”，你是否也有故事，也想与人分享？

蜿蜒曲折地沿大洋路而行，再次驻足Port Campbell，坐在长椅上稍息。抬头望，天地间，一群一群海鸥上下窜动，瞧它们的样子，一定惦记着人们手里散发着诱人香味的烤鱼。几个顽童奔跑着、挥舞着、驱赶着海鸥，充满童趣。

又过Apollo Bay，恬静惬意，来一杯咖啡，捧一本书，不需“望洋兴叹”，看夕阳西下，望旭日霞飞，听海涛奏乐。假如你有兴趣，闭上眼，枕着头，躺在草地上吹吹风……

从蓝山回望悉尼

桉树让此间的山峦披上神秘的面纱，幽幽的蔚蓝。传说蓝山（Blue Mountains）的山坳里曾有一个会施神奇魔法的长老，三个女儿貌似天仙，部落捧如明珠。山的另一边却有一个魔鬼，垂涎天使般的三个姑娘，屡次进犯。长老迎战前，用魔杖施法，让三个女儿变成三个峰峦，击败魔鬼后，施法再让山峦变回可爱的天使。不知多少年前，长老攻击魔鬼，却失落魔杖，自己变成一只飞鸟腾空而去，而绵绵的山峰边，就有了美丽的三姐妹峰。

嫩绿、繁花是春的衣衫、春的韵味。沿蜿蜒的道路穿行，两侧的绿荫里“自然生长”的房舍，门前的篱、侧面的墙爬满藤蔓，微风里摇出春的光彩；院落的树上挂满春的笑脸，伸展出墙院，与世界满满的“拥抱”，不时看见廊下，独坐着闲客，品着茶、看着书，偶尔抬头看匆匆的路人。

我登上山顶，坐火车、缆车游转蓝山之巅、山峦之间，穿越神秘的雨林，听着曾经劳工的故事。假如你贴近一点儿陡岩，假如有一丝漏阳，你会发现仍有层叠“乌金”。噢，观光的陡坡火车，原先曾是送煤的矿车。

Skyway 硬生生跨越杰米逊谷，不知谁的主意，行进中，厢底中央变幻成透明玻璃，游客尖声惊叫。透过玻璃看到幽深谷底葱郁，不知是什么世界；透过舱舷漏窗，卡通巴瀑布飞流直下，层层叠叠；极目远眺，宽阔的山峦绵绵，陡崖耸立，三姐妹山熠熠生辉，孤寂山却寂寞地守着陡岩，让人不离不弃。

闻着春的气息，穿行绿树成荫的山间、村舍，你怎么能相信，曾经在此地的第一代人，来自英国流放的“罪犯”，是被 Macquaries 总督释放的“犯人”。

Macquaries 总督是 17 世纪澳洲的第四任总督，成绩卓越，连任三届。假如你驻足 Domain 半岛，会听到一个美丽的传说。Macquaries 总督连任需回英国述职。平时总督公务繁忙，难于抽身陪太太。而来回述职一次，海上飘泊太久。Macquaries 太太计算着归期，坐在石头上盼望。慢慢地被“移民”关注，为纪念这份执着，此处被命名“ Mrs Macquaries Chair”。假如你找到它，一定去坐一坐，也许会有不一样的心情。

澳洲遥远的大陆曾多么平芜苍茫，17 世纪初英国的流放，让这些人望着天空兴叹，回不去家乡。慢慢地扎根生长，街巷、坊里、公园的命名，来自遥远的故国，你是 Hyde Park、Kings Cross、William Street、Queen Victoria

Building……怎么走似乎跟着“司的克”的节奏，感觉是在英国不是在澳洲，朦胧间晃晃头，看到悉尼歌剧院（Sydney Opera House）还有海峡里海港大桥（Harbour Bridge），猛然觉醒，是在被称为“骑在羊背上的国家”的他乡。

蓝天白云鲜花，让人心情顿感轻盈，游走间寻找着过去、现代文明的印迹，阳光从窄窄的高楼间洒下，让人从纷呈的建筑中阅读着包容的文化信息。

穿过达令港（Darling Harbour），海湾里游艇游弋，浪花四溅，夹杂着人们的欢声笑语；岩石区（The Rocks），弹唱的艺人欢歌轻舞，小贩售卖着台布、手工画，小店飘出烤肉、烤鱼的香味，吸引着刚从游轮上下来的旅客。沿希克森路（Hickson Road）漫步，远眺熠熠生辉的悉尼歌剧院，神情肃然起敬，是帆船吗？是启航，还是归途？是贝壳吗？不知来自大洋何处。我却感觉是恬静遐想的修女，那么圣洁。

当真的靠近悉尼歌剧院，你看，人们坐在海边，吹着海风，听着音乐，一杯小饮，海阔天空。他们不知从何地汇聚到这里，议题是否关于丹麦约恩·乌松？围廊间，摩肩接踵的人流游转厅堂之间，听着有关歌剧院的事里事外。我坐在话剧小厅，不是看剧而是看歌剧院建设的纪录片，思绪随风而起。远看轻盈婉约的歌剧院，不知丹麦的乌松的设计思维缘由，是否待久了大西洋边，看惯了船启帆归，听久了安徒生童话，遐思着天朗气清、惠风和畅的海角，远处是茫茫海洋，晨曦启帆、夕阳归航的场景，思绪浓缩于亭、帆、壳之寓意。

听着音乐，踩着节律，漫步于厅堂之间。外壳的刚劲、内厅木栅的韵律美与底部透明玻璃的借景，浑然天成，简单的质朴透着清澈的实用思维，却又超于自然，让人感受开朗豁达的婉约干脆。

有些舍不得离开，仰望着蓝天下轻缓的曲线，好似融入白云之间。缘由歌剧院，就知道约恩·乌松，缘由歌剧院轻盈的姿态，就有了遐逸的空间。你站在它的面前，与它对视，与它交流，或许此间你感应到建筑师的心跳，或许此间你想作太多的感叹，都没错。

侧耳倾听传来的音乐，是柴可夫斯基的《天鹅湖》，那么轻盈那么动听，回荡在歌剧院的里里外外。

一生不能错过的大堡礁

水的婉约轻波，对水乡的人来说，寄托着太多的乡愁。小桥流水人家，粉墙黛瓦斑驳，小巧而玲珑，却不够阔亮的大度。

面朝大海，春暖花开。当我闻着满溢清爽的泥土芬芳，望着蓝天的絮絮白云，惊喜于不知何时已退去昨夜的一阵急雨。听，一阵叽叽喳喳，蜂鸟穿梭，传递着春的信息。

与海鸥说个早，想去看碧蓝的大海。轻步登上游艇（Big Cat），脸颊拂过春风缕缕，看游艇腾起浪花朵朵，拍着漫滩的红树林，惊起一片宿鸟。

风高浪急，摇晃起舞，飞溅的浪花拍着舷窗，不是飞花，而是一首催眠的儿歌，你听，是不是《海底总动员》的配乐？好像就是，让人晕晕乎乎，遁入观海的梦境。

逐浪飞花，蔚蓝的辽阔大海，是白云的飘落，还是蓝天的映衬，碧得深邃，不知藏着何种神秘，好像是那条小丑鱼“马林”，去一探究竟。你看，靛蓝的海里，这个、那个透迤地共融着，浅黄、淡蓝的色彩，或深或

浅，海洋在“变脸”，神神秘秘，游过一地又过一地，环视着羡慕嫉妒的奇景。噢，这里藏着那份至爱——大堡礁（Greet Barrier Reef）。

沿昆士兰蜿蜒曲折的海岸，神秘地伴生着两千多公里的珊瑚礁，似彩色婀娜多姿的飘带，轻绕着这边山那边海。

我不想飞上天空，寻找心形姿态的珊瑚礁，而想象一条小丑鱼“马林”，借海面的漏阳波粼，再去与红珊瑚、葵花珊瑚、软珊瑚……打个招呼，假如能碰到蓝唐王鱼“多莉”，那是多么幸运，可不想碰到讨厌的鲨鱼。

仔细瞧，斑斓的珊瑚在湛蓝、透澈的海洋里，变得那么迷离、梦幻，红的轻摇那么艳，黄的轻舞那么多姿，多彩的似树丫仪态各异那么壮观……你看，一群群鱼儿穿梭追逐着，那是它们的“森林”。你是否迷路了？或许是迷倒了？你是否想知道鳗鱼藏在珊瑚的哪个坳里？你是否想知道乌贼鱼变着什么伪装？你是否想知道蟹爬往何处？是那么迷离多姿，不知那边是哪里。

风吹起波涛，一浪又一浪翻卷，一只乌龟懒洋洋地晒太阳，又伸了伸“懒腰”。海鸥上下飞翔，点溅浪花，美美饱食小小的鱼儿……不知又是谁探出海面，脸颊飞花，或许他碰见了“多莉”。

当我沿绿岛（Green Island）漫步，留下串串脚印，随着潮起潮落，又是一片金色的海滩。余晖里，恬静惬意，假如可能，一生不要错过。

海阔与天空

远在天边，是天。近在眼前，是海。今夕何夕，轻风袅袅。

看椰树轻摆，看沙滩脚印，看荡漾小舟，看小鸟翱翔，是诗意。

阳台上，一杯清茶，捧一本书，听着小鸟悦耳的轻鸣，远离尘嚣，思绪回归空白，不再困扰于曾经的纠结。

平展的沙滩，几行人行，慢慢地迎着徐徐的春风，没有紧赶慢走，悠悠地沿海湾漫步，轻浪漫滩拂去留下的脚印，留下金滩。不曾想，过去何尝不是如此，深的浅的歪的斜的脚印就是曾经，不必太过在意，生活永远定格在如今。

海边的鸬鹚与鸥鹈，轻轻地耳语，那么温柔，是从海上归来，还是等着什么？不曾见争对搏击，它们悠然地踮脚起舞，或倚栏左顾右盼晒着太阳，这份恬静缘由于大海馈赠。

赶海的人们不为生活而忙碌，踩着脚踏船，划着小舢舨，挂起布帆，一份荡漾、一份闲逸，或许只有荡在辽阔的海面，才能完全回归那份超然的寂静。

盘旋的直升机，掠过海面，越过点点舟楫，爬过 Tangalooma Island，领略水天一色间的浪漫，你、我、他抛掉烦恼苦闷，来一次海天放飞，不需任何理由。

海鸥叽叽咕咕地飞翔在蓝天，那么轻盈，那么洒脱，是海天画卷里的点缀，还是背景里的主题，或许它并不在意，而人在纷扰自己。

罢了，不论是海阔还是天空，它们的博大可容纳万物，读懂它诗意满怀。

澳洲

2018 年 9 月 27 日至 10 月 4 日

寻访土耳其

柏拉图曾由衷感叹："感谢命运，让我生逢苏格拉底时代。"我突然也很想感叹：感谢命运，让我生在这个年代，走在路上，沉淀自己。

奥斯曼的番红花

瑞雪那么神奇，不早不晚，家乡的大年夜，土耳其古城番红花城（Safranbolu）已披上晶莹的雪花，小城银装素裹，藏起那份历史的厚重，不能轻易撩起它的面纱。

我踩着历史的鼓点，沿着奥斯曼帝国的蜿蜒山路，想去寻访三百多年前商业繁荣的小城，不知是否还有那些沉淀下的足迹。番红花是一种粉色小花，花蕊里红丝点缀，细腻又喜庆。小城为何叫番红花城，或许是因为此地生长此花，也或许是寓意吉祥，还或是为了许纪念奥斯曼时代的辉煌。

小城藏在安纳托利亚中部，越过绵绵的山丘，就在山坳里。驻足远眺，层层漫展的建筑，披着雪白的盛装，几座挺拔的宣礼塔耸入苍穹，轻轻的雪花拂过小城，增添了些许迷离的色彩。

沿着弯弯曲曲的街巷，仿佛走进三百多年前的街市。街市的建筑大多二至三层，红瓦白墙木窗，木构清晰朴素，典型的奥斯曼风格。建筑通常上面楼层突出于下层，有雕刻的支架作为支撑，框架作为基础再填充土砖或小的石头，最后涂上灰泥及稻草的混合物，再用木头装饰。室内通常有嵌入式的壁龛、橱柜、精美的石灰壁炉，简洁实用。

广场边，耸立着宣礼塔的清真寺，岁月变幻间已披上斑驳。每天五次的祈祷声依旧那么清脆有力，只是物是人非。旁边屋顶上鳞次栉比的红色穹顶，是土耳其浴室，到今仍烟雾缭绕。走出门帘的几人，或许刚享受那份惬意，红红的脸颊泛着容光。建筑顺街坡而建，店铺林立，叮叮当当的铁匠铺，什么门锁、门饰、栏杆、农具……敲敲打打的五金铺，什么吊灯、油灯……拐过转角，拾级进入一间亭屋，窗下深深的“地坑”，陡崖四立，流水潺潺，水从何处来又流向何处去，或许不曾有人了解。崖顶的人家就这样听着流水轻歌，年复一年，也或许是因为场所奇特，鸽子躲在岩壁，享受这方的冬暖夏凉。继续走，还有糖果店、布饰店、车马店……不多的旅客与商家攀谈，把玩着手里的饰品，而我喜欢复杂图案的瓷盘。路过咖啡店、饭店，街边的餐椅上坐着三两旅人，品着一盘空心粉，轻声地谈笑。

枝枝丫丫的小巷，大多绕着清真寺。穿过拱门，一方洁净的庭院，沿墙或亭间设几个水龙头，是祈祷前净手、脸、脚的地方。默默地路过，驻足一间小铺，几张小桌、几个闲人，抽着水烟，打着竖牌（听说近似中国麻将），几多热闹。坡上的石头老屋，那是存在几百年的“豪华”酒店（Kervan Sarayi），高高的门洞、两扇铁门、方整的院落、三层的围廊，想想曾经的富商权贵，下榻之处的安全，点点滴滴诠释着此处曾经商贸的繁荣。

沿着石头铺就的街巷，岁月间不知有多少行人、商旅、车马，串巷走街，或匆匆走过，锃亮的地面记录着曾经的生活烟火，烙下岁月里人间的悲欢离合。

站上一个高坡，小城收眼底，几座清真寺、高高的宣礼塔、曲径小院，还有几株有点儿萧然的大树，此刻，覆盖着晶莹的飘雪，静静幽雅。只有响彻街巷的祈祷声又一次回响，还是那么清脆、那么有力。

旅行是一场人文的修行

雪后的大地白茫茫一片，蜿蜒的公路随山丘起伏，车窗外，小村躲进那个山坡、那个山坳，融入绵绵的山丘。

慢慢地、山谷间城镇漫展，远眺绵绵的山峦，白雪皑皑，蓝天下，耀着晶莹的洁白。昨日匆匆前往番红花小城，今又返回安卡拉（Ankara），是想弄明白，奥斯曼帝国的首都是伊斯坦布尔，为何要迁往安卡拉？

必须先说说土耳其共和国的缔造者——穆斯塔法·凯末尔·加兹·阿塔图尔克。1916 年 8 月，因保卫奥斯曼帝国首都伊斯坦布尔，他获得“伊斯坦布尔的救星”和“帕夏”的称号，名扬土耳其和欧洲。1920 年 4 月在安卡拉召开大国民会议，成立了以他为首的国民政府，开始组建正规军，并与以列宁领导的苏维埃俄国建交，为土耳其独立战争的胜利打下了基础。1922 年 8 月至 9 月在伊兹密尔战役中一举将希军全部赶出国境，取得了独立战争的完全胜利。10 月 29 日，土耳其共和国宣告成立，凯末尔被选为共和国第一任总统，兼任武装部队总司令。

他执政期间施行一系列改革，史称“凯末尔改革”，使土耳其成为世俗国家，为土耳其的现代化奠定了良好的基础。1934 年 11 月 24 日，土耳其国会向凯末尔赐予“阿塔图尔克”一姓，即“土耳其人之父”之意。1938 年 11 月 10 日在伊斯坦布尔去世。

为理解土耳其人心里的凯末尔，去一趟国父陵墓。沿着长长的礼道，16 对狮子雄踞两侧，刻意铺设的路面，让行人注视道路，意为“礼”。宽阔的胜利广场、凯末尔的寝陵、“自由”“独立”等十座城堡组成的围廊，整体建筑气势雄伟。你看国旗的卫兵、寝陵的卫兵、礼道的卫兵庄重严肃。旅客流

转于广场，或是纪念或是游览，我注意到还有一对拍婚纱的新人。随旅人进入国父纪念馆，实物、图片、介绍，诠释着凯末尔的一生，也记住了凯末尔在土耳其人心目中的地位。

穿过车水马龙的安卡拉，领略着城市风光，前往卡帕多西亚。

“你看那雪山，还有辽阔洁净的湖面。”“是图兹盐湖。”“是土耳其的天空之镜。”“真的洁净无瑕，好美！”

遗失的城市与文明

在土耳其的心脏地带，有一个神奇的地方，有世界上独一无二犹如月球般荒凉诡异的地貌——卡帕多西亚。

你听过这个传说吗？远古的时候，一位贪玩的所罗门大帝有一只能飞到任何地方的飞行器。每次所罗门大帝吃饱喝足后，就坐着飞行器在卡帕多西亚附近游玩，把这里的老百姓搞得鸡飞狗跳，人人厌烦。打掉飞行器？还没人能做到这一点。怎么办？惹不起，咱们还躲不起吗？大家一合计，把地下给挖空。所罗门大帝再来胡闹时，大家就躲进地下城去了。不论真假，地下城确实存在。

走入卡伊马克勒地下城，让人瞠目结舌。这些令人惊异的地下城是由 3000 多年前的异教徒赫梯人一下一下凿出来的。沿着窄小的入口，慢慢地别有洞天，横向纵纵曲曲，教堂、仓库、房间、动物间应有尽有，一定区域还有通风口；竖向层层展展，每层又巧妙相通，功能完备，每一个洞穴甚至每一个角落周围都隐藏着不为人知的秘密，从布满陷阱的蜂窝状地道到与敌作战时使用的秘密通道，置身其中的游客，无不产生一种秘密的感觉，你看看关键道口有圆孔的石盘，那是门的作用，机关重重……一层又一层没有尽头，假如不按红、蓝标识的方向去走，恐怕就不能再回到地面，想想也有点儿害怕。据说，地下城能住

几万人，那么大的工程无法想象。

卡帕多西亚真是一个神秘的地方。早早地起床，乘热气球升空，完全忘记地面温度零下5—6度。晨曦里，慢慢地升高，奇异地貌尽收眼底，有壁立千仞的悬崖，有蜿蜒数十里的褶皱，更多的则是像蘑菇、树桩、尖塔一样的石笋和石柱。

你看村庄，怪石相间，到处是一眼望不尽的石柱，真是千石嶙峋，万岩峥嵘。有的高仅十几米，有的则高达几十米；有的像一根纤细的电线杆，有的则像一座巨大的碉堡；有的呈浅红色、赭色或棕色，有的则呈灰色、土黄色或乳白色。岩石表面甚为光洁，随着阳光和云影的变幻不断改变自己的色调，还有远处绵绵雪山的衬托，朝霞里让人大饱眼福，慢慢地回转观赏，落地后端起那杯香槟，感觉真的很冷很冷。

格雷梅露天博物馆让人眼睛一亮，古人绝顶聪明，利用这些天然柱石建室造屋，几乎把所有的石柱都拦腰掏空，地上铺上地板，顶上描上彩绘，四壁开凿扃牖。这些融自然美和人工美于一体的石窟，竟然还有完美彩绘的教堂，几乎遍布这里的沟壑或平地，还有传说与地下城连成一起，真的难以想象。

传说精灵烟囱的下面是地下城。真的不得而知，走过了看过了，或许会有点儿信啦。再去鸽子谷，那些飞翔的鸽子，真的那么神奇吗？似乎这里太多奇妙，或许存在就是合理。

绕着格雷梅小镇逛了又逛，难以想象曾经的文明为什么戛然而止，又让人摸不透曾经的事里事外。住在石窟酒店，怎么改造还是很难适应。来一次卡帕多西亚，观赏了奇景，却也明白这里还有失落的城市与文明，待人去探究。

古丝绸之路的遗音

丝绸之路的西汉（前 202—8）汉武帝派张骞出使西域，以长安为起点，经甘肃、新疆，到中亚、西亚，至地中海各国，终点在罗马。而土耳其是非常重要的国家。一路欣赏它的自然风光、人文遗址，丰富的人文遗址里，透着丝绸之路上的点点滴滴。因为丝绸之路起源于中国，所以感觉格外亲切。

越过茫茫原野，那么辽阔。远处是白雪皑皑的托罗斯山脉（Taurus Mountains），在这样的景象里，冬天的那份萧然，似乎那么强烈。路过散落山野里的村庄，还是那么质朴，几乎不见劳作的农家，不知为什么有那么多的流浪狗、流浪猫，假如你驻足，它们跟着绕着，却没有恶意。

苏丹哈迈古驿站（骆驼宫，Kervan Sarayi）是保存至今最完美的驿站。远看似城堡，高高的城墙、宽大的城门，中间是庭院，四周有很多供商人及其牲畜休息、存放货物的房间和畜栏，细致的布局，让长途跋涉的商人感觉甚为安全。

建筑细部，精美的石材装饰，记录着2000多年前的事里事外。工艺的精湛，让人围着驿站遐想，不知有多少商旅停留休息，是以塞尔柱人采取很多措施来保证贸易的繁盛、畅通和安全。

路是那么遥遥，曾经的商旅自长安出发，何时能抵达此处，又何时能归？

平原之城孔亚，远眺无特别之处，却是土耳其最古老城市之一，它曾是塞尔柱的首都，是传统宗教回旋教派的文化中心。不论有无信仰，路过一定会驻足梅夫拉纳博物馆，注视那座铺满绿色瓷砖的华丽尖塔。周围的房间已不再有匆匆的学僧，个个场景、蜡像，诉说着曾经的故事，是那么生动，又耐人寻味。你是否留意，一批批的旅人，大多是梅夫拉纳的信徒，慢慢地参观又虔诚地膜拜，是一次朝圣。而我来参观博物馆，用梅夫拉纳的一句话：“来到我的身边，无论你是什么人都可以来到我的身边，即使你是无神论者，也欢迎你的到来。”

翻过托罗斯山脉，慢慢地感受到春的气息，原野绿意盎然，橘子树、橄榄树、柠檬树等，大都挂着果实，路边的水果摊还卖着草莓，新鲜欲滴。

迎着地中海吹拂的暖风，漫步在卡勒伊奇（Kaleici）的老城。天云舒云展，一侧是海湾里的古城，一侧是黛色的托罗斯山脉。“是否像桂林山水？”“有点儿意味。”

沿着海湾，游船纷呈，船头的各种装饰，海盗、海神，还有海鱼，是多么有趣。路旁的摊点卖着“青贝”，还配着柠檬。绕过停留海边的旅人，拾级游走贝伊山（Beyaglari）的街巷。留心发现，处处留有曾经作为殖民地的痕迹，那些残墙断瓦述说着沧桑的历史。窄街小巷里，咖啡馆、杂货店、小餐厅鳞次栉比。小贩守着冰淇淋柜叫卖，年轻人在咖啡馆小聚，老人在家门口闲聊，美女坐于街边静静地阅读……游走在小巷中，会有不少惊喜的发现，还有铺着红色瓦片的屋顶、白色的墙体、嵌着古老木质门窗的奥斯曼式建筑。沿着曲巷，Yivli Minare 尖塔、Mevlevi tekke 修道院、Tekeli Mehmet 帕夏清真寺、Saat Kulesi 石头钟楼、Kesik Minare 尖塔残余部分、Korkut Camii 清真寺……这些保存完好的奥斯曼建筑和遗迹，让我感受到安塔利亚厚重的历史。当我徒步走出罗马帝国时期的城门，那两条深深的车辙，我有点儿惊呆，这不就是历史的厚度吗？

不知丝绸之路是否到达地中海边的安塔利亚，但我相信，那些丝绸肯定曾被运到这个海港。

古城、小城岁月里荡过千年

纵观土耳其悠久的历史，层叠着三个重要时期——罗马、拜占庭、奥斯曼帝国，上下两千多年，战争伴随着岁月的轮回，在地中海、小亚细亚、爱琴海及周围搏杀，有宗教，有信仰，有掠夺，有地震……纷争从未间断。沿着文明的主线，寻访满是残垣的古城，说不出的五味杂陈。

刚拂过地中海暖暖的微风，领略过卡勒伊奇（Kaleici）老城的今昔繁荣，抵达希拉波利斯（Hierapolis）古城遗址，眼前一片苍凉。

希拉波利斯古城是罗马城镇废墟，建于公元前 2 世纪末期，在公元 2 世纪和 3 世纪的末期发展达到了顶峰。穿过古城南门，漫坡是断壁残垣，曲折的城墙蜿蜒伸展，不远处几根科林斯柱兀立，在淡淡的阳光下尤为孤独。沿着长满枯草的昔日街道，依稀看到曾经的澡堂、房基、神庙，以及还算完整的大剧院。是否在默默述说那段曾经的欢歌？传说十二门徒之一的腓力葬于此地神庙，后被十字军运返罗马。

北门现存二重，是罗马、拜占庭的遗物，细微处，能看到昔日的辉煌。回

转于残垣间，满地是巨大的石构，驻足观看铭牌，想象着2000多年前的希拉波利斯是多么荣耀，集聚着多少达官贵人。

温泉不知在岁月间流淌了多少年，至今依旧热浪滚滚。在一方曾经的喷泉池里，仍有那么几人争相欢游。这方池，不知是否是传说里的埃及女皇的泳池？

顺着这方热泉，山坡上是著名的“棉花堡”。有那么一个传说：曾经，牧羊人安迪密恩为了和希腊月神瑟莉妮幽会，竟然忘记了挤羊奶，致使羊奶恣意横流，盖住了整座丘陵。信吗？其实，此处地下石灰质温泉丰沛，温泉水从地下深处涌出，再从丘陵上沿边缘泻下，产生侵蚀和沉淀作用。经过悠久而古老的岁月，白石灰垩积聚在表面被侵蚀成棉花状的梯形岩石上，形成无数大大小小的白棉球层层相叠，远望好像一堆堆的棉絮阶梯，白色如下雪，有如棉花城堡。

或许有传说，有独特景致，就有了古城希拉波利斯。不幸的是几次地震与战争，彻底摧毁古城，仅留下遥遥的随想。

顺访阿尔忒弥斯神庙，再到以弗所古城。阿尔忒弥斯神庙是希腊神话阿尔忒弥斯女神的神庙，是古代世界七大建筑奇迹之一。它长425尺，宽230尺，有126根高60尺的大理石柱，建筑时间前后长达120年。公元前356年，神庙被黑若斯达特斯焚毁。而今，该神庙只剩下一根柱子，几多残垣，荒蓑野草。看着曾经建筑的图片，长长地叹息一声。

以弗所城这座小亚细亚西岸的滨海城市大约在公元前11世纪由来自古希腊的爱奥尼亚人所建，是一座典型的古希腊殖民城市，慢慢地在众多的殖民城市中脱颖而出，成为古希腊工业和文化中心之一。到公元前6世纪，成为称霸小亚细亚西部大片土地的吕底亚王国（Lydia）境内的工商业中心。此后饱经战火蹂躏，先后被波斯、马其顿、帕加马和罗马所占领，到中世纪渐趋衰落，成为一片废墟。顺着曾经的街巷，呈现在眼前的除了残垣断壁什么也没有，那个在古希腊时期盛极一时的城市早已被时间蚕食，它的肢体像一具远古生物残缺不全的骨骼化石，散落一地。难以想象，这座临海依山的港口城市曾是多么的美丽和富庶。那旖旎的风光使它成为一座著名的旅游城市。无数的观光客慕名从各地赶来一睹它的美丽景色，朝觐和贸易，给它带来源源不断的财富。经济实力的增强使城市规模不断扩大，人口也逐年增加。最强盛的时期，居住在以弗所城里的人口达到了30万之多。遥想当年，这里该是何等的繁华。海面帆影点点，港口万船待发，大街小巷车如流水，马似游龙。停留、驻足，那些点点残垣里还能看到昔日的辉煌。你看庞大的市场、有气势的围廊、精美的图书馆、巨大的剧场，还有铺满马赛克与壁画的高档住宅，锃亮的青石马路，这些是否能诠释历史轮回里的悲欢离合？

远眺近城山坳边的圣母玛丽亚雕塑。传说圣母玛丽亚在耶稣被钉死在十字架上之后，由圣保罗及耶稣的门徒带领来到以弗所附近的山上安度晚年（时间大约是在公元34—45年间）。这则故事让以弗所古城平添宗教的色彩。

这里的古城满地是故事，是传说，是历史，是人文，路过了，看过了，知道什么应该珍惜与维护。

既然到了爱琴海，也就不能错过特洛伊。

公元前9世纪古希腊诗人

荷马的史诗《伊利亚特》叙述的“特洛伊木马计”就发生在这里。特洛伊王子帕里斯来到希腊斯巴达王麦尼劳斯宫做客，受到了麦尼劳斯的盛情款待，但是，帕里斯却拐走了麦尼劳斯的妻子。麦尼劳斯和他的兄弟决定讨伐特洛伊。由于特洛伊城池牢固，易守难攻，攻战10年未能如愿。最后英雄奥德赛献计，让迈锡尼士兵烧毁营帐，登上战船离开，造成撤退回国的假象，并故意在城下留下一具巨大的木马。特洛伊人把木马作为战胜品拖进城内。当晚正当特洛伊人酣歌畅饮欢庆胜利的时候，藏在木马中的迈锡尼士兵悄悄溜出，打开城门，放进早已埋伏在城外的希腊军队，结果一夜之间特洛伊化为废墟。或许来到这里就是为了这个故事、那个木马。

木马的雕塑矗立于特洛伊古城的遗址，几个旅人顶着从达达尼尔海峡吹来的劲风，驻足于此，悄悄地议论，是否是在讨论着对曾经的看法？沿着废墟残垣，城墙、城垣及难以辨清的建筑乱石，对应着铭牌，阅读着那段历史的厚重。穿行于残垣上，萧然的树枝上的松鼠，摇摆着肥肥的身姿，闪着灵动的眼睛，或许只有它们，予以此间一丝生机。

来到这个古城，虽是残垣废墟，却承载着特定的人类文明与教训，不能忘记，是不可磨灭的历史故事。

穿越时空的伊斯坦布尔

从恰纳卡莱渡过达达尼尔海峡。

驻足甲板遥望，海鸥飞翔，掠过船弦，那么轻盈。远处的爱琴海已是海天一色，不远的马尔马拉海也已勾勒出亚洲、欧洲的分界轮廓。

沿着欧洲的弧线捷行，前往承载千年历史的伊斯坦布尔（Istanbul）。伊斯坦布尔是土耳其政治、经济、文化、金融、新闻、贸易、交通中心，世界著名的旅游胜地，位于巴尔干半岛东端，博斯普鲁斯海峡南口西岸，扼黑海入口，欧、亚交通要冲。公元前658年伊斯坦布尔始建在金角湾与马尔马拉海之间的地岬上，称拜占庭。公元330年，君士坦丁将罗马帝国迁都至此，起初称为新罗马，不过很快就以其创建者君士坦丁的名字而著称——君士坦丁堡（Constantinople）。公元395年，罗马帝国分为东、西罗马帝国，君士坦丁堡成为东罗马帝国首都，1453年成为奥斯曼帝国的首都。

你是否看过帕慕克的《伊斯坦布尔——一座城市的记忆》："奥斯曼帝国瓦解后，世界几乎遗忘了伊斯坦布尔的存在。我出生的城市在它两千年的历史中从不曾如此贫穷、破败、孤立。她对我而言一直是个废墟之城，充满帝国斜阳的忧伤。"是真的吗？

蔚蓝的大海、蓝蓝的天空、游弋的舟楫、飞翔的海鸥……还有海峡大桥、耸立宣礼塔的清真寺，抵达后的印象，让人感觉充满活力，没有帕慕克的忧伤。或许这座城市曾对帕慕克来说，掺杂着痛与忧伤，或许有那种歇斯底里的痛，但在时间的遁迹里，犹如大浪淘沙，慢慢平复，变成斑驳的城市记忆。

没有那么多的时间，穿行于金角湾、马尔马拉海、博斯普鲁斯海峡还有旧城区内的7座小山，匆匆地赶往金角湾与马尔马拉海之间的地岬。

天是那么蓝，寒风劲吹。从马尔马拉海边的城墙边，走入苏丹艾哈迈德广场，四顾而惊艳，蓝色清真寺、圣索菲亚大教堂、老皇宫（托普卡帕宫）、耶莱巴坦地下水宫……还有布满岁月痕迹的方尖碑、半根铜绳、斑驳的方柱，闻闻都是岁月的味道。时间、文明在此间慢慢地凝固在特定的每一个瞬间，就这么一个个定格，就注入了伊斯坦布尔的前世今生。

耶莱巴坦地下水宫其实就是蓄水池，从楼梯而下，迷离的灯光，丛林似的柱网，点点泛光，奇妙感油然而生。你不妨想想它

建于公元6世纪，又拍摄过《007》，夸张、奇遇的渲染，平添几分神秘。听着仍有的滴水声，看着“倒置”被压在柱下的“美杜莎头像”，真不明白为什么。或许不必管它，大拇指插入“泪柱”的那个圆孔，旋转一圈，希望愿望实现。

圣索菲亚大教堂是罗马帝国时期的基督教堂。它是一个气势宏伟的长方形石头建筑，上面巨大的穹顶，直径31米，离地面55米。底部四周有40个大玻璃窗，4座雄伟的拱门，是典型的拜占庭风格。1453年，拜占庭帝国灭亡后，信奉伊斯兰教的土耳其人在教堂外修建了4座宣礼塔，将这座千年历史的大教堂改为清真寺。1935年，土耳其共和国建立后，将它改为博物馆。

那耸立的宣礼塔、巨大穹顶、组合的一个个小的穹顶，那么恢宏，虽经1500多年的岁月洗涤，依旧不失它的风采。步入它的殿堂，精美的马赛克壁画，讲述着那段荣耀与故事，也述说着基督堂变更为清真寺的岁月里，如何的重生，马赛克、泥灰、符号与图像，细微里透着信仰的转身。

一声声礼拜诵经响彻苍穹，朔风里，穿过广场前往“蓝色清真寺”，多少人遵守习俗，顺队步入，莫非想目睹四周墙壁镶嵌着的两万多块蓝花瓷砖？它们让整个大厅的光线显得格外柔和、静谧，充盈浓浓的宗教氛围。可惜的是，因为它整体在大修，只能见到一小部分，但依旧那么精彩纷呈。

沿着蜿蜒的老城墙，海面波光粼粼，船队游弋。流转在老皇宫的内外，细细观摩那一件件曾经的展品，似乎看到了那个特定年代的史书，是伊斯坦布尔辉煌岁月的缩写。

站在金角湾与马尔马拉海的转角，远眺博斯普鲁斯海峡两侧的漫展城市，依旧充满活力，这就是穿越时空的伊斯坦布尔。

土耳其

2020 年 2 月 1 日

西欧过客

“风车”上的荷兰

裹着头巾、系着围裙的妇女，忙碌于绿油油的田野里，不远处是高高的风车，还有惹人喜爱的郁金香。这场景，似乎是在哪幅油画里见过，想象着荷兰是否就是那个样子。

驻足阿姆斯特丹（Amsterdam），老城区不是我最喜欢的城市，整体色调有点儿压抑，好多建筑呈咖啡色、褐色、杏色。城市给人的感觉是规整的街巷、顺直的河道，河道里停满小艇，南来北往的人匆匆而过。而我从中央火车站出发，去往水坝广场、达姆拉克大街，领略了阿姆斯特丹城市的大概，当然也会遇见有些有特色的建筑——火车站、圣尼古拉教堂等，驻足观察。

到阿姆斯特丹，不知你是否喜欢油画，如果喜欢，这个城市就不要错过，因为它有文森特·梵高。我初识油画，就看过梵高的油画《向日葵》，还知道梵高曾说：“可以说，向日葵是属于我的花。”是不是？或许看到他向日葵的系列画作，就信了。为了这，就满街去寻找梵高的博物馆。

走进博物馆，膜拜一下梵高的自画像，他可是让人心潮涌动的人，他的画多么具有生命力。慢慢地从荷兰时期的静物《秋天的杨树大道》开始，一件件画作、一件件实物、一封封信件，到1840—1920年艺术家们的作品《雨中的蒙马特》等，仔细地认识着文森特·梵高。当站在每幅画作前，似乎遁入了画中的场景，有了穿越，听到了声音，感觉到真实的存在。是否每个来参观的人，当走出大门时，心里还感激梵高的弟弟西奥、西奥的遗孀乔安娜、西奥的儿子小文森特，他们的守护才能让世人完整地看到梵高的画作？心里想，是不是有些东西记录着时代的脉搏，存在时并不惹人喜欢，或许还会引起不小的争议，一旦毁掉，回过神来，伸腿蹬足，还有何用？

不得不承认荷兰有着独特的文化，同性恋、安乐死都是法律允许存在的。到阿姆斯特丹，去一次城市中心的 De Wallen，五光十色里，那些橱窗里的独特风光，或许也是阿姆斯特丹的风情之一。

出阿姆斯特丹城区，沃野绵绵，穿行于乡间小城，散漫的羊群、黑白的奶牛、慢慢转动的风车、座座乡间小桥，还有在树枝间跳跃的小鸟，一幅悠然的自然风景。当她或他划着小船，荡过村庄、田野，恰是图画里的点墨，增添了些许灵动。

抵达民族村（风车村），沿着田间、小河旁的步道，悠然地走入浓烈的荷兰乡间。垄间，成片的郁金香、紫色的小花，还有绿茵茵的草地，让人痴迷地停下脚步。只见一个头上扎着蝴蝶结、穿着短裙的小女孩提着篮子，朝风车而去。矗立于河边的几架风车，传来“吱、吱、吱、吱”的声音，几十头黑白的奶牛悠然地吃草，慢慢地走向河边的滩地。一群羊跟随着牛群，轻轻地叫着，不时地回头张望。

绕过风车，有一个木屐工场，一位老鞋匠正在讲解怎样制作木鞋：先将木料打磨成木鞋的形状，然后把木鞋挖空，再打磨，最后加些精美的图案，一双精致的木鞋就大功告成。看到桌上一双双灵动的木鞋，左看看右看看，买了两只留作纪念。

离开风车村，一路捷驶，路过海牙和平宫稍作停留后，直奔席凡宁根海滩。风很大，或许是冬天的原因，没有人在赶海。静静的，只有呼呼的风，翻滚的浪，还有山丘上似乎倒卧的半张脸（铜雕）……

停留布鲁塞尔

远远地看到“原子球塔”（Atomium），就知道已到了布鲁塞尔。

记住布鲁塞尔，就是儿时记忆里的“小于连”、大学课本里的“原子球塔”。想想也有意思，假如有一天能去一次，身临其境看看瓦特凯恩（1958）

的作品，是多么的荣幸。

绿盈盈的草地、顺直的马路，空旷的空间里矗立着被誉为布鲁塞尔“埃菲尔铁塔”的“原子球塔”。远远地看，怎么像夸大的“原子结构”？或“球”暗示“大洲”，暗示万国博览会，有点儿意思。摸摸粗大的斜管，转一圈，再仰视一遍，气势恢宏。不是那么遥远，抱着它，似圆一梦，就在身边。

雨果曾说：“布鲁塞尔的大广场毫无疑问是世界上最美丽的广场。”午后，天气阴沉沉的，到达布鲁塞尔广场。广场上已有零星的摊位，售卖着各种纪念品、巧克力、香喷喷的面包，噢，是周末的缘故。走到中心区域，慢慢地转个身，从国王大厦（路易十四行宫）到对面的市政厅，再从市政厅到国王大厦，哥特式建筑的完美诠释，或许待会儿慢慢地走近，那些雕塑、高耸的构架柱、律动的立面，透过它们，能阅读曾经的那段历史。

站在国王大厦面前，看到轻盈的有韵律的布局，层层舒展的观影走廊，细巧的立柱，感叹着建筑的精美。有人提醒，国王大厦又名路易十四行宫。可否记得 1695 年的“大同盟战争”，路易十四与英国、西班牙、德国等作战，仅仅为保证一次战役的胜利，他悍然下令，炸平布鲁塞尔广场附近的所有建筑，或许是天意，仅有大广场幸运地保存下来，多么弥足珍贵。

瞧，已亮着灯的，不是天鹅咖啡馆吗？走近一看，有纪念卡尔·马克思的铜牌，金色图案的徽标镶嵌“1698”字样（重建），门上装饰有一只振翅欲飞的白天鹅。“是的，是天鹅咖啡馆。《共产党宣言》就完稿于此。”透过窗户，灰暗的灯光里，简单的桌椅、方格的桌布、老式的吊灯，还有一角的吧台。1845 年 2 月，马克思由巴黎迁居布鲁塞尔。不知他经常坐在哪个位置，而后恩格斯到来，又在哪张桌子讨论《共产党宣言》，让《共产党宣言》从此永恒？

咖啡馆的左边，就是鸽子饭店。法国著名的大作家维克多·雨果（Victor Hugo），一次又一次来到布鲁塞尔，都住在此。或许是在写作的每一个间隙，会一次又一次流转于广场的每个角落，与路人、熟客交谈，就有了最美丽广场的感叹。你知道吗？1862 年，长篇小说《悲惨世界》就完稿于此。正想进去找一找感觉。到雨果住房的窗户，看看布鲁塞尔大广场，会看到什么景致？假如能从如一的景致里看到历史遗存里的美，你就会珍惜你的遇见。

转过身去，面对布鲁塞尔市政厅。它是一座典型的哥特式建筑，透过它，看到中世纪迷人风情背后，建筑高高的尖顶、典雅华丽的镂刻雕塑，所独具的风格雄伟恢宏、空灵高耸，引人注目。市政厅始建于1402年，它的厅塔高约91米，塔顶塑有一尊高5米的圣米歇尔脚踩撒旦的雕像，矗立在西沉的飞霞里。市政厅的大门不在正中，整个建筑分别建于3个不同时期，因此，才看到现在的模样。

晚霞增添了些许迷离的情调，不少橱窗已盈满缤纷的色彩。“去寻找一下小于连，就在广场边不远的恒温街及橡树街转角处。”传说500多年前的一天晚上，布鲁塞尔的中心广场上，人们载歌载舞，欢庆打败了外国侵略者。谁都没有想到残敌悄悄溜进市政厅的地下室，堆好炸药，灾难即将降临。危急关头，院里玩耍的小男孩于连发现了闪着火花的导火线。他灵机一动，朝导火线上撒了一泡尿，避免了一场灾难，布鲁塞尔城在顷刻间化险为夷。据说，后来小于连被誉为“布鲁塞尔第一市民”。看那个小铜像，在有灯光的转角，蓬松的头发，翘翘的鼻子，还光着身子，笑眯眯的样子，栩栩如生的神采，还旁若无人地在撒尿。哈哈，真的很可爱。有故事的存在，当你面对它时，远远地超过十倍百倍的简单说教，让人铭刻于心。

华灯初上，跨街的雪状霓虹灯闪烁着，增添了节日的氛围。噢，圣诞节快到了，随着熙熙攘攘的人流，停留于街边的咖啡屋，找了个散座，几人闲聊着喝着咖啡，点了几片面包，看着来往过客。

“Kids coming over?”有人招呼着。

小朋友笑眯眯地递过瓷质小于连，活泼可爱，我买了一个，记住了布鲁塞尔。

峡谷里的公国

知道卢森堡（Luxembourg）不大，出欧洲的十字路口布鲁塞尔，不久就到佩特罗斯大峡谷，南侧是卢森堡老城，北侧是新城。冬天的峡谷，有点儿萧然，梯次间的层林变化，与谷底的溪流、间或的旧式建筑（石头城堡），让人停留脚步，有点儿冲动去撩撩卢森堡的面纱。

卢森堡被人称为“千堡之国”。这样的雅号足以让人联想。曾经的卢森堡是硝烟四起的军事重地。悬崖边，残毁的卢森堡古堡（1644）就是见证之一。沿着卢森堡古堡下的长长地道，不同层面建立着防御设施，上下竟然达 40 多米，登上爬下，通过不同的观察孔窥视峡谷里的景致，尽收眼底。

南部的威尔海姆广场俗称“Knuedler”，卢森堡语的意思是“结”，指的是天主教方济会修士腰带上的扣。环视四周，绿的葱郁，落叶萧萧，散而不乱的建筑构成威尔海姆广场。沿着广场信步，卢森堡市政厅、威尔海姆二世国王的骑马雕像勾勒出大公国曾经的过往。

沟通峡谷的南部、北部，有不少桥梁，阿道夫大桥是卢森堡的市标之一。阿道夫大桥高 46 米、长 84 米（20 世纪初），是一座由石头砌成的高架桥。支撑桥梁的拱门左右对称，高耸简洁。慢慢地走过阿道夫桥，游道、溪水、树林、草地，还有谷地里点缀的中世纪建筑，变换着景致。想象着，如此春花烂漫，鸟瞰的角度是何等的享受。

夏洛特女大公桥（Grand Duchess Charlotte Bridge）又名彩虹桥（1966，长 355 米，宽 25 米，高 85 米），它红色的桥身似一道彩虹跨越大峡谷。钢铁结构凸显桥梁的轻盈之美，又似飞翔的雄鹰。夏洛特桥旁矗立着夏洛特女大公像，她统治卢森堡近 50 年，经历了一战和二战。战争期间，坚强的夏洛特，不屈不挠，带领人民进行了艰苦卓绝的斗争。人民对她的爱戴不仅仅反映在塑像上英武的面庞，亦在雕像基

座上，刻着一排法文：我们爱你。

闻着阵阵草木的清香，曲径里游转于溪流旁。看，潺潺的流水，泛着点点星光，弯弯地流向不远的树间。不经意间，一股浓浓的咖啡香扑鼻而来。一座不大的古式建筑现于面前，几个散客围坐于林间的木桌边闲聊，不时对着峡谷的顶部指指点点。顺着这个方向远眺，是一座古堡，或许它有着厚重的历史。

游历间，会欣然地观察不同人文，自然而然的存在，人慢慢地会变得豁达、包容。

德国一掠

二战的历史了解一些，东德、西德的变迁还不遥远，德国统一后，到底怎么样的存在，或多或少就有点儿期待。

到德国，没有顺着印象里的线索从柏林开始，而是直奔建筑经典的科隆大教堂而去。

科隆大教堂始建于 1248 年，是为安放腓特烈一世（巴巴罗萨大帝）远征意大利，血洗米兰夺取的“东方三圣”王遗骨，由法国建筑家凯尔哈里特受邀设计。建造一波三折，历经 632 年，一座经典的哥特式建筑完美地横空出世，惊艳世人。科隆大教堂高 157 米，塔顶装有 12 口钟，以圣彼得钟为最大（24 吨）。驻足在它的面前，丛丛尖塔高耸入云，尖拱窗驮着陡峭的屋顶，细腻的雕塑环绕四周，整体显得清奇冷峻，充满力量。

步入教堂，阳光透过绘满圣经故事的彩色玻璃，让整个殿堂充满神圣、迷幻、庄严的氛围。慢慢地观赏每个雕塑、油画、神物，特别是三王神龛，你会停下脚步，融进瞬间浓烈的宗教情结。不知你是否留意，不论什么肤色，来自何地，何种目的，没有嘈杂、没有喧哗，此时都默默地聆听着过往的故事。

传说舒曼步入教堂，沿着509级的阶梯登上教堂的钟塔，被教堂的气势、场景、窗外蜿蜒的莱茵河秀色所震撼，灵感涌动，谱写下经典的《莱茵交响曲》。

慢慢地爬上钟塔眺望，逶迤的莱茵河穿过城市，消失于茫茫的沃野。俯瞰科隆的街市，已灯火阑珊。

科隆的经典或许就是科隆大教堂。现今的科隆，虽建筑物依旧遵循高度的限制，街市仍不失现代的风范。坐在教堂不远的咖啡店，闻着浓醇的咖啡香味，慢慢地回味着，回忆着《科隆的命运》（纪录片）的场景，透过窗户，眺望科隆城市的霓虹，一切释然。

或许与职业有关，穿过茫茫的原野、不少的幽静小镇，往慕尼黑而去，寻找那一块“掉在地上的手绢”（1972年夏季奥运会场馆的雅号）。

冬日的暖阳，没有让人感觉特别的寒冷，一路风尘，看着朵朵洁白的流云划过蓝天，心情特别轻松。站在慕尼黑奥运会场馆的坡地上，一览场馆的全貌。哈哈，起伏的拉索式结构的建筑，真的有点儿像“掉在地上的手绢”。“去，把这块手绢捡起来。”不知谁喊了一声，几人从坡上往场馆而去。

科隆奥林匹克主体育场是由45岁的斯图加特建筑师拜尼施设计的。设计的整个棚顶呈圆锥形，采用网索钢缆，每一网格为75×75厘米，网索屋顶镶嵌浅灰棕色丙烯塑料玻璃，用氟丁橡胶卡将玻璃卡入铝框，半透明帐篷形的棚顶（面积85000平方米），让覆盖部分内光线充足且柔和。独具匠心的设计师拜尼施整体规划上，以蜿蜒的奥林匹克湖为背景，统筹安排奥运会的主要比赛场馆，置于连绵的帐篷式悬空顶篷之下，以横空出世的气势融体育场馆与自然景观为一体，让观众在观看激烈的比赛之余，享受大自然的温馨。

我们逗着湖里的鸟，流转于场馆，抚摸着轻盈的拉索、粗犷的斜柱，从内看湖景，从外看构架（空间），相互间的视觉融通，完美的借景之造。是的，是奥林匹克公园，诠释着它的内涵。

坐在草地上，沐浴着暖阳，欣赏着透过篷顶四散的光芒，再环视近景、远景，猛然发现，不远处圆柱式的建筑，不就是“宝马”汽车的总部吗？

德国大文豪歌德曾说：建筑是凝固的音乐。如果一座城市真的有一座或几座经典的建筑存在，那么是城市的荣幸，是深厚文明的诠释。不是吗？

离开奥林匹克公园，匆匆地赶往玛利亚广场（Marienplatz，1158）。或许心里还在回味拜尼施的设计创意，却又被眼前的玛利亚广场所吸引。慕尼黑市政厅、圣母柱、鱼泉许愿池、圣母教堂，是慕尼黑历史底蕴和文化积淀的体现。

听到报时钟响起，抬头一看，市政厅钟楼上报时的玩偶多么有趣。恰好停留于廊边的钟表铺，选了一个木质的带着报时鸟的钟，作为纪念。

领略奥运会场馆的风采、玛利亚广场的传承，感觉是现代的建筑与传统的建筑的隔空对话，体现技术、文明、文化的进步，城市的文脉延续。

没有时间去更多的德国城市，此次又到另一个城市斯图加特（Stuttgart），奔驰汽车的总部所在地。

还在原野上捷驶，远远地看到高耸竖塔顶部的"奔驰"车标慢慢地转动着，同伴兴奋起来，我们的心里"宝马""奔驰"可是"豪"车，拥有一辆或许是奢望，但能到"保时捷"的展览馆参观，多么荣幸。

还没有进入展厅，透过橱窗，灯光照耀下的一辆辆各个时期、各种款式、各种颜色的赛车、轿车，已吸引我们的眼球，迫不及待地随陪同进入展厅。从"老爷车"开始，陪同讲述着汽车的发展历程、技术的创新、求精的坚守，还有名人曾经拥有的款式，一边走一边听，从一个侧面了解了德国人对技术革新的追求精神，感悟为何德国汽车工业领先的真谛。

匆匆地来，又要匆匆地离开，仅一窥德国而已，已有点儿心得。

激荡的交响乐

虽然我对音乐很不在行，但并不影响我欣赏音乐、对天才音乐家莫扎特的崇拜。车上放着莫扎特梦幻的曲调，让人渐入佳境，有人轻轻地哼着。

到达莫扎特（Mozart）的故乡萨尔茨堡，随处都是莫扎特的影子——雕塑、音乐、巧克力。是否能证实萨尔茨堡是莫扎特的萨尔茨堡，莫扎特是萨尔茨堡的莫扎特？那么多人前来萨尔茨堡，是来看看莫扎特的故乡，不为别的。

走在萨尔茨堡老城，好似遁入17—18世纪，典型的巴洛克建筑顺着街道、围着广场。走着走着，耳边传来"磕擦擦、磕擦擦"的声音，向左巷一看，一辆轻缓的马车驶过窄街，慢慢地消失于街尾。我们跟随着，不一会儿就驻足于莫扎特广场（Mozartplatz）。

眼前的莫扎特铜像立于1842年，身上披满岁月的风霜。绕着铜像，听着音乐，沉醉于时代的穿越。无论过往里，谁在此驻足，迷醉的就是此间永恒的旋律。

不远比邻的是主教宫广场（Residenzplatz），广场上的巴洛克喷泉（1656）依旧潺潺涌动，不知莫扎特多少次停留于此，听着泉水的节律，激发了灵感，谱写下一曲曲不朽的乐章。

闻着店铺里散发的莫扎特巧克力的香味，走入小巷，停留于粮食街9号。窄窄的门，上三楼是莫扎特（1756）出生的地方。走进现今的故居博物馆，目睹旧物，思绪万千。你看莫扎特的作品《伊多梅纽》《后宫诱逃》《剧院经理》《唐璜》《女人心》《蒂托的仁慈》等，到他的最后一部歌剧《魔笛》，诠释了为什么他的名字与他的作品会永恒。

或许有人认为这些作品是“曲高和寡”“阳春白雪”，但假如你用心去聆听，或许不久后，你会迷恋，听出个中滋味。

登上萨尔茨堡要塞（900多年的历史），岁月里权力的纷争，化作城堡的斑驳，一件件旧物勾起沉淀的爱恨情仇。你看，只有流逝的萨尔茨河，奏响着乐章，奔腾不息。或许莫扎特曾驻足于城堡平台，眺望远方，听着这些那些故事，构思完一部部歌剧的曲折情仇。

一曲悠扬的小提琴曲，飘荡于城市间，寻声而去，一位少女站在萨尔茨堡大教堂的转角，轻盈地演奏着，她的神情完全沉浸在曲调中，旁若无人。听着音乐，走到那个转角，瞧见一件外衣的雕塑，哈哈，你知道吗？名称是“道德的外衣”，多么有意味。

不知多少次看过美国电影《音乐之声》，那些欢快的旋律，多少次出现的镜头就在萨尔茨堡，停留于那个玻璃凉亭，回味着那一个个情节，渐入情景之中，来一个定格。

到维也纳，这座“音乐城”。听着每一曲音乐，都会联想起许多音乐大师，如海顿、莫扎特、贝多芬、舒伯特、约翰·施特劳斯。海顿的《皇帝四重奏》、莫扎特的《费加罗的婚礼》、贝多芬的《命运交响曲》、舒伯特的《天鹅之歌》、约翰·斯特劳斯的《蓝色多瑙河》等著名乐曲均诞生于此。或许就是维也纳得天独厚的城市环境，那些绵绵的森林、蜿蜒的河流、经典的建筑，当音乐家流转其间，看到潺潺流水、郁郁葱葱的森林、活泼的飞鸟、动听的虫鸣，灵感飞扬。

停留维也纳，淅淅沥沥的雨霏霏而下，天阴沉沉的。当看着玫瑰园里白色的伊丽莎白皇后（茜茜公主）的雕像，听着“茜茜公主”的悲情故事，感慨万千，心情有点儿沉重。

在老城走走停停，国家歌剧院、美泉宫、奥地利议会大厦、维也纳市政厅、霍夫堡皇宫，每一座建筑尽显哈布斯堡王朝的奢靡。物是人非，而老城的精彩与故事流传至今，让人触摸着维也纳的前世今生。

傍晚天晴，低低的云层挂上飞霞，慢慢地掠过上空。我靠在金色大厅的门廊，听着室内传来的《命运交响曲》，看着万家灯火，想着维也纳是否就是为音乐而存在。

荷兰
比利时
卢森堡
德国
奥地利
2012 年、2022 年 3 月

法国游学记

距第一次到巴黎已过去十年。从机场到凯旋门旁的麦马汉大街，一路的景观仍似昨日，寻找着记忆里的点滴。

从麦马汉大街拐入窄巷，是一条单行的小街，有点儿缓坡，石头锃亮。车子停留于巷边，一扇透着光的小门挂着小铜铃，有人走过，响着清脆的声音。

老赵招呼着同行人，提着行李，推开小门，进入临街的一间小小的餐厅。餐厅估计就能坐七八个人，过道旁是一方小小的账台，靠内庭是两张小桌，上面还挂着吊灯。楼上有几个房间，过内庭有条窄弄，有一小木梯上二楼，有几个房间。我的房间靠楼上的内庭，一开门有点儿惊讶，就五六平方米，窄床、小桌、“迷你”的卫生间。推开窗，房顶上有不少烟囱，不时有鸽子飞过。住巴黎的老城，感觉不错。

整理着巴黎的资料，翻阅着巴黎的地图，听老赵说着计划与安排，慢慢地夜色初上。简单地用过餐，出门往凯旋门（L'Arc de Triomphe）而去。

要说巴黎，你不得不承认凯旋门是标志性建筑之一。凯旋门是拿破仑为纪念1805年打败俄奥联军的胜利，迎接日后凯旋的法军将士，于1806年下令修建的，由著名建筑师让·夏格伦设计。凯旋门高49.54米、宽44.82米、厚22.21米，中心拱门高36.6米、宽14.6米。在凯旋门两面门墩的墙面上，有4组以战争为题材的大型浮雕——“出征”、“胜利”、“和平”和“抵抗”。门内刻有跟随拿破仑远征的386名将军和96场胜战的名字。门上刻有1792年至1815年间的法国战事史。

走到凯旋门已华灯初上，透过高高的门楼，大军团大街、香榭丽舍大街已是灯火阑珊，缓缓的车灯似流动的光影，与灯光勾勒出的城市轮廓，构成华丽的城市剪影。移动脚步，抬头看着高高的浮雕、名字、战史，似乎听到那段岁月里的呐喊，悄然定格于墙上的瞬间。

绕着戴高乐广场的放射形道路转了一圈，看着灯影里的凯旋门，似乎这一刻，真实地到了法国巴黎。

次日早早地穿上西装，一行十多人乘地铁前往La Défense新城。驻足于广场，面向玻璃高耸的门式建筑，许多人称之为新凯旋门。站在门楼上的高台，遥望大军团大街彼端的凯旋门，或许想印证，La Défense新城是巴黎跨越现代、未来的象征。看那个大手指、红红的棚架与周围的建筑，构成轻盈高耸的格局。

台阶上坐一坐，玻璃桥上靠一靠，摸一摸大手指，转一圈高楼大厦，哈哈，天空里还有一道道飞机云……游走间，老赵招呼着，赶去新的凯旋门，登楼拜访建设部门。

法国的专家非常热情，详细介绍了法国历史建筑、街区的保护、认识、手段，还就La Défense新城的规划作了全面的介绍。仔细听着记着，随之走访新城的典型街区。你不得不惊叹，不论是公共建筑、工业建筑，乍一看似乎哪里都能见到，再仔细一瞧，建筑的细部、门楼、檐口的处理手法，包括门庭的尺度、灰空间的利用、内外过渡借景，无不经过反复推敲。

应法方的盛情，晚餐充满简约热情，喝着葡萄酒，看着窗外慢慢亮起的灯火，远远地看到凯旋门、塞纳河边的埃菲尔铁塔（La Tour Eiffel）。

法国不仅是一座浪漫、时尚之都，过往读过雨果的小说《巴黎圣母院》《悲惨世界》等，对这座城有了更多的向往。

闲暇，特别是晨起，早早沿香榭丽舍大街往塞纳河方向晨跑。静静的城市还没有苏醒，没有喧嚣，偶尔碰到路人。一边快走，一边闻着清新的空气，听着树上叽叽喳喳的鸟鸣，擦肩而过一座座建筑、雕塑，那些斑驳述说着曾经的年轮，感觉巴黎仿佛停留在文艺复兴的特定年代。

流转于马里尼剧院（Théâtre Marigny）、圆点剧院（Théâtre du Road-Point），停一下看看戴高乐（Charles de Gaulle）的雄姿，绕着巴黎大皇宫、小皇宫看看那些介绍，抬头发现已到塞纳河上的亚历山大三世桥。晨曦里，一座座金色的雕塑，讲述着一个个故事，那么灵动，来回走着，定格着一个个剪影。

从奥赛码头出发，沿着塞纳河一路而行，路过波旁宫（Palais Bourbon），看着波光粼粼的流水，轻轻摇曳的绿树，哈哈，还有已经苏醒的鸽子。再停停协和桥，靠靠塞达桑戈尔行人桥，望望皇家桥，看，那个玻璃金字塔，不就是卢浮宫吗？一路再向前，数数艺术桥上的那些锁，不知多少人许的愿，或许已成真。

西堤岛上的巴黎圣母院，又是巴黎的标志之一，曾造访于此，印象尤为深刻。擦擦脸上的汗水。飞霞映衬下的哥特式建筑巴黎圣母院，高耸挺立。虽经800多年的风雨，还是那么经典。门洞上的国王廊，二十八尊雕塑分别代表着以色列与犹太国的历代国王，见证了曾经的岁月故事。每一细部可谓美丽绝伦。走进去触摸一下历史，侧耳轻听历史的回音，让你置身于时空之中。走到前广场，巴黎地理中心的铜牌锃亮，不知有多少人触摸纪念。

沿着里沃利街前行，不论是街道空间、拐角的远方，虽没有马车的铃声、司的克的滴答声，但一个个小的空间、广场、街角叠加着过往里的一切，让你看看这块铭牌、那个标志，或许你会认为，这也是巴黎时尚之一，它古老而不怅惘。

朝霞悄然地爬上卢浮宫的屋角，玻璃金字塔耀着飞霞，映在周围的水面。静静的水面勾勒出卢浮宫的剪影，让你一次次停下。一群鸽子飞过，消失在前

面的广场，而片片流云慢慢地荡过，增添了岁月的灵气。我坐在水池边，眼光随着流云，看着周围的景致。恰在此时，一辆马车驶过前面的雕塑旁，来一定格，似乎如一种穿越。卢浮宫究竟有多少精彩，穿过贝大师设计的

玻璃金字塔的大厅，慢慢地用心去领略。一个一个展厅，一天不够，就再去一天，记住找一找《蒙娜丽莎》。

继续沿着卢浮宫的轴线向协和（Concorde）广场前行，似遁入绿树的迷宫（杜乐丽花园，Tuileries Garden）。就在这迷径里，你走一走或转个身，或许就能看到一些雕塑、石碑、构架，寻找一些铭文或者什么印迹，你会发现又是一个个故事、事件，慢慢地拼凑在一起，又是另一部岁月的残片。

至协和广场，环视四周，看那些旧物，不难发现，历史事件的演变或在文字或在事件或在旧迹地标里，勾起人们的记忆。看那个方尖碑，还有法国大革命的印迹，太过沉重、太多血腥，却真实地发生过，这就是法国的前世。

沿着轴线而望，远远的就是凯旋门。就走了小小的一个来回，假如你丈量着距离，或许每一步里曾经的历史，足以让人写出长长的事件。你踩下去，抬起来，看着四周，这就是存在的价值。雨果曾说：历史是什么？是过去传到将来的回声，是将来对过去的反映。

旧城的更新与保护是游学的主题。佩雷尔的社区城市馆说是展览馆，窄窄的门，面积不足300平方米，简约而内容丰富。去参观刚好碰到一帮小朋友，看样子有十来岁的样子。老师一边讲，学生一边叽叽喳喳。老的照片、简单的文字，一些书卷、一些地图。小朋友看到典型的图片，争论着是否是住的地方，还有什么什么的，好不热闹。老师笑呵呵。或许这就是历史教育的方式，让小朋友从小关注“我的家乡”，我们说的乡愁。

圣心堂位于蒙马特高地，在巴黎城市的许多地方都能看到。听说周围是巴黎有名的油画街。还有圣女贞德的故事。它是一座白色的建筑，罗马式与拜占庭式相结合的风格，由建筑师保罗·阿巴迪（Paul Abadie）设计。周围的四座小圆顶和中间的一座大圆顶建在一个高大的蓬形壁之上，具有典型的东方情调。特别是穹顶上的马赛克拼图画，还有名为萨瓦亚赫德（Savoyarde）的大钟。

走上堂前坡地的蒙马特广场，晒晒太阳，看看巴黎全景，这是一个绝佳之处。你看长椅边拉小提琴的，那个神情多么洒脱，琴声多么悠扬；你看长廊边画油画的几个学子，看着远方，提着画笔，慢慢地有了巴黎的剪影；还有游荡的人，有人提醒不要去理他们。

小广场上有不少画摊、喝咖啡的散座、烤肉的摊子，窄街上还有画廊、画店、纪念品店。你慢慢地游走，感受着巴黎的烟火气。

到巴黎又会去左岸右岸，站在具有后现代建筑风格的篷皮杜艺术中心（Le Centre Pompidou）的广场，你不得不惊叹设计师的大胆、城市的包容，让这座建筑在争议里矗立。参观完，就在周边找一个咖啡小店，喝喝咖啡、讨论着，城市的文化传承与文明的进步，有点儿意思。

翌日，出巴黎去里昂（Lyon）。自觉购票，按图索骥地寻找火车，待火车靠站，不用检票上车，看着法国乡村的景色，大家聊聊天，不知不觉间抵达里昂。

到里昂是去参观近现代工业建筑的保护与利用专题。负责人给我们讲述了建筑的整理原则、保护的措施、怎么组织利用与公园的结合、游线的规划、目的与意义，让我们耳目一新。整体了解了里昂工业建筑的前世今生，不论谁到这里，或许都会有收获与感悟。

想抽一点儿时间去参观一下，可惜时间匆匆，只能期待再次来里昂。

游学间恰逢两天休息。早早计划去一次圣米歇尔山，又称圣弥额尔山（Mount-Saint-Michel）。圣米歇尔山的一奇是涨潮时是一座岛，落潮时是沙滩上的一座小山。或许是特殊的地理，涨潮的速度势如奔雷。雨果曾描写此处的沙滩："陷入流沙之中，一定会遭到惊心动魄的埋葬，这个过程是漫长的、必然的、毫不容情的……"的确，这些沙表面看似平坦光滑、松软安全，可一旦不小心滑落下去，它内部的暗流就会像蛇一样滑动，松软的被潮水浸泡的表面变成淤泥将你死死地缠住，犹如陷入沼泽一般难以自拔。

圣米歇尔山的二奇可追溯到公元708年，一位来自阿弗郎什小镇的红枢机主教奥贝梦见大天使圣弥额尔。一天夜里，圣弥额尔天使在电闪雷鸣中第三次出现在奥贝的梦中，他用自己的神指在奥贝脑门上点了一下。从梦中醒来的奥贝主教摸到了脑门上的凹痕，这才恍然大悟，于是立刻赶往墓石山，着手完成大天使的神旨。圣弥额尔山上就这样有了第一座教堂。从此断断续续修建了8个世纪，就成了现在见到的样子。

一路捷驶，欣赏着点缀在丘陵起伏，沃野间的美丽乡间小镇，轻轻地交谈。

田间，有青郁的麦子、绿油油的土豆苗，不时还有两三株杨树矗立在田头。尽头高地是绿树掩映的小村。眼前的一切似一幅幅油画，悄然间定格。当远远地看到茫茫的大海，海边有一座孤独的小岛，小张说就是圣米歇尔山。慢慢地接近，只见是一片茫茫的沙滩，沙滩上有一条曲径，小张说，我们必须两点前返回陆地，否则，又得待上一天。想想雨果的描述，脚步飞快。

拾级游转，山与海间是曲径幽静的小小窄街，依山傍海，形成宽窄不一的店铺、小院、吊脚楼，生活、居住、劳作、听海，就沿着小街，喝喝咖啡，看潮起潮落。透过小街的缝隙，你又会觉得山、街、大教堂浑然一体，拐个弯就向山上的教堂而行，或再转个台阶，就去了街的另一个角。大教堂集罗马与哥特式建筑风格。当你沿着步道、平台，你会感觉教堂的一角或一面，听着故事，走回廊、耳式、祭台、大殿，你慢慢地顿悟，教堂顺势布局，巧妙组织，精细利用地形布局功能建筑，竟是如此，眼界洞开。我一次次停留于平台，远海的涛声、绵绵的沙滩、沙滩上玩沙的旅人，听他们的笑声，或许他们想找雨果笔下的一点儿意境……

已经听到涛声，快步回到岸边，看着海浪扑来，不一会儿，圣米歇尔山变成一座孤岛，又远离绵绵的陆地。

离开圣米歇尔山，就宿在田野里的一个小旅馆。因为旅馆不提供晚餐，我们就去附近的小镇，静静地享受着傍晚的休闲时光——一座教堂、一个小广场、几个小店、几十户人家，幽幽静静。

回巴黎的路上又拐去海湾里的象鼻湾，不巧下着小雨，沿着海湾，你不得不惊叹岁月的雕凿，一个个巨大的石拱伸向大海，你说像大象，不是一只，是一群。走向海浪搏击的碎石滩，绕着大大的象鼻，岩壁又出现各种不规则的形状。或许随着思绪，你会感觉大自然无形手的魔力，竟雕出如此变幻的形态。翻上翻下，穿越于象群间，趣味无穷。雨越下越大，停留于海湾里的土耳其餐厅，吃着烤肉，远处是风雨里的象鼻湾。

这次有关旧城保护、利用的游学时间有限，我尽可能听着、记着，得到不少有益的借鉴。归国之前，又一次去埃菲尔铁塔。这一次是先参观特洛卡代罗花园（Jardins du Trocadéro），花园里博物馆中各类有关船的展品，让人读到了又一部史书。

站在平台上遥看塞纳河对岸的埃菲尔铁塔，还有荣军院（Les Invalides），巴黎的旧城、新城，承载着法国的历史，它们的存在诠释着巴黎精彩的过往，让人走在其间，沉思人类的历史，得到一些有益的启迪。

法国

2012 年 6 月 12 日

图书在版编目（CIP）数据

随风而行 / 钱炳才著 . -- 北京 : 民族出版社 ,
2024. 11. -- ISBN 978-7-105-17416-4

Ⅰ. I267.1

中国国家版本馆 CIP 数据核字第 2024BX1261 号

随　风　而　行

SUI FENG ER XING

策划编辑：张亦芃
责任编辑：张亦芃
封面设计：金　晔
出版发行：民族出版社
地　　址：北京市和平里北街 14 号
邮　　编：100013
网　　址：http://www.mzpub.com
印　　刷：北京盛通印刷股份有限公司
经　　销：各地新华书店
版　　次：2024 年 12 月第 1 版　2024 年 12 月北京第 1 次印刷
开　　本：787 毫米 ×1092 毫米　1/16
字　　数：319 千字
印　　张：19.5
定　　价：108.00 元
ISBN　978-7-105-17416-4 / I · 3318（汉 2950）

该书如有印装质量问题，请与本社发行部联系退换

汉文编辑一室电话：010-64271909　　发行部电话：010-64224782